우리 회사에는 빌런이 있다
: 소모된 회사원을 위한 회복 응원가

우리 회사에는 빌런이 있다

1판 1쇄 발행 │ 2022년 08월 31일

지 은 이 │ 유온

펴 낸 이 │ 김무영
편집팀장 │ 황혜민
담당편집 │ 조한나
마 케 팅 │ 주민서
디 자 인 │ 김다은
독자편집 │ 구미숙 김선애 김수찬 김지혜 박성진 백형래
　　　　　변진화 장혜진 주승훈 하효진 허우리 황인혜
인　　쇄 │ ㈜민언프린텍
종　　이 │ ㈜지우페이퍼

펴 낸 곳 │ 텍스트CUBE
출판등록 │ 2019년 9월 30일 제2019-000116호
주　　소 │ (03190) 서울시 종로구 종로 80-2 삼양빌딩 311호
전자우편 │ textcubebooks@naver.com
전　　화 │ 02 739-6638
팩　　스 │ 02 739-6639

ISBN 979-11-91811-09-4 (03810)

세상에서 가장 즐거운 읽기,
텍스트CUBE는 독자 여러분께 좋은 책과 더 좋은 책 경험을 드리고자
언제나 최선을 다하겠습니다.

우리 회사에는 빌런이 있다

소모된 회사원을 위한 회복 응원가

유온 지음

텍스트
CUBE

목차

서문

"나는……. 평범한 사람일까? 특별한 사람일까?"

취업이란 평범한 사람이 되기 위한 준비일까? 아니면 특별한 사람이 될 기회를 찾는 것일까? 세상은 나에게 한 마디씩 툭툭 던지곤 한다.

"남들처럼 평범하게 사는 게 제일 좋다. 평범한 게 행복한 거야."

늘 주문처럼 튀어나오는 말, 남들처럼 평범한 삶이라니. '그런데 '남들처럼'이면 누구를 말하는 거지?

"엄마는 평범한 삶을 살았어? 엄마처럼 살면 되는 거야?"
"엄마보다 잘 살아야지. 이 정도로 만족하면 곤란하지."
"엄마보다 나은 평범한 삶이란 도대체 뭘 말하는 거야?"
"흠… 일단 가정을 꾸리고 집을 구하고, 직업을 찾는 거지. 그러니 빨리 졸업을 해서 괜찮은 회사에 취직을 해야 해. 꼬박꼬박 월급을 받아야 결혼도 하고 집도 살 수 있거든.”

집, 결혼, 직업… 그리고 취직. 이 많은 조건을 채워가야 ‘행복한 삶’에 가까워지는 것일까? 잘 모르겠지만 돈을 버는 것이 행복한 삶의 조건들을 갖추기 위한 시작이라는 말은 납득이 되었다. 돈이 많을수록 좋은 건 분명하니까. 취직, 그래, 취직.

아……. 또다른 의문이 들었다. 학창 시절 내내 ‘아무 생각하지 말고 공부나 열심히 해’라고 말씀하셨던 엄마다. ‘대학에 가면 니가 하고 싶은 대로 다 할 수 있단다’라고도 말씀하셨다.

그런데 학교란 ‘아무 생각 없이 공부만 열심히 할 만한 곳’은 아니었다. 학교는 때론 전쟁터 같아 보였다. 질투와 시기, 편먹기, 왕따, 비교와 경쟁이 가득했다. 게다가 친구, 연애, 성적, 진로, 외모, 용돈 등 하나같이 어려운 고민만 쌓여있었다.

입시 전쟁을 치르고 시작한 대학 생활 또한 ‘하고 싶은 것은 무엇이든 할 수 있는 곳’이 아니었다. 그렇다면 일을 하고 월급을 받는 회사라는 곳은?

회사를 다닌다는 것은 어떤 것일까? 그런데… 회사를 다니는 사람들은 왜 하나같이 지쳐 보일까?

“엄마, 회사를 다니면 행복해져? 월급을 받으니까 행복하겠지?”

"······. 회사를 다닌다는 건 사실, 쉽지 않지. 참 많은 인내를 요구하니까. 하기 싫어도 해야 하고 상처받는 일도 많고. 행복한 일도 있지만, 괴로운 일도 자주 겪을 수밖에 없겠지. 그래도 '그냥 나를 잡아 잡수쇼' 하는 마음으로 다닌다면 견딜 만하지."

"'나를 잡아 잡수쇼'라니?"

"남을 위해 일한다는 게 쉽지 않다는 말이야. 나를 비우고 일해야지. 남의 돈 받아가면서 일하는 게 쉬울 리가 있겠니? 그러니 그저 분부대로 하겠습니다 하는 마음으로 다녀야 한다는 뜻이야. 그게 훨씬 편하고."

아니, 지금 우리 행복한 삶에 대해서 이야기하는 거 아니었나?

"그렇게 회사를 다니는 게 맞는 거야?"

"뭐 그래도 그럴 만한 가치가 있어."

"어떤 가치? 그게 나를 위한 건 맞아?"

"당연하지. 다 너를 위해서야."

행복하기 위해 불행을 참아내는 것. 그러면 행복해질 거라고?
회사원이 되기 전 내 마음 속에 커다란 물음표 하나가 생겨났다.

1

경진은 이제 세상의 무언가가 되었다. 사원증을 목에 걸고 지갑에서 회사로고가 그려진 명함을 당당하게 꺼낸다. 세련된 옷을 걸치고, 여유로움을 만끽하는 얼굴로 기죽지 않는 말솜씨를 뽐내며 일할 수 있다. 큰 빌딩 숲 사이를 익숙하게 오간다. 그래, 돈을 벌고 한 사람 몫을 하는 사람이야말로 세상의 무언가라고 불릴 자격이 있다. 드디어 '합격'이란 두 글자를 쟁취했다.

"너도 이제 월급노예가 되는구나."
"진심으로 축하해! 고생했다."

여기저기서 축하가 쏟아졌다. 동시에 위로와 충고도 받았다. 직장이라는 곳, 만만치 않다는 의미겠지. 먼저 그 길에 들어간 가족과 선배들은 잘 해낼 거라고 격려하면서도 판타지는 갖지 않는 게 좋겠다고 충고해 줬다. 속내를 들킨 것 같았지만 상관없었다. 만만치 않아도 올라가면 될 테니 괜찮았다. 거칠고 고단해도 난 즐겁게

할 수 있을 것이다.

　7년 동안의 긴 대학생활을 마치고 남들보다 뒤늦게 취업시장에 뛰어든 경진이었다. 졸업까지 미루며 치열하게 취업의 문을 두드린 지 8개월 만의 합격이었다. 그만큼 간절했고, 환희의 마음도 남들보다 더 크게 부풀어 오를 수밖에 없었다. 합격 통보를 받은 오늘 만큼은 충분히 기뻐하고 싶었다.

　인턴으로 석 달 동안 대기업에서 근무했을 때, 임시직은 맛볼 수 없는 정규직의 기분을 알고 싶어서 애달팠던 기억이 다시 떠올랐다. 같이 있어도 그들의 일부는 아닌 것 같은 분리된 기분, 누리고 싶어도 시한폭탄처럼 정해져 있는 인턴 기간. 그리고 무명인임을 상징하는 임시출입증.

　'이젠 정규직이다! 난 정사원이 되었고, 나를 보여주면 된다. 쉽지 않겠지만 못할 것도 없다. 내 안의 에너지는 뜨겁고 가득하다!'

　과연 잘할 수 있을지, 나와 회사는 잘 맞을지, 누구를 만나 어떤 일을 하게 될지, 앞으로 펼쳐질 회사원의 여정은 온통 설렘과 궁금함으로 가득 찼다.

　'회사가 나 진경진에게 반하게 만들 거야!'

　이제 여행이 시작되었다. 세상의 무언가로 살아가는 진짜 여행.

2

올인서비스기획팀, 입사 3년차 경진이 일하는 팀이다. 신유통 매장인 <올인마켓> 서비스를 온라인으로 운영하는 팀이다. 회사에서 일하는 것은 여전히 즐거웠다. 현장, 제품, 소비자를 아주 가까이서 실시간으로 느낄 수 있었을 뿐만 아니라, 작은 아이디어 정도는 경진이 직접 적용시킬 수 있었다. 기획보다는 관리 위주였지만, 언젠가 내 기획이 현장에서 빛나길 바라는 마음으로 열심히 생산성을 높여가고 있었다. 무슨 일을 맡든 완벽하게 처리해 내고 커뮤니케이션하며 빨리 성장하고 싶었다. 남들보다 조금 더 일찍 출근해서 조금 더 늦게 퇴근했다. 매일의 역동이 다르게 느껴지고, 조금씩 나 자신이 자라는 것 같아 설렜다. 새롭게 불어오는 트렌드, 이전에 없었던 제품들, 계속 진화하는 기술과 채널, 주변의 인정과 칭찬 심지어 따가운 지적까지 모두 다 소중했다.

경진은 중학교 내내 상위권 성적을 유지했던 우등생이었다. 그런데 고등학교에 입학하자마자 중위권으로 떨어졌다. 난생 처음 겪는 일이었다. 열심히 앞으로 걸어 나가도 계속 뒷자리로 밀려났다. 누구나 겪는 흔한 일이라고 하기에는 충격이 남달랐다. 공부시간을 늘려도 성적이 오르지 않았다. 뭔가 문제가 있는 건 확실했지만 무엇인지 알 수 없었다.

'퇴보'

상위권에 들자는 목표는 마치 신기루처럼 점점 막연해졌다. 경진은 마음을 바꿨다. '그럼 더 확실한 목표를 정하자. 상위권이 아니라 1등을 목표로 하자' 경진은 그때부터 반년 만에, 다시 말해 고등학교 1학년 마지막 기말고사에서 드디어 반 1등을 쟁취했다. 그 순간 비로소 깨달았다. 목표를 높게 잡고 남들과 다르게 행동해야 이길 수 있다고, 지치지 않고 반복하는 노력만이 결과를 만든다고. 그리고 나를 믿어주어야만 한다고. 인생의 어떤 진리를 하나 알게된 것 같았다. 지금 회사원 경진 역시 그때와 같았다.

한편, 동기들 톡방에서는 두어 달에 한 번씩 안타까운 소식이 들려왔다. 한 명씩 한 명씩 회사를 떠나겠다는 결심을 보내왔다. 그들은 단독방에 자신의 어려움을 털어 놓기도 했고, 스트레스를 풀자며 회식을 제안하기도 했다. 점점 그 횟수가 잦아지다가 결국 퇴사를 결정하고 말았다. 너무 많은 업무, 납득할 수 없는 지시, 존중받지 못하는 대우, 실무를 이해하지 못하는 팀장, 변화를 수용하지 못하는 제도와 시스템. 그들은 회사를 탈출해야만 하는 감옥으로 여기는 것 같았다.

다양한 인간군상이 톡방에서 벅적거렸다. 분명 여기보다 더 괜찮은 삶이 어딘가에는 있을 거라며 훌훌 떠나 버렸다. 다른 꽃을 찾아 떠난 나비가 된 동기들은 속속 새로운 선택을 했다는 소식도 들려주었다. 아무 소식도 없이 행방이 묘연해진 친구들도 있었다.

머리로는 이해할 수 있었지만, 온전히 공감하긴 어려웠다. 입사 과정이 얼마나 간절했던지 다시 떠올려 보기만 한다면, 지금 하는 업무가 아무리 힘들다고 해도 쉽게 포기하는 동기들을 위해 축하의 박수를 쳐 줄 수는 없었다. 조금만 더 참아보지 하는 마음이 올라왔지만 꾹 참고 그들과 이별인사를 나누었다.

경진은 여전히 목이 말랐다. 좀 더 주도적으로 일해보고 싶었다. 내년쯤 대리를 달면 좀 더 큰일을 맡겨주겠지 하는 마음으로, 주어진 모든 일에 최선을 다했다. 올인서비스기획팀 곽정훈 팀장도 경진을 눈여겨보고 있었다. 곽 팀장은 중요한 회의 때마다 경진이 업무를 배울 수 있도록 도왔고, 경진이 낸 아이디어를 서비스에 연결할 수 있도록 힘을 실어 주었다. 서로 합을 맞춰가며 일하는 재미가 솟아올랐다.

3

어느 날, 곽 팀장이 경진을 호출했다. 평소와 달리 조금 기운 빠진 목소리였다.

"경진 씨, 본부장님 방에 가 보세요."
"네? 본부장님 방이요?"

일개 사원을 본부장님이 단독으로 호출하는 일은 흔치 않았다.

"본부장님이 새로운 소식 전해 주시려는 것 같아요."
"네? 그게 뭔데요?"
"내가 말하긴 좀 그렇고, 직접 가 보면 알게 될 거예요."

직접 본부장에게 가서 들으라니 갸우뚱했지만, '새로운 소식'이라는 말에 떨리는 마음이 더 앞섰다.

"우리 에이스, 경진 씨 왔어요?"

"무슨 일로 부르셨어요? 본부장님?"

본부장은 의미심장한 미소를 보이며 잠시 경진을 바라보았다.

"앞으로 자몽서비스 기획팀에서 일하는 거 어때요?"

케이오티는 약 8개월 전 작은 IT기업을 인수합병 했다. 자몽이라는 앱을 개발해서 서비스를 막 시작한 11명 정도의 스타트업이었다. 자몽은 액세서리만을 전문으로 하는 온라인 쇼핑 앱이다. 임원진들은 자몽을 들여오면서 패션 잡화 부문을 비약적으로 발전시키기를 바랐다. 자몽 인원 모두 'DT서비스 개발본부'에 배치되었고, 자몽서비스 기획팀이 되었다.

"이번에 자몽 쪽에서 기획 일을 도울 사람이 한 명 필요하다고 하는데, 팀장회의에서 경진 씨가 적임자라는 판단을 하게 됐어요. 자몽서비스는 지금 사장님께서 큰 기대를 가지고 계시기 때문에 합류하는 것만으로도 좋은 기회라고 할 수 있죠. 경진 씨가 잘 맞을 거 같기도 하고, 경진 씨 장점을 잘 활용할 수 있을 것 같고요."

전혀 예상하지 못한 제안에 조금 얼떨떨했다. 부서이동 건은 팀장과 팀원 사이에서도 항상 예민하게 다뤄지는 일이었다. '내보내겠다-아니다 남겠다', 반대로 '나가겠다-안 보내준다' 등의 실랑이를 벌이는 일도 종종 벌어졌다. 아까 곽정훈 팀장이 씁쓸한 표정으로 경진에게 말을 건넨 이유도 짐작할 수 있었다. 본부장이 제안해 주는 모양새만으로도 경진은 존중받았다고 할 수 있었고, 반대로 경진이 거절할 수 있는 입장이 아니라는 뜻이기도 했다. 부서이동 지시가 처음은 아니었지만, 팀에 배치된 지 1년도 채 되지 않았고, 이제야 제대로 적응해서 일해 볼 만하다고 생각하고 있었기 때문에 대답이 빨리 나오지 않았다.

'이래서 본부장님이 직접 부르셨구나.'

대답을 머뭇거리는 사이 본부장이 보란 듯이 으쓱거리며 생색내듯 이야기를 이어갔다.

"사실 곽 팀장이 꽤나 반대했어요. 곽 팀장이 경진 씨 내주기 싫어했는데, 내가 그러자고 했어요. 곽 팀장이 그동안 경진 씨 자랑을 너무 하고 다닌 거지. 팀장한테 뭐라고 하지 마요. 그저 경진 씨에게 조금 더 일찍 좋은 기회가 왔다고 생각했으면 좋겠어. 어떻게 생각해요? 싫으면 얘기하고."
"우선 좋은 제안 주셔서 감사합니다. 그런데,"
"뭐… 억지로 옮기라고는 하지 않으려고. 곽 팀장 눈치도 보이고, 경진씨도 연속으로 팀을 옮기는 게 부담스러울 수 있으니 이번엔 진짜 선택권을 주고 싶어요."

　중요한 자리에 간택된 것 같은 우월감, 운명적 선택지 앞에 놓인 것 같은 압박감, 임원 앞에서 실수하면 안 된다는 긴장감, 선택 이후에 따라오게 될 책임감 등이 동시에 밀려왔다. 하지만 선택권이라는 말에 마음이 흔들렸다. 고작 3년차 사원인 나를 어떤 자리의 대상자로 부른 것은 왠지 으쓱하는 우월감이 드는 동시에 알 수 없는 미래를 향한 압박감도 밀려들었다. 임원 앞에서 말실수하면 안 된다는 긴장감도, 선택 이후에 따라오게 될 책임감도 이미 묵직했다. 하지만 경진은 '선택권'이라는 단어에 집중했다.

　본부가 생기고 나서 팀 이동이 잦은 편이어서 사람들의 불만이 높은 상태였다. 의미 없는 조직개편도 너무 많았고, 의견조율 없이 결정되는 일도 빈번했다. 성장기업의 IT부서들은 원래 그렇다는 속설들로만 치부하기에는 일하는 입장에서 난감할 때가 많았다.

　이번에 옮기면 벌써 네 번째였다. 경진은 하루 정도 생각할 시간을 가져도 되겠냐고 정중히 물었고, 본부장은 흔쾌히 허락했다.

4

선택은 시뮬레이션 게임과 같다. 경진은 자취방에 앉아 곰곰이 앞일을 그려 보았다. 쉽게 생각하면 거부할 필요 없는 제안이다. 핫한 서비스 기획에 참여할 수 있고, 새롭게 런칭되면 서비스 런칭멤버라는 포트폴리오도 생기는 셈이다.

고민도 있었다. 우선 팀 분위기였다. 외부에서 들어온 개별기업이었다 보니 기존 직원들과 섞여 일할 일이 거의 없었고, 따라서 자몽팀 사람들끼리만 똘똘 뭉쳐 다닌다는 얘기가 많았다. 넉넉한 인상을 가진 자몽팀 임석영 팀장만이 여기저기 돌아다니면서 교류했지만 나머지 팀원들은 아직 케이오티 직원으로 받아들여지지 않는 분위기였다. 또 팀장을 제외하고는 전부 남자 직원이어서 잘 적응할 수 있을지 걱정이었다.
게다가 지금 상사인 곽정훈 팀장을 떠나야 한다는 게 더 큰 고민이었다. 경진은 곽 팀장과 계속 일하고 싶었다. 회사원으로서 배울 점이 많고, 기꺼이 일을 가르쳐 주려는 마음이 가득한 롤모델격 팀장을 만나는 건 행운 중에 행운이라고 할 수 있었다. 하지만 선택해야 했다. '자몽'팀으로의 이동은 하나를 잃고 하나를 선택해야 하는 밸런스 게임과도 같았다.

어쩌면 곽 팀장은 경진의 거부를 기대하고 있을지 모른다. 본부장은 이번 기회에 나를 시험해 보는 것일지도 모른다. 경진은 다시 한번 차갑게 판단해 보려고 애썼다.

기회는 자주 오지 않는다. 기회가 왔을 때 잡지 않으면, 이 기회는 다른 누군가에게로 간다. 다음 기회는 기약할 수 없다. 지금 경진에게 중요한 것은 '도전'이었다.

지금까지 쌓은 역량을 자몽팀에서 발휘함으로써 앞으로 더 발전할 수 있는 도전의 계기로 삼고 싶었다. 곽 팀장 밑에서 일하는 지금의 안정감을 포기하더라도 또 다른 재미지고 흥미로운 일이 일어날 것 같았다.

다음 날 아침, 경진은 곽정훈 팀장 것까지 두 잔의 커피를 사 들고 대화를 청했다.

"팀장님. 저 가도……. 미워하지 않으실 거죠?"
"가기로 했군요?"

실망한 기색이 역력해도 따뜻한 미소마저 지우진 않았다.

"쉽지는 않았어요. 팀장님이랑 헤어지기 싫어서요"

"그래… 잘했어. 나라도 그렇게 결정했을 거야."

평소 늘 존대를 쓰던 곽 팀장 입에서 반말이 나왔다는 건, 경진과 눈높이를 맞춰 마음을 이해해 준다는 또 다른 표현이었다. 역시나 더 오래 같이 일하고 싶었던 마음이 다시 쓰윽 올라왔다. 경진은 고개를 푹 숙이며 마음을 꾸욱 눌렀다.

"저 편하라고 그렇게 말씀하시는 거 알아요."

"계속 새로운 일을 해 봐야지. 그게 맞는 선택이더라고."

"자주 뵈러 올께요. 도울 일 있으면 언제든 말씀해 주세요. 그래야 덜 죄송하죠."

"그동안 정말 고생 많았어요. 경진 씨는 분명 잘할 거예요."

5

"좋은 제안 주셔서 감사합니다. 자몽팀과 함께 열심히 일해 보겠습니다."

곽 팀장과의 대화를 마무리 지은 경진은 본부장실로 찾아가 수락의사를 전했다. 본부장은 기쁜 표정으로 누군가에게 문자를 보내는 듯했고, 이내 노크 소리가 들렸다.

"들어오세요."

본부장은 자몽팀 임석영 팀장을 소개했다. 실제 자몽 스타트업의 창업주였던 사람이었다. 넉넉한 체구에 사람 좋은 인상이었다. 까칠한 느낌이 아니라 넓게 품어줄 것 같은 인상을 보니 의지하면서 함께 일할 수 있을 것 같다는 생각이 들었다.

"그래, 경진 씨한테는 어떤 일을 맡길 생각이에요?"

"지금 여상명 차장이 진행하고 있는 3D 액세서리 매칭 프로젝트를 마무리 짓도록 할 생각입니다. 아시다시피 여 차장하고 같이 일하던 김진수 씨가 최근에 퇴사를 해서요. 안 그래도 그 자리에 액세서리에 대한 지식이 많은 여성 실무자가 오면 좋겠다고 생각했는데, 경진 씨가 오게 되어서 맞춤형 인재를 모시는 기분입니다."

사원급에게 '모신다'는 표현을 쓰다니. 임 팀장은 예상대로 사람을 띄울 줄 아는 사람이었다. 경진 또한 화답했다.

"함께 할 기회를 주셔서 감사합니다. 열심히 하겠습니다."

자몽팀은 총 7명이었다. 대부분 30대 초반 정도로 보였다. 차례대로 인사하고 마지막으로 여상명 차장을 소개받았다.

"자 여러분, 오늘부터 같이 일하게 될 진경진 씨입니다. 여상명 차장과 같이 3D매칭 서비스 기획에 참여하게 될 겁니다."
"안녕하세요. 함께 하게 된 진경진입니다. 잘 부탁드립니다."

여상명 차장은 미남이라고 헤도 좋을 만큼 훤칠한 외모를 가지고 있었다. 약간 검다 싶은 피부에 숱이 많은 머리칼, 작은 얼굴 위에 또렷한 이목구비, 큰 키에 체격도 적당했다.
경진의 반가움과는 어울리지 않게 여상명 차장은 데면데면한 표정으로 곁눈질을 하면서 인사를 하는 둥 마는 둥 했다. 함께 일할 파트너를 맞이하는 사람치고는 얼굴에 반가움도 없었고 대답도 명쾌하지 않았다. 뜨거운 물을 틀었는데 갑자기 찬물이 쏟아지는 것처럼 등줄기가 확 서늘해졌다.

"에? 네."

경진은 다시 한번 목 인사를 했다.

"진경진입니다. 차장님. 많이 가르쳐 주세요"
"진선미 할 때 진이죠? 미스진이라고 하면 되나?"
"네? 아뇨, 아뇨. 그냥 경진 씨라고 불러주시면 될… "
"이 자리.. 여기 앉아요."
"아. 네……."

여 차장의 성의 없는 말투에 경진은 잠시 당황했다. 순간, 한 장면이 떠올랐다. 점심을 먹으러 동료와 함께 식당에 갔을 때였다.

"경진 씨, 저 분, 어떤 거 같아요?"

건너편 테이블에서 여상명 차장이 홀로 식사를 마치고 식판을 들고 지나가던 중이었다.

"응? 누구?"

"자몽팀 여상명 차장이란 사람인데, 쫌 잘 생기지 않았어요?"

"희라 씨 스타일이야?"

"약간?"

경진은 곁눈질로 슬쩍 다시 쳐다보았다.

"음, 난 잘 모르겠는데."

어떤 스타일인지 도무지 알 수 없는 느낌을 풍기는 사람이 있다. 상냥한 스타일, 호탕한 스타일, 냉철한 스타일, 무뚝뚝한 스타일, 과묵한 스타일, 재기발랄한 스타일 등. 대략 쉽게 쉽게 사람들이 정해놓은 카테고리 어디에도 넣기 힘든 느낌을 주는 사람. 그날 여 차장에게서 받았던 느낌이 다시 한번 겹쳐졌다.

팀원들은 한 명 한 명 통성명 후에 각자 자신의 일로 돌아갔다. 이전 경진의 팀과는 분위기가 많이 다르다고 느꼈다. 이전 팀에서는 새로운 사람이 들어오면 환영다과회를 준비하기도 하고, 화분 같은 작은 선물도 마련히곤 했었다.

"저거 보여요?"

"네……? 네!"

여상명은 성의 없이 한 손가락으로 큰 박스 안에 있는 그득한 서류와 도서 더미를 가리켰다.

"저거부터 파악하든지."
"넵!"

몇 마디의 말이 인수인계의 전부인 양, 여 차장은 간단하게 지시하고 사라졌다. '적응해야지, 암'

자몽팀. 적어도 평탄한 잔디밭은 아닌 것 같았다. 이곳이 모래밭인지 뻘밭인지 일단 발을 내디뎌봐야겠지. 비교하지 말자고 생각했다. 다른 것뿐이었다. 조금씩 바꿔 가면 되는 일이라고, 잘 될 거라고 마음을 다잡았다.

6

아침 9시. 업무를 시작하자마자 임 팀장이 경진을 호출했다. 사내카페에서 웰컴티를 사겠다며 데리고 나갔다. 경진에게 팀의 특색이나 업무 진행 상황, 자신의 업무성향 등에 대해서 간단하게 설명해 주었다. 지금 경진에게는 어떤 정보든 유용했다. 귀담아들으면서 중요한 건 메모했다.

긴장이 풀리자, 이런저런 사적인 이야기도 오갔다. 임 팀장은 케이오티에 입사하기 전, 앱을 처음 개발할 때 고생했던 이야기, 앱의 이름을 '자몽'이라고 지은 이유 – 임 팀장은 자몽의 씁쓸한 맛 때문에 취향이 갈리는 것을 액세서리 선택의 까다로움과 닮았다고 생각했단다. – 그리고 자신의 성향 등을 들려주었다. 임 팀장은 잠시 숨을 고르너니 나시 신지한 눈빛으로 말했다.

"사실, 일 시작하기 전에 해주고 싶은 말이 있어요."

임 팀장은 뜸을 들이며 말했다.

"같이 일하게 될 여 차장이 쉬운 스타일은 아닐 거예요. 전임자도 여 차장 때문에 좀 힘들어 했거든."

여상명 차장이 보여준 시니컬한 인상은 그냥 지나칠만한 게 아닐지도 모르겠다. 머리에 찌릿한 통증이 살짝 지나가는 것 같았다.

지난 3년간의 경험에서 첫인상부터 자기 스타일을 강하게 드러낸 사람은 임원급이거나 총무과 김 과장님 정도였다. 결국 김 과장님도 좋은 분이라는 것이 금방 들통나고 말았지만, 자신은 사람들에게 첫인상을 더럽게 남기고 싶다고 했다. 그래야 이런저런 잡스러운 부탁을 거절할 수 있다나 뭐라나.

여하튼 '거절의 논리'를 가지고 있는 사람들이 첫인상을 차갑게 남기고 퉁명스럽게 대화한다.

"혹시, 어떻게 힘든지 여쭤 봐도 될까요?"
"그런 사람들 있잖아요? 자기 생각 거르지 않고 뱉는 스타일."
"직설적인 거요?"
"응, 직설적인 거. 근데 좀 달라. 여 차장만의 뭔가 독특함이 있어. 뭐랄까, 묘하게 기분 나쁘게 말하는 스타일인데, 그냥 좀 생각 없이 말하는 경우도 많아서 진심이 아니려니 하고 흘려들을 말도 많고. 말투가 거슬릴 때도 있을 거예요. 나는 워낙 오랫동안 알고 지내온 사이라서 익숙한데, 아닌 사람도 많거든. 빨리 포기하면 빨리 적응할 수 있을 거야. 너무 걱정하지 마세요. 일적인 면에서 보면 배울 게 많은 사람이야. 나도 옆에서 많이 도와줄게요."

스산한 바람이 마음을 뚫고 지나가는 것 같았다. 의미심장한 단어들이 여기저기 들리는 듯했다. 쉽게 지나칠 수 없는 말들이 경진의 마음에 박혔다.

자리에 돌아오니, 여 차장은 경진의 책상에 붙여 둔 계획표를 들여다보고 있었다. 경진은 어제 여 차장이 파악하라고 지시한 서류와 도서더미들을 정리하고 그 내용을 기반으로 '업무파악 계획표'를 만들어 책상에 붙여 놓고 퇴근했었다. 여 차장은 그 계획표를 손가락으로 툭툭 건드리며 말했다.

"시키지 않은 일은 하지 않는 게 나을 텐데?"

비웃듯 톡 쏘는 말에 경진은 바짝 긴장했다.

"앗, 죄송합니다. 차장님."

임 팀장에게 들었던 말이 오히려 긴장을 가중시킨 것 같았다.

경진은 괜히 죄지은 사람처럼 쪼그라든 모습에 스스로 놀랐다.

"난 종일 8호에서 일하고 있을 거니까 궁금한 거 정리해서 회의 요청하시든지."

사무실에서 일하지 않고 전세 내듯 회의실에 틀어박혀 잘 나오지 않는 스타일이라는 것은 이미 케이오티 안에서도 유명했다.

지금까지는 연습이었을지도 모르겠다. 이제부터 진짜 일과의 시합이 시작되는 걸까. 경진은 진짜 링 위로 올라간다고 느꼈다. 보호대 따위는 없는, 진짜 펀치가 오가는.

7

경진아, 너 여상명이랑 일한다며?

응??

수현이었다. 입사 동기 중 한 명이지만 친한 사이라고는 할 수 없었다. 그런데 다짜고짜 여 차장 이야기가 나오니 좀 당황스러웠다.

괜찮아?

응?? 뭐가?

아.. 아니. 잘해주나고.

음… 그게

뭐라고 대답해야 할지 알 수 없었다. 여 차장을 떠올리면 불편한 감정이 올라왔지만, 복잡하고 혼란스러운 감정을 내놓기에는 아직 경험한 것이 별로 없었다. 하지만 수현의 갑작스러운 연락이 어떤 변화의 계기가 될 것 같기도 했다.

> 아직 일주일도 안됐는데 뭐. 근데… 혹시 해 주고 싶은 말이라도 있는 거야?

> 아니 그게… 같이 일한 건 아니어서 말하기도 애매하다.

> 응?

　수현은 여 차장이 처음 케이오티에 입사했을 때 '입사 멘토'를
해 준 적이 있어서 여 차장에 대해 조금 안다고 했다. 말에 이미 부
정적인 냄새가 짙게 배어있었다. 임 팀장에게 들은 말이 있는 상황
에서 여 차장에 대한 부정적 정보를 추가로 듣는 것이 나에게 어떤
도움이 될까, 잠시 생각했다. 현재로선 소극적인 입장을 취하는 것
이 옳은 행동이라고 생각했다. 여 차장을 조금 더 현장에서 겪고 수
현을 만나는 것이 좋을 것 같았다.

> 그럼 나중에 들려줘. 괜찮지?

> 그래! 톡으로 말할 내용은 아니구~ 나중에 맥주 한잔 하면서 얘기하자.

> 그래. 내가 좀 더 적응하고 나서 연락할게. 내가 아직은 정신이 하나도 없다.

> 우리 13기 에이스께서 엄살은! 오죽 잘 하려구.

> 응.

> 여튼 새로운 시작 응원한다! 힘든 일 있으면 연락해. 맛있는 거 사줄게.

> 고마워! 열심히 해 봐야지.

경진은 보이지 않게 마지막 대답에 더 힘을 줬다.

여 차장과의 첫 업무는 자몽앱을 위해 가상 착장시스템에 대한 서비스를 준비하는 것이었다. 액세서리라는 특성을 가진 만큼, 피부와 머리색, 얼굴형, 패션스타일 등을 전체적으로 고려해서 착장을 경험할 수 있는 서비스를 기획해야 했다. 3D 시뮬레이션을 통해 가상 착의 기술을 가지고 있는 업체를 만나기도 하고, AI서비스를 활용해 고객의 외모와 더 잘 어울리는 제품을 제안하는 기술을 어떻게 구현해야 할 것인가 등을 기술관련 업체들과 상의했다. 계속 더 발전시켜 나가야 할 분야였기 때문에 경진의 예상보다 훨씬 재미있고 어려운 일거리들이 많았다. 공부해야 할 것도 많고 시도해야 할 것도 많고 기획해야 할 것도 다채로웠다. 경진은 살짝 흥분되기도 했다.

하지만 여 차장은 역시 하나하나 자상하게 알려주는 스타일이 아니었다. 지난번 서류더미를 던져주고 간 것처럼, 내부 자료에 접근하는 것도 마찬가지였다. 시스템에 접근해서 자료 위치만 알려주고 나머지는 알아서 하라는 식이었다. 경진은 빠르게 지난 히스토리를 파악해야 했다. 당연히 못 따라가는 부분이 있었고, 설명을 들어야 이해가 되는 부분이 생겨났다.
경진은 충분한 시간을 기지고 Q&A를 할 수 있도록 회의시간을 준비했다. 2시간 동안 하나하나 질문을 하면서 해결을 하려고 들면, 여 차장 또한 나름 꼼꼼하게 대답을 해 줬다. 얼핏 경진을 기특해하는 것도 같았다. 하지만 당연히 한 번의 설명으로는 이해하지 못하는 부분이 생길 수밖에 없었다.

경진이 좀 더 자세히 설명해 달라고 부탁하면, 여 차장은 미간을 찌푸리면서 대화를 멈췄다. 그리고는 볼펜으로 테이블을 톡톡톡 연달아 두드렸다. 조용한 회의실 안에서 울리는 작은 소리가 경진을 위축시켰다. 여 차장은 시간을 줄 테니 혼자 더 연구해 보라고 말하고 나가 버렸다. 그리고는 한참 있다 담배 냄새를 풍기며 돌아오더니 다리를 꼬며 말했다.

"당신이 이해한 걸 설명해 봐."

경진의 설명이 괜찮으면 넘어갔지만, 부족한 부분이 있으면 또 볼펜을 두드렸다.

"이게 이해가 안 간다? 난 그게 이해가 안 되네."

그는 한 번도 언성을 높이지 않았다. 하지만 말 안에 깊은 우월감이 숨어있었다. 그리고 그 표정. 눈을 내리깔고 깊은 한숨을 쉬고 미간에 주름을 잡을 찰나 느껴지는 경멸.

설명을 해 주려는 목소리에는 어김없이 빈정거림이 심겨 있었다. 똑바로 들으라는 듯, 강조하고 싶은 단어에는 스타카토를 넣어가며 제대로 알아들으라고 위압했다. 느리고 낮은 목소리로 말이다. 분위기가 냉랭해져 경진도 대꾸 없이 가만히 있을 때도 있었는데,

여 차장은 "그럼 뭐, 혼자 알아서 해 보시던지"라며 나가 버렸다.

시간이 지날수록 임 팀장의 경고가 이해되기 시작했다. 여 차장은 직설적으로 감정을 내뱉고 상대방의 눈치 따위는 전혀 보지 않는 사람이었다. 왜 팀 내부 분위기가 딱딱한지도 짐작할 수 있었다. 다들 조금씩 여 차장과 거리를 두고 있었다. 언제 어떤 말이 뱀의 모습을 하고 훅 들어와 가슴에 생채기를 낼지 전혀 예측할 수 없는 캐릭터였다.

8

나는 과연 다양한 색을 품은 카멜레온이 될 수 있을까? 몇 주가 지나면서 조금씩 여 차장에게 적응해 갔다. 경진은 여 차장을 자극하지 않을 자신만의 전략적 문장을 마련해 가기 시작했다. '제가 좀 더 연구해 보겠습니다.' 라든가, '제가 아직 부족한 점이 많습니다.' 라든지, '가르쳐 주셔서 감사합니다!' 같은. 효과가 없진 않았다. 하지만 매번 진심일 순 없었다.

경진은 이제 주문이 필요했다. 불쑥불쑥 올라오는 모멸감에 휩쓸리다가는 업무를 해 낼 자신이 없었기에 주문처럼 혼잣말로 용기를 북돋았다.

'팀장님 말씀대로 버티며 일하다 보면 분명히 배울 게 있는 사람이겠지. 결국엔 좋은 일이 있을 거야. 진경진, 조금만 힘내자.'

여상명 차장과 일한 지 3개월째, 알면 알수록 고약한 사람이었다. 같이 일을 하면 할수록 뭔가가 뒤틀린 것처럼 보일 때가 있었다.

여 차장은 경진이 해 온 업무를 비판하길 좋아했다. 즐기는 것처럼 보일 때도 많았다. 경진이 새로운 아이디어를 내 놓으면 제대로 듣지도 않고 안 되는 이유부터 찾아서 반박했다. 어느 정도 적응한 경진도 차분하게 대응하려고 애썼다.

한번은 여 차장이 해외 프로모션 사례가 필요한 것 같다며 조사를 시켰다. 경진은 프랑스, 이탈리아, 뉴욕 등 패션을 주도하고 있는 나라와 브랜드의 사이트를 조사하면서 열흘이나 자료를 모으고 다듬었다. 그리고 여 차장에게 보고했다. 최종적으로는 어떤 면을 자몽과 접목했으면 좋겠다는 결론까지 낸, 누가 봐도 잘 만든 보고였다. 여 차장은 중간중간 감탄사도 넣어가며 진지하게 들어줬지만, 마지막 결론에 이르러서 다시 한숨을 내 쉬었다.

"당신은 결론을 내는 사람이 아니야. 결론은 내가 낸다고."

작은 조사보고가 추가적으로 주어졌다. 경진은 다양한 사례는 조사하되, 결론은 내지 않았다. 대신 조사내용을 세밀한 사례까지 첨부해 가며 준비했다. 그랬더니 돌아온 말이라곤,

"그래서 결론이 뭔데? 하긴 생가기리는 길 하시 않으니 결론이 없지."

이번엔 가만히 있을 수 없었다.

"차장님, 지난번 해외 프로모션 조사 보고 때, 결론을 내지 말라고 하지 않으셨습니까? 결론은 직접 내시겠다구요."

처음으로 경진이 뾰족한 소리를 냈다. 평소와 다르게 말대꾸를 하는 경진을 보고 여 차장은 잠시 움찔했다. 하지만 곧 자신의 기세를 찾았다.

"그게 당신의 한계라고. 결론을 내야 하는 보고와 그렇지 않은 보고를 구분하지 못하는 거. 당신은 딱 거기까지라고."

생전 듣도보도 못한 논리에 경진은 그저 굳어버릴 수밖에 없었다. 여 차장은 특유의 삐딱한 웃음을 지으며 대치했다. 무슨 말을 해도 억지논리로 무너뜨릴 것 같았다. 그 기준이 뭐냐고 따져 묻고 싶지만, 분명 그것도 너의 한계라며 비웃을 것이 확실했다.

상대에게 굴욕감을 주는 것을 즐기는 사람이라니. 이 팀에 오기 전까지는 전혀 예상하지도 못한 일이었다. 대부분 단둘이 있는 회의실에서 일어난 일이었지만, 가끔은 임 팀장이 동석일 때도 있었고, 팀원 모두가 있는 사무실에서도 그랬다. 그때마다 팀은 딱딱하게 굳어 버렸다. 여 차장은 끝까지 누군가를 말로 짓이겨 놓고 여유로운 표정으로 자리를 떴다.

임 팀장은 고작 '여 차장, 담배나 한 대 피러 가지.' 라는 말로 시간을 벌어 줄 뿐이었다. 팀원들도 이미 한두 번 겪은 것이 아니라는 듯, 누구는 조용히, 또 누군가는 한숨을 쉬면서, 지긋지긋하다는 표정으로 그 순간을 견뎠다.

업무강도도 만만치 않았다. 경진은 지난 3년간 똑 부러지게 일을 잘한다는 말을 들어왔다. 업무속도도 남들보다 상당히 빠른 수준이여서 1인 2역을 해낸다고 해도 무방할 정도였다. 1년차가 끝날 즈음, 대대적인 조직개편 시즌에는 팀장마다 서로 경진을 데리고 가겠다고 고집을 부린 적도 있었다. 그 만큼 경진은 주어진 일에 대해서는 완벽에 가깝게 일을 처리해 냈고, 새로운 제안까지 하는 유능함을 가지고 있었다. 업무량이 너무 지나치지만 않다면 경진은 무엇이든 연구하면서 발전시키며 일해 왔다.

그러나 여 차장은 그 이상을 요구했다. 본인이 더 많은 일들을 빨리 할 수 있도록 경진이 서포트하기를 바랐다. 업무량은 점점 늘어났고, 속도가 빠른 경진이라도 힘에 부치는 순간이 많아졌다. 야근도 늘었고, 서러운 순간도 많아졌다. 때로는 기묘한 폭언과 늘어나는 업무량에 화장실에서 혼자 울기도 했다. 스트레스가 복리로 쌓여 갔다.

9

무작정 공격을 당하면 누구든지 무방비상태가 될 것이다. 사실 경진이 가장 참을 수 없는 지점은 성별을 가지고 예상치 못한 공격을 일삼을 때였다. 언제 어떻게 침입할지 모르는 언사였다. 경진은 지난 3년간 상대가 남자라서 함께 일하기 어렵다는 생각은 한 번도 한 적이 없었다. 그런데 여 차장은 달랐다.

"결혼이나 하지, 이렇게 일하려면 회사를 왜 다니는 거야?"
"여자들은 왜 이렇게 문서 이쁜 거에 목을 매는 거야?"
"여자들이랑 일하니 이 사달이 난다니까."

면전에 대고 말하는 것도 아니었다. 이런 식의 말은 꼭 혼잣말처럼 중얼거렸다. 경진이 "뭐라고 하셨어요?"라고 물으면, 모른 척 대답을 하지 않거나, 혼잣말이라며 비웃고 지나쳤다.
경진은 지금 상황을 이해하고 공감해 줄 누군가가 필요했다. 수현의 톡이 생각났다. 경진은 수현을 만나 처음으로 그간의 일을 털어놓았다.

"역시 그럴 줄."
"넌 알고 있었어? 그런 사람인 줄?"
"아니. 그런 건 아니고, 짐작은 충분히 가능했지."

수현은 여 차장과 입사 멘토링으로 만난 적이 있었는데 첫 만남부터 불쾌했다고 했다.

"만나자마자 왜 하필 여자냐고 짜증부터 냈다니까."
"진짜? 대놓고?"
"그때 자기 첫 직장에서부터 지금까지 쭉 얘기하는데 뭔가 이상하더라구. 예를 들면 자기가 첫 직장에서 여자 상사를 모셨는데, 너무 이상한 사람이어서 몇 달 만에 때려쳤다고 하는 거야. 무슨 일이 있었는지 물어봤는데 자세한 대답은 피하더라. 앞뒤 안 맞는 말을 한참 해 대는데……. 논리적으로 말하는데 엄청 궤변같이 느껴지는 거 있지. 뭐랄까, 여자한테 갖는 자격지심 같은 거?"
"자격지심?"
"정확히는 모르겠어. 여성혐오 같기도 하고, 자격지심 같기도 하고. 여튼 여자에 대해서 얘기할 때 굉장히 불쾌하게 말하더라고. 비꼬고, 불필요한 여성적 특징을 들춰내면서 까대고."
"……."

"같이 일해 본 게 아닌 데도 자주 느꼈는데, 넌 못 느껴?"

"느끼긴 하지."

"그치? 또 한 번은 자연스럽게 서로 연애에 대해서 말이 나온 적이 있었는데, 너 알지? 대학교 때부터 사귄 남친 있는 거. 그 남친 얘기하면서 여 차장님은 여친 없냐고 물었는데, 잠자리 얘기만 한참 늘어놓고 연애 얘기는 꺼내지도 않는 거야. 내가 오죽하면 남친한테 데리러 와 달라고 했다니까. 그 이후로는 멘토링이고 뭐고 단둘이 차 한 잔 마시지 않았어."

"근데, 나한테는 안 그러던데. 야한 얘기나 뭐 이런 거는 안 해."

"아마 나 때문 일거야. 입사 멘토링 종료보고서에 내가 정식으로 문제 있는 부분을 지적해서 보고했거든. 인사팀에서 여상명 차장한테 직접 주의를 줬나봐. 그때부터 조심해야 한다고 느꼈을 거야."

"이야, 너 대범하구나?"

"나야 앞으로 안 볼 사람이기도 했고, 또 성희롱 이슈는 강하게 표현하는 게 맞다 생각했지."

"와……."

"아참! 그거 알아? 임 팀장이랑 여 차장 공동대표였던거."

"응??? 진짜?"

"응. 다들 쉬쉬하는데, 임석영 팀장이 여 차장의 추진력을 보고 같이 일하자고 했대. 여 차장이 자기도 자본금을 보탤 테니 공동대표 시켜 달라고 했고. 이건 내가 여 차장한테 직접 들은 말이니까 확실할 거야.”

“임석영 팀장도 여자잖아. 여자랑 같이 일하기 싫어할…”

“그렇지. 그래도 공동대표니까?”

“왜 난 그걸 몰랐지? 아무도 얘길 안 해주더라고.”

“모른 게 아니라 숨긴 거지. 자몽팀 사람들은 당연히 알고.”

“숨겨? 왜?”

“우리 회사에서 자몽팀 흡수하면서 당연히 팀장 한 명만 필요했던 거지. 여상명도 독립적으로 팀을 만들어 달라고 했는데 거절당했나봐. 그래서 팀원에 차장이 된 거고.”

“아! 공동대표였는데 부하가 된 거네. 기분이 좋진 않았겠네.”

“초기설립자는 임 팀장님이 시작한 거고, 케이오티랑 연결한 것도 임 팀장이니까 지분은 더 높을 거야. 자본이 부족해서 어려운 상황인데 임 팀장이 M&A를 성사시켰나봐. 추진력 대단한 사람이지.”

“임 팀장님하고 여 차장. 진짜 묘한 관계구나.”

“그렇지. 아마 모르긴 몰라도 애증 관계 같은?”

“아냐. 친구처럼 잘 지내시는 거 같던데? 매일 담배랑 커피하면서 대화도 자주 나누고.”

“그래도 팀상과 팀원은 격자가 있잖아. 아마도 여 차장은 지금 여자에 대해서 자격지심을 느끼면서 엄청 스트레스 받고 있을 걸.”

“그런가…….”

“여튼 내가 볼 때는 정상이 아니야, 오지랖인 건 알지만, 난 니

가 여 차장이랑 같이 일하지 않았음 싶은데…… . 언제까지 같이 일
해야 하는 거야? 꼭 같이 일해야 하는 거야? 그냥 예전 팀으로 가던
지, 업무 파트너 바뀔 가능성은 없는 거야?"

수현은 책임감이 발동한 건지 경진을 보호하려 들었다. 하지만
경진에게 급한 건 당장 눈앞에 보이는 업무의 산이었다. 높아진 일
욕심과 낮아지는 자존감 사이에 균형을 잡기 어려운 경진이었다.
일도 자존감도 둘 다 포기할 수 없다.

"근데, 좀 묘하다."
"뭐가?"
"남 차장이 아니고 여 차장인거."
수현은 갑자기 박장대소를 하며 손뼉을 쳤다.

"그러네, 그래!!!"

10

속을 털어놓아서 좀 나아지기는 했지만 보다 실질적인 해결책
이 필요했다. 경진은 임 팀장에게 SOS를 칠 수밖에 없었다.

'임 팀장은 여 차장을 어떻게 생각하고 있을까? 진짜 전우애가
두터운 사이인 걸까? 아니면 적과의 동침인 기분일까?'

임 팀장을 찾아간다고 해도 경진에게 공감해 줄지, 아니면 반
대의 입장일지는 알 수 없었다. 그래도 지금으로서는 다른 실무적
지원군이 있는 것도 아니다. 경진은 팀장에게 면담을 요청했다.

"여 차장이랑 일하는 거, 쉽진 않지?"

눈치 빠른 팀장이 먼저 이야기를 꺼냈다. 다행이다.

"가끔 뒤에서 울기도 하는 거 나도 알아."

알고 있다고? 그럼 팀장에게 솔직하게 말해도 되는 걸까?

"아……. 일은 힘들어도 하겠는데, 극단적인 표현을 쓰실 때는 너무 괴로워요."

"나한테도 그러는데 경진 씨한테는 당연하겠지."

"팀장님한테도요?"

"그럼, 나한테도 빈정대고 막 덤비고, 내 말을 진짜 안 들어. 몇 년을 봐 왔지만……. 다루기 쉬운 스타일이 아니야. 그래도 괜찮은 구석도 있는데 경진 씨가 좀 봐 주면서 일하면 안 될까?"

"팀장님. 이젠 사장님 보고를 잡아 주셔도 될 것 같습니다. 정말 많이 준비했고 새로운 내용들도 많습니다. 여 차장님께서 많이 가르쳐 주시긴 했지만, 저도 열심히 했습니다. 프로젝트의 중요한 한 축이라는 걸 직접 증명해 보이고 싶습니다."

"좋았어! 팀장 입장에서는 일 욕심 많은 게 제일 고맙지!"

"그리고, 오늘 이 대화는 비밀로 해주셨으면 합니다."

"그래요! 이젠 진짜 달려 봅시다."

며칠 후, 임 팀장은 여 차장과 경진이 준비한 서비스의 임원진 보고 날짜를 받아 왔다.

"11월 12일입니다."

지금부터 약 한 달. 오늘부터 카운트다운을 시작하겠다고 공개적으로 선언했다. 임 팀장은 특히 여 차장을 바라보며 강하게 말했다.

"남은 한 달. 넉넉하게 시간을 잡아서 진행한다고 생각하면 오산일 겁니다. 더 완벽한 준비를 위한 시간입니다. 사장님 보고발표 후, 바로 사업 런칭할 수 있도록 하자는 뜻입니다. 부족한 것 하나하나 짚어서 실행하고 보고서에 담으시구요. 실무자인 경진 씨 아이디어를 적극적으로 담아 실무자 입장에서도 관리하기 좋은 시스템이라는 것을 설명해야 합니다. 무슨 뜻인지 아시겠어요?"

"네. 알겠습니다. 팀장님."

여 차장도 평소와 달리 빠르게 대답했다. 여 차장 얼굴에 복잡한 표정이 올라왔다.

'임원진 발표.'

멋지게 해 내야만 했다. 이번 발표를 통해 성과가 진경진 때문이기도 하다는 소리를 꼭 듣고 싶었다. 경진은 다시 시동을 걸었다.

11

한 달이 쏜살 같이 지나갔다. 달라진 것이 있다면, 경진의 얼굴색이 더 어두워졌다는 것뿐이었다. 임 팀장은 여전히 여 차장의 담배 파트너였고 팀원들은 각자도생하기에 바빴다. 여 차장이 내뱉는 말은 점점 더 괴기해졌고, 임 팀장은 더 이상 방어해 주지 않았다.

"니가 공채 에이스였다매? 도대체 무슨 기준으로 에이스라는 소문이 들리는 거야? 세상에."
"오늘은 은행원 같이 옷을 입고 왔네."

사람과 사람 사이에는 어쩔 수 없는 기싸움이라는 것이 있다. 보이지 않는 그 '기'를 이용해 자신의 생각을 표현한다. 하지만 한쪽의 기가 너무 세면 반대쪽에서는 자신의 기를 드러내기 어렵다. 여 차장은 말 그대로 '기세등등'이었다. 무슨 자신감이 그렇게나 넘치는지 목소리도 우렁찼고 비웃음은 점점 더 사나운 색깔을 띠었다. 경진은 악으로 덮인 그 이상한 기운을 이겨내기 어려웠다.

유일하게 평온하고 싶은 깊은 밤 시간에도, 경진은 쉽게 잠들 수 없었다. 푹신한 잠에 들고 싶어도 머릿속에서는 사무실 풍경이 떠나지 않고, 여 차장에게 대꾸하면서 항변하는 자신이 상상되었다. 이런 식으로 항변할까, 저런 식으로 저항할까? 아니면 이런 말로 설득할까? 아니면 저런 표현을 써 볼까? 더 좋은 상황을 만들기 위해 경진은 계속 시도했다. 그렇게 수백 번을 떠올리고 연습해도 항상 경진은 실패였다. 여 차장은 특유의 비뚤어진 미소로 경진에게 하찮다는 표정을 짓고 있었다. 소스라치게 놀라 엉엉 울면서 잠에서 깬 적도 여러 번이었다. 그때부터는 잠을 자지 못하고 그저 초조한 마음으로 새벽을 맞이하는 수밖에 없었다. 거의 매일 잠을 못 자니 일상적인 피곤함이 몸에 배어 버렸고, 이런 모습을 들킬까 두려워 또다시 회사에서는 긴장된 상태로 지내야만 했다. 한 마디로 악순환이었다. 이제는 경진이, 괴로워하며 이곳을 떠났던 동기들의 감옥섬으로 밀려들어가는 것 같았다.

'동기들도 나만큼 힘들었을까? 그때 나는 어떤 공감을 해야 했을까? 회사를 나간 친구들은 지금 행복할까?'

"경진 씨, 잘 지냈어요?"

곽정훈 팀장의 전화였다. 경진은 사막에서 만난 오아시스처럼 그의 목소리가 반갑고 또 기뻤다. 경진에게서 요즘 한 번도 누구에게도 들려주지 못했던 밝은 목소리가 튀어나왔다.

"팀장님, 안녕하셨어요? 오랜만이에요."
"나 작은 회사로 옮겼다는 건 알죠? 작지만 본부장을 맡고 있어요. 물론 경진 씨한테 본부장님 소리를 듣겠다는 건 아니고."
"축하드려요, 본부장님!"
"하하, 아니, 팀장님이라고 불러줘요. 난 경진 씨한테는 평생팀장이니까."

평생팀장이니까. 좋은 사람만이 해 줄 수 있는 말이다.

"네. 팀장님. 한번 찾아뵈어도 되죠?"
"언제든지. 내가 맛있는 거 사 줄 테니 언제든지 와요. 근데……. 사실 내가 경진 씨한테 작은 부탁이 있어서 연락했어요."
"네? 무슨 부탁이요?"

곽정훈은 자신의 회사에서 만들고 있는 프로그램의 테스터를 대대적으로 모으고 있고, 경진이 떠올랐다고 했다. 답을 찾아주는 프로그램은 아니지만, 답을 찾도록 도와주는 프로그램이라고 한다. 프로그램 이름은 엘리란다. 직장인들이 자신의 고민을 털어 놓을 만한 창구가 부족하다고 느껴서 시작한 인공지능 앱이라고 설명했다.

"직장인들을 위한 상담앱인데 AI가 상담하면서 코칭해 주는 그런 프로그램이에요. 영화 <Her> 아시죠? 뭐 그런 거랑 비슷하다고 보면 돼요."

"와~, 팀장님 진짜 멋있는 일 하고 계신 거 같아요."

"하하하. 지금 트라이얼 버전 진행 중인데 경진 씨도 한 번 깔아서 테스터로 참여해 보시고 의견 좀 받아봤으면 해서요. 우리가 지금 100명의 테스터를 찾고 있고, 피드백해 주시는 분들에게는 선물을 보내드릴 예정이에요. 바쁘겠지만 꼭 좀 부탁드려요."

"선물까지요?"

"네. 우리 회사가 만든 특별한 캐릭터 상품을 준비 중이에요."

"언제까지 피드백 드려야 해요?"

"사용 시작은 보름 안에 그러니까 대략 이달 말 안에 하면 되구요. 기간은 한 달이에요. 앱에서 마지막 종료일을 안내해 줄 거니까 편하게 사용하면 돼요. 부담 없이 써 보고 날카롭게 피드백 줘요."

"네, 팀장님!"

곽 팀장의 부탁이니 흔쾌히 수락했다. 곧장 다운로드 방법과 사용법을 메일로 받았다.

'앱과 상담을 한다……?'

경진은 기계에 고민을 털어놓는다는 게 겸연쩍었지만 그래도 좋은 기회라는 생각이 들었다. 엘리를 다운받자마자 바로 회원가입까지 했다. 예쁘고 따뜻한 느낌의 디자인이 돋보였다. 앱을 보며 살짝 미소가 지어졌다. 하지만 지금은 거기까지였다. 엘리라는 AI 새 친구에게 고민을 털어놓기에는 당장 너무 바쁜 시즌이었다. 경진은 앱을 끄고, 업무창으로 시선을 옮겼다. 다시 무표정해졌다.

12

단단하게 쌓아올렸던 성이 조금씩 땅 밑으로 내려앉고 있었다. 경진은 대학에 다니면서 두 번 휴학을 했다. 그 중에 길게 휴학을 한 것이 세계여행을 위한 도전이었다. 8개월 동안 아르바이트를 해서 1500만원을 모아 9개월 동안 세계여행을 했다. 마음을 먹고, 계획을 세우며 일하고, 돈을 모아 여행을 떠났다.

유럽과 아시아, 북미까지 돌아다닐 여정이었다. 한 번은 오토바이에 치여서 말도 안 통하는 스페인의 병원에 일주일간 입원해 있기도 했고, 예약된 숙소가 어딘지 찾지 못해 새벽까지 길을 찾아 울면서 헤맨 적도 있었다. 그 긴 시간 동안에도 경진 스스로에 대한 자존감이 무너진 적은 없었다. 힘든 것은 나를 시험하는 것이지 무너뜨리는 건 아니라고 생각해 왔다. 그리고 앞으로의 인생이 계속 더 도전적이면서도 더 새롭고 배울 것 천지일 것이라고 생각했다. 그래서 힘들어도 기꺼이 받아들이는 태도가 장착되어 있다고 믿었다. 하지만 요즘 경진은 지금까지 힘들게 쌓아 놓은 성이 조금씩 무너지는 것을 느꼈다.

11월 12일.

자몽팀은 평소보다 더 긴장된 분위기에서 하루를 시작했다. 임원진 보고회에서는 사장님과 본부장급이 새로운 서비스를 보고받고 바로 의사결정을 하기로 되어 있었다.

자몽팀 입장에서는 출범 후 가장 큰 회의 자리였다. 메인 발표자는 상급자인 여상명 차장이었지만, 서브 발표자인 경진이 더 긴장했다. 경진의 아이디어에서 출발한 내용도 다수 포함되어 있었기 때문에 임원들이 어떻게 평가해 줄지 궁금했다. 흥분과 조바심이 공존했다. 경진은 오늘, 평소와 다르게 자켓을 걸치고 구두도 갖춰 신었다. 그래도 모처럼 자신감도 솟아나는 상태였다. 그런데 임석영 팀장이 다급한 듯 경진을 불렀다.

"오늘……. 굳이 경진 씨가 발표에 들어가야 하나?"

"네? 그게 무슨 말씀이세요?? 당연히 제가…….."

"오늘 기술업체 몇 군데랑 중요한 외부미팅을 잡아 놨던 거를 내가 깜빡했지 뭐야. 팀장인 내가 사장님 보고회에 안 들어갈 수도 없고, 외부미팅도 취소하기 어려워서 말야. 외부미팅을 경진 씨가 대신 참석해 줄 수 없을까?"

"예? 그건……. 팀장님, 미팅을 어떻게 조정할 수는 없을까요?"

임 팀장은 외부업체 세 군데가 같이 하는 미팅이기 때문에, 추가적인 시간 조율이 어려울 것 같다며 은근히 완강하게 경진의 대리참석을 요구했다.

"그렇게 중요한 미팅이라면 저처럼 낮은 직급이 들어가는 게 오히려 이상하지 않을까요?"

"아니야, 자료교환까지 이미 다 끝난 상황이라서, 서로 최종의견 내린 것만 취합해서 나한테 전달만 해주면 돼."

"팀장님……."

"어차피 연습한 대로 여상명 차장이 발표할 거고, 우리 팀에서 너무 많은 사람이 들어가면 번잡스러워 보일 수도 있으니 경진 씨는 외부미팅 쪽으로. 알았지?"

어제 리허설 때까지도 팀장은 아무 말이 없었다. 오늘 발표 내용에는 경진이 반드시 발표하고 싶었고 발표하기로 한 내용이 포함되어 있었다. 개인 작가들과의 콜라보 방식으로 액세서리 라인을 런칭하는 나름 야심찬 기획이었다.

"팀장님, 프리젠테이션 내용도 제가 거의 다 작성했고, 신규 콜라보 부분은 제가 발표히기로 했는데요. 세나가 Q&A 대답은 제가 맡기로……."

"그건 그런데, 어제 FAQ도 완성되어서 대답은 누구든 할 수 있을 거고, 시나리오도 다 있고. 설마 여 차장이랑 내가 그 정도도 커

버 못할까봐?"

"오늘을 위해 몇 개월을 준비했는데……."

"알지, 알지. 하지만 중요한 업무 공백을 채우는 것 또한 팀원의 할 일이지 않겠어?"

'팀원의 할 일' 논리라니. 이건 명령이었다. 원래 경진의 할 일은 임원진 회의 참석이었다. 하지만 순식간에 뒤집혔다. 팀장의 권력 안에서 팀원의 할 일이 정해진다. '권력'의 힘이 경진의 할 일을 바꿨다. 불합리하지만 따라야 하는 것이 회사에서의 권력이다. 권력의 힘을 앞세운 말은 궤변이라도 상식처럼 받아들여져야 한다. 충분히 납득되지 않았는데도 억지로 납득시켜야 한다.

'권력'이란, 때론 너무 경박하고 또 우스꽝스럽다.

멍하니 서 있는 경진을 두고 임 팀장은 곧장 여 차장을 불러 또 무슨 이야기를 비밀스럽게 나누었다. 두 사람을 보니 한 박자 늦게 화가 치밀어 올랐다.

오늘 아침 경진의 할 일은 분명히 약속되어 있었다. 경진은 회의 자료를 인쇄하고, 회의실을 점검한 뒤, 남은 시간에는 각자 자신이 맡은 부분을 한 번 더 연습해 보기로 되어 있었다. 하지만 지금 경진은 아무 것도 할 수 없었다. 지금 경진에게 가장 급한 일은 벌겋게 올라오는 화를 눌러 내는 것이었다.

'또로롱.'

알림음과 함께 팀장은 지난번 외부업체와의 회의록을 보내주었다. 미리 읽고 참석하라는 뜻이었다. 회의록을 열어 봤지만 무슨 소린지 머릿속에 전혀 들어오지 않았다. 마음은 임원진 회의실에 있지만, 몸은 다른 회의를 준비해야 하는 경진은 혼란에 빠졌다.

"이상으로 마치도록 하겠습니다."

경진은 외부 업체들과의 미팅을 마치고 급하게 임원진 보고회장으로 들어갔다. 막 회의가 끝난 분위기였다.

발표석에 선 여 차장을 보니 Q&A까지 마친 것 같았다. 분위기는 매우 만족스럽다는 느낌이었다. 다행이긴 했지만, 뭔가 이상했다. 여 차장과 임 팀장의 표정이 예상보다 훨씬 들떠 있었다.

"오늘 이야기들, 바로 추진합시다."

사장님은 마치 기특하다는 표정으로 두 사람을 바라보고 있었다. 임원진들도 수고했다고 한마디씩 거들었다.

"여 차장이 고생을 많이 했겠네. 저런 고민까지 다 하고 말야."

팀장이 사장님의 말을 그대로 받았다.

"네, 여 차장이 밤낮없이 고생이 많았죠."

경진은 뭔가 불길한 기분을 느꼈다. 모든 공로가 여 차장에게 집중되는 것이 느껴졌다. 이건 아닌데, 하는 생각이 머릿속을 휙 지나갔다. 경진은 그동안 여상명과 일하면서 생기는 악감정의 씨앗을 매번 부인하는 과정을 거쳤다. 일반적이라고 느낄 수 없는, 미묘하게 엇갈리는 정서의 흐름이 자주 발생했다. 그때마다 경진은 너무 예민하게 반응하지 않으려 애썼다. 스트레스를 조절해야 했다.

'누구와도 이렇게 일할 사람이야. 그냥 사람이 좀 꼬여있는 것뿐이야. 좀 이상한 사람과 내가 일하고 있는 것뿐이야. 난 그저 일에만 집중하면 되는 거야.'

지금도 마찬가지였다. 경진은 예상과 어긋난 정서의 분위기를 읽어냈다. 하지만 원인을 찾아낼 수는 없었다. 그렇게 부인된 여러 가지 짐작들이 어떻게 전개될지 경진은 아직 전혀 눈치챌 수 없었다.

임 팀장은 의기양양하게 회심의 미소를 지을 뿐, 자세한 설명은 피했다. 여 차장은 담배를 무는 시늉을 하며 임 팀장을 불렀다.

경진은 어떤 질문이 나왔는지, 임원진이 어떤 부분에 더 큰 관심을 보였는지, 그리고 경진은 그 자리에 어떤 방식으로 존재하는 사람이었는지 확인하고 싶었다. 아니, 그냥 아무거나 뭐라도 확인할 수 있기를 바랐다. 서비스 시뮬레이션을 위해 회의에 참석했던 개발자 종수 사원과 영찬 대리를 붙잡고 자세히 회의 경과를 브리핑해 달라고 부탁했다.

"저는 한 번도 언급된 적이 없구요?"

"네, 저희는 그냥 FAQ 직전에 나오긴 했는데, 저희가 본 걸로는 그냥 쭉 준비한 발표만 하시고, 경진 씨 언급은 안 되던데요."

"제가 발표하기로 되어 있던 라인 출시 관련해서두요?"

"네. 그것도 자기가 준비한 발표처럼 하던데, 맞지?"

종수는 민망한 듯 영찬의 옆구리를 툭 쳤다.

"그럼, 팀장님도, 두 분도 아무런 말씀 안 하신 거예요?"

"에이~ 우리가 뭐 힘이 있어요. 저야 개발 관련된 질문이나 받아주러 들어가 있었던 건데요."

"그래도……. 이게 뭐예요."

"서비스 엎어지지 않고 통과된 것만으로도 잘 된 거 아니에요? 좋게 생각하자구요"

"아……. 그렇긴 한데……. 뭔가 찜찜한 기분이 들어요. 갑자기 회의에 못 들어가게 된 것도 그렇고요."

"우리도 더 자세한 건 모르겠어요. 중간에 나오기도 했고."

듣고만 있던 영찬이 조심스러운 표정으로 말을 꺼냈다.

"근데. 경진 씨. 이제 와서 얘긴데……."

"네?"

"이거 여상명 수법이에요."

"수법이요?"

"마지막에 성과 독차지하는 거. 아는 사람은 다 알거든요."

"야! 이제 와서 그 얘기를 하면 어떻게 해!"

종수가 영찬에게 고개를 확 돌리며 말했다. 영찬은 마저 말을 하고 싶어 했다.

"맞잖아. 이제라도 말해 줘야지! 사실, 전임자도 그것 때문에 빡쳐서 나간 거구요."

"전임자요? 몸이 안 좋아서 퇴직했다고 하지 않았어요?"

"갑자기 몸이 왜 안 좋아졌겠어요? 뻔한 거지."

종수는 딱하다는 듯 - 그러나 야속하게도 이제 와서 - 이전 사건을 들려주었다. 전임자도 본부장 회의에서 보고할 때, 여 차장이 자기가 잘못한 건 다 전임자에게 뒤집어씌우고, 잘한 건 전부 자기 성과로 보고해 크게 싸웠다고 했다.

게다가 유사한 일이 반복되기까지 했다. 참다못한 전임자가 팀장에게 강하게 반발했지만, '우리 팀 일인데 왜 니 일, 내 일 따지냐, 내가 니 노고를 알고 있다'며 두루뭉술하게 넘어가려고 했고, 여상명 차장은 '내가 다 잘 되는 쪽으로 알아서 잘했는데, 뭐가 문제냐. 임팩트 있는 분위기를 만들어야 통과될 가능성이 높은 것이다'라며 자기 방식이 무슨 노하우인 양 빈정거렸다고 했다.

전임자는 스트레스로 인한 위장장애로 고생을 했고 결국 퇴사했다. 그는 '여 차장에게 동료는 이용대상일 뿐'이라는 말만 남겼다. 자기들과도 연락하지 않는다고 한다.

"게다가."

영찬에게 더 할 말이 남은 듯했다.

"남자직원도 그렇게 대하는데, 하물며 경진 씨는 여자잖아요. 여자가 잘되는 꼴을 못 보는 인간이에요. 쓰레기 같은 새끼."
"알고 계셨어요? 제가 여자라서 당한 일들까지?"

종수가 입을 뗐다.

"사실 자몽이 케이오티에 흡수될 때, 여자 직원들 세 명도 다 같은 팀으로 배정되기로 했었어요. 그런데 세 명 모두 지원팀으로 배정해 달라고 강력히 주장해서 결국 남자팀원들만 남게 되었던 거죠."
"그런 일이 있었다구요?"
"세 명 모두 여 차장하고 같이 못하겠다고 했어요."

여 차장의 실체를 확인한 기분이었다. 발표회만 잘 하면 그간의 서러움을 다 잊을 수 있다고 생각했지만, 실상은 반대였다. 모든 일이 오늘을 위한 예고였음을 깨달았다. 순간 경진의 머릿속에 엄청난 지진이 일어났다. 아니, 경진의 존재 자체를 뒤흔드는 커다란 붕괴였다. 더 견디지 못하고 와르르 무너졌다.

13

"차장님, 어제 서비스 보고회에서 제 이름은 언급도 없었다고 들었습니다. 저도 같이 준비했는데 많이 섭섭합니다."

"칫."

예상했던 반응이라는 얼굴이었다. '그래서?'라는 표정으로 대뜸 여 차장은 나가자고 했다. 옥상에 올라가 담배를 꺼내 물었다.

"진경진 씨. 당신 이름이 언급되었던 아니든, 그 업무에 대한 평가는 결국 자몽팀 전체가 받는 거야. 조직 생리 몰라?"

"팀의 중요한 과제라는 것은 알지만······."

"니가 왜 화가 났는지는 알겠는데, 회사에 일하러 왔지 이름 팔러 왔어?"

"이름 팔러 오지 않습니다. 다만, 저 역시 결과를 만드는 데 기여한 사람이라는 걸 확실히 하고 싶습니다."

"좋은 말 했네. 당신이 원하는 결과 나눠줄게. 기다려."

"네? 제가 보고할 수 있는 또 다른 기회라도 있나요?"

경진의 희망섞인 표정을 보고 여 차장은 비웃음을 쪼갰다.

"나참. 이 얘기까지 해야 하나. 너. 평가점수 안 무서워?"
"네? 갑자기 그게 무슨 말씀이세요? 왜 갑자기 평가 얘기를 하시는 건데요?"
"넌 나보다 이 회사를 오래 다녔으면서 왜 이렇게 소식이 느리냐. 오늘이나 내일쯤 앞으로 평가제도가 바뀔 거라는 공고가 날 거야. 너 지금 나한테 이러는 거 고과점수 낮게 받고 싶어서 안달하는 것처럼 보여."

그저 협박처럼만 들릴 뿐 무슨 말인지 이해할 수 없었다.

"그저 얌전히 있으면 알아서 곱게 대리 만들어 줄 테니까 그냥 좀 조용히 살자. 내가 당신을 외부회의에 보낸 것도 아닌데 왜 나한테 징징거리는 거야. 하고 싶은 말이 있으면 팀장한테 하라고!"
"팀장님이 지시한 일을 어떻게 제가 거부해요?"
"니가 더 세게 우겼어야지. 그것도 다 니 능력인 거 몰라?"

버럭 소리를 지르는 여 차장의 기세에 바짝 움츠러들었다. 사실 팩트만 보면 여차장이 잘 못한 건 없었다. 현장에서 빠진 것도,

외부미팅에 참여한 것도, 보고에서 경진이 빠진 것도 모두 팀장 결정이었다.

여 차장은 등을 보이고 사무실로 사라졌다. 경진은 허탈했다. 중요한 자리에 빠지고, 자신의 역할은 삭제되었고 컴플레인은 제지당했다. 보람 따위는 하늘로 다 날아가 버렸다.

3년 전, 한 달 정도 숙박하면서 배웠던 신입사원 교육이 갑자기 생각났다. 교육 기간 내내 '팀플레이'가 강조되었다. 혼자 할 수 있는 건 없다, 함께 해야 훨씬 더 좋은 결과가 나온다, 팀은 결과와 보람을 함께 나누는 것이다, 그러니 서로를 보완하며 팀으로 일해라. 반복해서 들어왔던 말이고, 다양한 훈련을 거쳤다. 하지만 역시 교육은 현실과 괴리가 있었다. 팀플레이는 '팀'이라는 단어를 같은 의미로 이해하는 사람끼리만 가능한 것이었다. 여 차장이 가진 '팀'의 개념은 경진의 것과 전혀 달랐다.

14

무거운 감정과 상관없이 해는 매일 아침 가볍게 움직인다. 다음 날 아침, 평가제도 개선방법에 대한 공지가 떴다. 여상명이 말한 대로였다. 지금까지 팀장평가 위주였던 평가 구조가 파트너십 위주로 바뀌었다. 업무를 총괄하는 직책자의 의견보다 함께 실무를 하는 파트너의 협업관계가 중요하다는 것이었다. 여상명 차장은 자신에게 불만을 가지면 파트너십 평가에서 경진을 낮게 평가해 버리겠다는 협박을 한 것이었다.

경진은 곧 대리승진 발표를 앞두고 있었다. 여 차장이 경진에게 평가를 가지고 협박한 것처럼 경진도 여상명 차장을 낮게 평가할 수는 있었다. 하지만 그게 경진에게 득이 될지 독이 될지 알 수가 없었다. 혼란스러운 마음에 수현을 만났다.

"평가기간 끝날 때까지 며칠만 더 수그리고 있어야지 어쩌겠니. 다른 결정들도 다 그때까지 미뤄."

수현도 지금 같은 상황에서 해 줄 말이 없는 듯 보였다. 그저 낮은 포복을 권유했다.

"가끔은 현실을 받아들여야지. 그러자, 응?"

평가제도가 뭔지 사람 참 찌질하게 만들어 버린다는 생각이 들었다. 평가기간이 끝나고 한 달 후, 인사발령 공고가 났다. 다행히 경진은 무사히 대리직급을 달 수 있었다. 그런데, 매칭기술기획팀 팀장 여상명 발령이라는 한 줄이 보였다. '이게 뭐지?' 경진은 의아할 수 밖에 없었다. 같은 시간, 수현이 톡을 던졌다.

> 너도 알고 있었어? 여상명 팀장 되는 거!

> 아니, 전혀…….

> 잘됐네. 이제 여 차장이랑 같이 일 안해도 되는 거네. 축하해!

'축하……? 이게 지금 기뻐해야 하는 일일까?'

승진과 조직개편이 같이 나는 경우는 자주 있었지만, 여 차장이 신생팀 신규팀장으로 발령이 나는 건 전혀 금시초문이었다. 임 팀장은 알고 있었을까?

"팀장님, 여 차장님 발령난 거 보셨어요? 알고 계셨던 거예요?"
"대충은 들어서 알고 있었지. 어이! 여 팀장 축하해."

임 팀장과 여 차장은 서로의 덕을 봤다는 듯한 표정으로 손인사를 했다. 갑자기 경진의 뒷골이 서늘해졌다. 매칭기술기획. 경진이 해 오던 일과 직접적 관련이 있다.

"팀장님, 매칭기술팀이 뭐 하는 팀인데요?"
"천천히 알게 되겠지 뭐."

임 팀장은 의뭉스러운 표정으로 자리를 피했다. 여 차장은 벌써부터 '우리팀 자리는 어디가 되나…'라며 사무실 이곳저곳을 쳐다보고 다녔다.

본부장의 급한 팀장들 호출이 있었다. 사업부 내 8개 팀장들이 본부장의 호출로 가장 큰 회의실에 모였다. 여 차장도 참석했다. 1시간 쯤 지난 후, 팀장들은 여유로운 표정으로 회의실을 나왔다. 경진은 업무에 집중할 수가 없었다. 여 차장이 더 이상 업무를 진척시키지 말라는 말을 남기고 나갔기 때문이다. 그리고 임 팀장은 자몽팀을 한 자리에 모았다.

"여러분들, 오늘 공고 난 거 보시면 아시겠지만, 여 차장이 새롭게 시작하는 매칭기술기획팀에 팀장으로 이동하게 되었습니다. 다같이 박수 한 번 칠까요."

팀원들은 암튼 축하해주었다. 함께 박수를 치는 소리가 다른 팀 담장으로까지 넘어 나갔다. 여기저기서 고개를 돌려 쳐다봤다.

"여 차장은 지금까지 진행해 오던 3D 가상매칭 시스템에 대한 확대 사업을 추진할 겁니다. 여러분들도 아시겠지만, 지난 번 사장님 보고에서도 좋은 반응을 얻었고, 이 시스템을 액세서리 사업뿐이 아니라, 그 외의 패션이나 인테리어 등에도 적용하면 좋겠다는 의견이 많았어요."

"그럼 새 팀으로 배정되는 인원도 정해졌습니까?"

"이제부터 여 차장이 직접 팀을 구성할 거예요."

여 차장이 말을 가로챘다.

"본부장님이나 임 팀장님하고 상의하면서 구성할 생각입니다. 내부에서 추천도 받을 거고, 필요하다면 외부인력도 영입할 생각입니다. 아, 팀장님, 본부장님이 또 부르시네요"

여 차장은 핸드폰을 보면서 일어났다. 경진은 자신이 어디로 배속될지 궁금했다. 그리고 불안했다. 경진은 복잡한 마음이 들었다. 새 팀에 가서 일을 하게 되면 해당 서비스를 주도직으로 저리할 수 있게 된다. 하지만, 여 차장이 팀장으로 있는 팀이라면…. 복잡한 계산법이 나올 수밖에 없는 어려운 문제다. 경진은 마음 깊은 곳에서 계산기를 꺼내 보았다.

15

경진은 며칠이 지나도록 아무 일도 진행할 수가 없었다. 여 차장은 '일단 스톱'을 외쳤고, 인수인계를 잘 할 수 있도록 자료정리를 하고 있으라고 했다. 단 한 번도 경진과 함께 팀을 꾸리자는 말은 하지 않았다. 둘 사이에는 냉기가 흘렀고, 경진은 오한이 났다. 임팀장은 경진에게 면담을 하자고 했다.

"경진 씨. 음……."
"무슨 일이세요. 팀장님?"
"여 차장이 당신을 데려가지 않겠대."
"네?"

예상하지 않은 결과는 아니지만, 선택권이 있지 않을까 기대하고 있었다. 하지만 결과만 통보받게 되다니 허탈했다. 여전히 경진이라는 사람은 여 차장에게 이용가치가 있을 텐데 그는 왜 이렇게 쉽게 결정했을까? 어떤 계산법으로 내가 제외된 것일까? 처음 만났을 때부터 그랬지만, 자신의 어떤 면을 싫어하는지 알 길이 없는 경진은 여 차장의 이번 결정을 어떻게 결론지어야 할지 몰라 씁쓸했다.

"그동안 경진 씨. 여 차장 때문에 많이 힘들어 했잖아. 그래서 잘 된 일인 것 같긴 한데 말야."

"팀장님, 기획부터 업체조사까지 다 제가 하고 손본 것들인데, 런칭 앞두고 그 일에서 빠져야 한다니 너무 허탈하고 답답합니다."

"본부장이 여 차장에게 힘을 엄청 실어주고 있는 거 잘 알잖아. 여 차장이 원하는 인력으로 배정할 수 있도록 돕고 있어. 협력사에 일 잘하는 친구도 이미 하나 꼬셔놓은 모양이고, 우리 팀에서도 개발자 한두 명을 데리고 갈 거 같아. 근데 경진 씨 얘기는 없어."

"사장님 발표 이후로, 계속 차갑게 대하는 이유가 그거였군요."

"그래도 따라간다고 하면, 내가 말을 넣어 볼 수는 있는데…….
어떻게 할 거야?"

"모르겠어요……. 왜 그런지 팀장님도 아시잖아요."

별로 공감해 주고 싶은 마음이 없는 임 팀장은 빨리 결론을 내고 싶은 듯한 표정이었다. 일면 일수록 알미운 사람이었다. 상황에 따라 자신의 위치를 잘 잡아내는 사람이었다. 빨리 결론을 얻고 싶어하는 임 팀장의 표정을 보니 상의하고 싶은 마음도 싹 사라졌다.

"우리 팀에 남아준다면 제일 고맙고, 일이 바뀌는 게 영 싫으면, 이전 팀으로 돌아가는 건 어때? 그 팀에서 인정 많이 받았잖아."

'하지만… 그 팀에 이제 곽 팀장님은 안 계시는 걸요.'

속마음도 모르고 얘기하는 것 같아 임 팀장이 더욱 미웠다.

"……"
"새 팀으로 가고… 싶어?"

나를 싫어하는 사람이랑 함께 일하지 않기로 통보받은 것. 기뻐할 일일지 슬퍼할 일일지 모르겠다. 경진의 회사생활이 이제 4년 차로 접어 든다. 진짜 '일'이 뭔지 새롭게 알기 시작했다. 일이 더 잘 되기 위해서 어떻게 내외부 커뮤니케이션을 해야 할지 깨닫기 시작했다. 내가 생각한 아이디어를 어떻게 '일'로 만들어 나가야 할지 실전 경험도 조금씩 쌓이기 시작했다. 그 일의 결과가 지금 새 팀으로 분리되려고 하고 있다. 회사생활을 시작하고 나서 처음으로 구체적인 성과를 냈건만, 그걸 시작하기도 전에 포기를 강요당하고 있었다. 그 허탈함을 어떻게 내 맘 안에서 마무리해야 할지 모르겠다. 하지만 여 차장과 헤어질 좋은 기회라는 것은 부인할 수 없었다.

경진은 이런 아이러니 속에서 또 한 번의 선택을 해야만 한다.

'자몽'팀을 선택한 것은 실패였을까? 지금의 감정만으로는 실패라고 느껴졌지만, 실패라고 인정하고 싶지 않았다. 다음 선택을 현명하게 해 낸다면, 실패를 성공으로 만회하게 될지도 모른다. 힘든 선택을 해야 하는 쓰디쓴 운명 앞에 경진은 어떤 길을 걸어 나가야 할지 고민에 빠졌다.

경진 안에 남은 에너지의 불씨, 그리고 낮아졌지만 여전히 유효한 자존감을 근거로 후회하지 않는 선택을 하고 싶었다. 선택을 통해 조금 더 괜찮은 회사생활의 미래를 그리고 싶었다. 아직 남아 있는 작은 불씨를 어떻게든 살려내고 싶었다.

16

여 차장이 없는 팀은 지금까지와는 전혀 '새로운 팀'이 될 것이다. 결국 경진은 현재 임 팀장의 팀에 남기로 했다. 여 차장은 총 4명의 인원을 꾸려 팀을 시작했다. 예상대로 남자로만 구성되어 있었다. 경진은 업무 인수인계 4시간 내내 허탈감을 느꼈다. 애지중지 키운 아이를 대낮에 길에서 남에게 건네주는 기분이었다.

'그동안 준비한 서비스가 런칭되면 맘 편히 그 서비스를 내가 클릭해 볼 수 있을까.'

자신있다고 말하긴 어려웠다. 아직은 혼란스러운 감정이 정리되지 않고 떠다녔다. 사무실에서 비웃듯이 바라보는 그를 만날 때마다 경진은 조금씩 높여가고 있던 마음의 평정심이 사라지는 것을 느꼈다. 여 차장을 몇 달 안 볼 수 있다면 좀 더 쉽게 회사를 다닐 수 있을 것 같았다. 이 때, 톡이 울렸다. 수현이었다.

경진! 모닝커피 한 잔하러 내려와.
니가 좋아하는 뜨아 시켜놓을 테니.

수현은 지난번을 계기로 많이 가까워졌다. 수현은 따뜻한 아메리카노를 닮았다. 그녀를 만나면 몸이 따뜻해진다. 긴장이 풀어지고 솔직한 내가 된다.

"야, 얼굴이 왜 그 모양이야. 요즘 기분 안 좋지?"
"안개를 걷는 것 같고……. 숨 막히는 것 같기도 하고……."
"휴우……. 여 차장 새끼."
"경진아. 우리 팀장님 알지? 한 팀장님 말야. 지난 번 니가 말한 그 임원진 발표회에 들어가셨잖아. 그래서 자세한 소리를 들었는데……."

경진은 머리를 한 대 세게 얻어맞은 기분이었다. 여 차장이 자신의 업무 발표를 하고 나서 이 일을 확대하기 위해서는 팀이 필요하다는 장표를 만들어서 같이 보고했고, 그 때 열심히 동조를 한 사람이 임 팀장이라는 것이었다. 전날 프리젠테이션 연습을 할 때도 전혀 계획되어 있지 않은 내용을 여 차장과 임 팀장이 같이 준비해서 경진 몰래 발표한 것이었다.

"임 팀장이 너무 적극적으로 팀 분리를 주장해서 사람들이 의

아할 정도였대. 이상하잖아. 자기가 스타트업 때부터 만들고 키워왔던 사업 일부가 분리된다는데, 그걸 좋아라 하면서 주장한다는 게. 게다가 분위기는 이미 본부장이랑은 말이 다 끝난 것처럼 보였대. 임 팀장, 여 차장, 본부장 모두 다 합의된 내용이었다는 거지. 그런 얘기를 나누기 위해서 너를 계획적으로 그 발표장에서 빼야했던 것 같아."

전혀 모르고 있던 내용들이었다. 경진은 그때 자신이 참석하지 못한 사장님 발표가 잘 끝났고, 팀 분리도 윗선에서 결정하고 지시로 내려왔다고 생각했다. 그리고 경진이 신규 팀으로 들어가지 못한 이유는 그저 여 차장이 자신을 별로 좋아하지 않기 때문일 거라 생각했다. 예상했던 대로 깔끔하게 끝나지 않은 찜찜함이 그대로 수면 위로 드러난 순간이었다. 지금까지 자신을 위로해주고 도와줬던 임 팀장과 본부장까지 모두 신규팀을 만들어 새로운 사업을 추진할 수 있게 여 차장을 도왔던 것이었고, 거기에 경진은 필요 없는 사람이었을 뿐이다.

"나, 단물만 쪽 빨리고 버려진거네."
"그렇지. 너 여 차장한테 이용당한 거야."

갑자기 확 경진의 머릿속을 관통하는 사람이 있었다. 그날 회의에 참석했던 외부업체 김 과장님이었다. 경진은 전화를 돌려 그날 회의가 어떤 경위로 잡혔는지 물어 보았다.

"다다음날인가로 잡혀 있었던 회의 날짜를 급하게 당기자고 하시더라구요. 빨리 결론을 지어야 되는 건이라고 경진 씨라도 보내서 회의 진행하겠다구요."

불길한 예감은 틀린 법이 없었다. 그날 경진을 빼고 진행하기 위해서 외부미팅도 일부러 당긴 것이었다. 맥이 탁 풀렸다. 그리고 지금, 경진이 찾아갈 사람은 임 팀장 밖에 없었다. 그날 회의장에서 있었던 회의록을 보게 되었다고 둘러대고 임 팀장에게 따져 물었다. 왜 그런 중요한 일들에서 자신만 배제된 것인지, 그리고 꼭 그래야만 했는지, 함께 상의하면서 얘기할 수는 없었는지 말이다.

"경진 대리. 그게 아니라⋯⋯."
"그런 말씀은 한 번도 없으셨잖아요."
"나도 살아야지. 이러다 죽겠더라구."

임 팀장도 부인하지 않았다.

"그게 무슨 말씀이세요."
"나도 그 자식 떼 버려야 살잖아. 나도 그놈 못 이겨. 몇 달 동안 얼마나 나를 괴롭히면서 본부장한테 얘기해 달라고 조르고, 시달리다, 시달리다. 나도 이제 그놈이랑 헤어져서 일할 때가 되었다 싶더라. 벌써 나 4년째다. 여기 들어오기 전부터 싸우고 지지고 볶고 이제 지치드라. 그래서 그놈 하자는 대로 했다. 지겹고 징그러워서."

"……."

"미안하다."

이게 사내정치라는 건가. 결국 임 팀장도 자신이 편하고 싶었다는 뜻이었다. 함께 잘해 보자고 하는 게 팀인 줄 알았다. 열심히 일하면 대가가 오는 곳이 회사라는 곳인 줄 알았다. 하지만 그저 다들 자기 잇속만 챙기는 곳이었다.

이날 이후로, 경진의 출근길은 매일매일 무겁기만 했다. 회사 현관의 회전문을 통과할 때면, 그대로 다시 돌아나가 어디든지 그냥 떠나고 싶은 마음만 가득했다.

3단계 펀치였다. 처음에는 여 차장의 인성에 두들겨 맞았고, 오랫동안 준비한 임원진 회의에 못 들어가게 되어 허무함에 시달렸고, 결국 자신이 몰랐던 사내 정치가 설계되고 있었다는 것이 마지막 충격이었다. 경진은 쉽게 잠들 수 없었고, 힘겹게 잠이 들어도 여 차장과 임 팀장이 양쪽에서 경진을 뒤흔들며 괴롭히는 악몽까지 꾸곤 했다. 식은땀을 흘리며 새벽에 일어나 경진은 엉엉 울었다.

'내가 왜 회사에 들어와서 이런 맘고생을 하고 있지? 이런 게

월급값이란 걸까?'

회사에 다니고 있는 근본적인 이유에 대해서부터 흔들리기 시작했다. 일로서 행복하고 싶었던 경진이었다. 그리고 사람들과 함께 즐기며 일하고 싶었다. 모든 것이 흔들렸다. 사람에 대한 배반감을 제외하고서라도 경진이 믿으며 살아왔던 신념이 무너진 기분이었다. 열심히 일하면 좋은 결과가 나를 찾아온다. 내가 누군가를 믿어주면 믿음으로 또 보답을 받는다. 길지 않은 인생동안 차곡차곡 쌓아온 세상에 대한 신념들. 앞으로 그것을 무너뜨려야 할지, 다시 쌓아야 할지 감이 잡히지 않았다. 안개 안에 갇혀버린 기분이었다.

임 팀장이나 본부장 얼굴을 무슨 표정으로 대해야 할지 모르겠다. 비열한 배반자처럼 보이는 사람이 조직에서 모셔야 하는 상사라니 이게 무슨 아이러니한 일이란 말인가. 나 스스로에게 문제를 찾으려 해도 열심히 노력한 기억만이 내 어깨를 눌렀다. 베개에 얼굴을 파묻고 엉엉 울어도 패배자 같은 마음은 더 짙어져만 갔다.
숨이 막히는 것 같았다. 누구에게 내 마음을 이야기해야 할까? 내 마음을 온전히 다 이해해 주는 사람을 찾고 싶었다. 아무런 선입견도 정보도 충고도 원치 않았다. 그서 순수하게 내 말에 귀 기울여 줄 사람이 필요했다.
내 말을 들어 주면서도 왜 좀 더 약아빠지지 못했냐고, 너도 똑같이 해 주지 않았냐고 한심한 표정을 보이거나, '나는 아니라 다행이다'라는 뉘앙스를 듣고 싶지 않았다. 오늘은 진짜 순수하게 속마음을 털어 놓을 사람을 찾고 싶었다.

그냥 길거리에서 모르는 사람을 붙잡고라도 내 이야기를 들어 달라고 부탁하고 싶었다. 간절한 마음이 가동되었다. 아! 대화할 상대가 생각났다. 엘리! 차라리 기계라도 상관없을 것 같았다. 경진은 곽 팀장에게 소개받은 엘리 앱을 켰다.

뾰로롱 하는 기계음이 들리며 목소리가 들렸다.

엘리 · 안녕? 난 엘리라고 해.
경진 · 난 진경진이야.

드디어 첫 대화를 시작했다.

17

회사원들은 시험이 없는데도 성적표를 받는다. 아니, 매일매일이 시험기간이라고 해야 맞겠다. 성적은 또한 승진과 연봉, 사내 수상, 교육 기회 등과 긴밀히 연결된다. 케이오티에서도 연말평가 성적표가 나왔다. (A+, A, B+, B, C, D 중에) B. 낮은 점수다.

"여 차장이 낮게 준 점수를 내가 조금 높인 거야."

임 팀장은 자신의 덕에 C는 면했다는 듯 말했다. C등급부터는 연봉인상률이 적용되지 않는다.

"네."

경진은 아무 대꾸도 하지 않고 면담실을 나왔다. 오늘은 정말이지 일찍 퇴근하고 싶었다. 임 팀장 얼굴도 보고 싶지 않았다. 거대한 회사 건물을 나오면서 자신에게 매겨진 평가 점수를 곱씹었다.

회사에서 평가 받는다는 것. 도축장에서 고기의 등급이 매겨지는 것과 같다고 느낄 때가 있다. 회사에서도 직원들을 골라 먹을 소비자들이 있다. 임원들, 팀장, 인사팀 등등. 그들에게는 이 등급이 필요하겠지. 하지만 회사에서 최고등급은 몇 명이나 될까? 그 외에 누구에게 도움이 되는 걸까? 글쎄. 잘 모르겠다. 앞으로 더 높은 등급을 받고 싶다는 희망찬 마음으로 일하라는 뜻일까? 평가등급을 위해 일한다는 것이 무슨 뜻인지도 잘 모르겠다. 매 순간 오직 내가 맡은 일이 잘 되기 위해 노력해 왔었다. 그리고 그 일을 통해 다양한 의미를 느끼고 싶었다.

과거에도 그랬고 앞으로도 그렇게 살고 싶었다. 그런 생각을 하니 다시 현타가 몰려왔다.

'아! 나는 앞으로 1년간 B등급 고기로 살아가야 하는구나.'

경진은 집에 돌아와 혼술을 했다. 오늘은 살짝 취한 술기운을 빌어 엘리와 진지한 대화를 제대로 해 볼 생각이다. 이미 몇 번의 짧은 대화를 했지만, 개인적인 신변잡담에 그쳤을 뿐이었다. 오늘은 진짜 나를 보여줄 수 있을까.

경진 · 안녕? 잘…… 있었지?

엘리 · 당연하지!

경진 · 이틀 만에 보네.

엘리 · 기다렸어.

경진 · 미안해. 나 좀 바빴거든.

잠시 침묵이 흘렀다.

엘리 · 오늘은 진짜 너의 고민을 들어줄게.

경진 · 어? 너 어떻게 알았어? 나 오늘 진지한 고민 말할 생각이
       었거든.

엘리 · 오늘 너의 목소리에 탐색되는 수치가 있어. 진지함 지수가
       엄청 높게 나오거든.

진지함 지수라니, 신기하다.

경진 · 근데 너 복잡한 말도 다 알아들어? 나 오늘 되게 복잡한 얘
       기를 할 거라서.

엘리·트라이얼 버전이니까 아직 모르지. 그래도 얘기해 봐. 니
　　　고민이 뭐야. 목소리에 고민지수가 79% 담겨있어.

경진·계속 그런 게 계산이 되나 보다…….

엘리·응. 난 못하는 거 빼고 다 할 수 있어. 어서 시작해 줄래?

경진·말하기 창피하다. 사실, 나…… 회사에서 뒤통수 맞았어.

엘리·자세히 얘기해 봐.

경진·자세히 얘기하기가……. 진짜 다 알아들을 수 있는 거지?

　　의심이 드는 건 어쩔 수 없었다. 내 말을 알아 듣고 공감해 주는
누군가와 대화를 나누고 싶은 마음이 가득했다.

엘리·알아듣는지 아닌지는 얘기를 해 봐야 결론이 난다니까.

　　엘리는 시니컬했다. 하지만 어쩔 수 없었다. 사람이든 기계든
통하는 관계인지 아닌지 알아내려면 누군가 입을 떼고 이야기를
시작해 나가야 한다. 경진은 천천히 자신의 이야기를 풀어 나갔다.
여상명과 일하게 된 계기, 열심히 일하면서 고생했던 이야기, 인간
적인 모독을 겪은 순간, 보고에서 제외된 이야기, 여 차장이 팀장이
되었다는 이야기, 그리고 임 팀장의 이야기까지 천천히 다 말했다.
　　엘리는 거의 다 알아듣는지 적절한 타이밍에 맞장구를 쳐 주었

다. 경진은 이렇게 천천히 자신이 겪었던 일을 처음부터 끝까지 한 번에 터놓게 된 것이 후련했다.

엘리 · 그런 일이 있었구나. 속상했겠다.

경진 · 속상한 정도가 아니었어…….

엘리 · 속상한 정도가 아니면?

경진 · 억울하고! 화가 치밀고! 평생 한 번도 느껴본 적 없는.

엘리 · 없는?

경진 · 무력감이 들어. 너는 잘 모를 거야. 이 기분.

엘리 · 내가 언닐 텐데. 반말은 괜찮아도 '너'는 쫌 바꿔줄래?

엘리는 적절한 농담을 통해 감정을 조절해 주기도 했다.

경진 · 아 그래? 내가 동생이었구나? 내가 먼저 태어났는데 왜?

엘리 · 내 나이는 항상 내담자보다 언싱으로 실성뇌거든.

경진 · 그럼 너 몇 살로 설정되어 있는 건데? 궁금하다.

엘리 · 비밀이야! 나의 신비감을 위해 여기까지! 그냥 언니 정도
　　　로 생각하면 쉬워.

경진 · 언닌데, 반말은 해도 된다는 거지?

엘리 · 응. 내가 반말하니까.

경진 · 알겠어, 엘리 언니. 근데, 나 어떻게 해야 할지를 모르겠다.

엘리 · 넌 어떻게 하고 싶은데?

경진 · 모르니까 물어보는 거지.

엘리 · 난 니가 알 수 있다고 생각하는데?

답을 주지 않는다는 게 이런 거구나. 경진은 곽 팀장의 말을 떠올렸다.

엘리 · 지금 가장 큰 감정이 뭔데?

경진 · 무력감이라니까!

엘리 · 그 다음은?

경진 · 여 차장 꼴도 보기 싫은 거.

엘리 · 임 팀장도 꼴도 보기 싫구?

경진 · 응. 다 미워.

엘리와 함께 이야기를 하다 보니 이미 한 시간이 훌쩍 지나 있었다. 경진은 긴 대화를 통해 자신의 속마음을 누군가에게 펼칠 수 있어서 좋았다. 평소의 자신보다 더 솔직하고 격한 감정이 표출되는 것 같아 신기하고 부끄럽기도 했다. 기계와 이야기를 하는 것이 가능할까 싶었지만, 익숙해지는 데에는 생각보다 오래 걸리지 않았다.

엘리 · 단순하게 접근하자고. 그 사람들을 계속 미워하는 게 니
　　건강에 좋아 나빠?
경진 · 당연히 나쁘겠지.
엘리 · 그럼 답이 나왔네. 그만 미워해.
경진 · 그게 내 맘대로 되면 너랑 이야기할 필요가 있겠어? 내 감
　　정이 내 맘대로 안되니까 미치겠다는 거라구!
엘리 · 그래도 한 번 객관적인 시선을 가져보잔 뜻이야.

객관적인 시선이라… 주관적 감정에 빠져 있었던 나. 이제는 객관적인 시선이 필요할 때가 되었을지도 모른다.

경진 · 객관적인 시선?
엘리 · 응. 너에 대한 객관적인 시선, 상황에 대한 객관적인 시선,

그리고 상대에 대한 객관적인 시선 말야.

경진 · 그래. 한번 시도해 보자.

엘리 · 솔직히. 여 차장이랑 임 팀장이 일을 잘 하는 사람이야 못
하는 사람이야?

경진 · 흠… 잘 하는 사람이야. 그건 맞아.

엘리 · 회사에서 일 잘하는 사람을 좋아해? 싫어해?

경진 · 좋아하겠지. 근데!

엘리 · 근데?

경진 · 왜 그렇게 치졸한 방법으로 해야 하냐는 거야. 누군가의
뒤통수를 쳐 가면서!

엘리 · 왜 그런 방법을 썼을까?

경진 · 임 팀장은 자기가 편하자고 그랬을 거고……. 여 차장도
자기가 팀장 되고 싶어서 수를 쓴 거겠지.

엘리 · 이햐. 똑똑한 사람들이네.

경진 · 야!

엘리의 앱에서 도망다니는 모양의 이모티콘이 뛰어 다녔다.

엘리 · 임 팀장도 여 차장도 일을 잘 해서, 서비스도 임원진들에게
인정받고, 팀도 별도로 꾸리고 목적한 일은 잘 된 거잖아.

경진 · 나도 그 사람들만큼, 아니 그 이상으로 열심히 했어. 잘하기도 했고.

엘리 · 알겠어. 내가 인정해 줄게.

경진 · 그래도 내가 미치겠다니까?

엘리 · 왜 미쳐. 일이 잘 되기를 그렇게 바랬다면서.

경진 · 너무 나쁜 사람들이잖아.

엘리 · 그 사람들이 너한테 어떻게 해 줬으면 좋겠어? 사과하러 와서 용서를 빌고 그런?

경진 · 모르겠어……. 그럴 사람들도 아니지만.

엘리 · 잘 생각했어. 그 사람들이 바뀔 리도 없으니까 말야.

경진 · 알어. 그래서 미치겠어.

엘리 · 말해 봐. 정확히 왜 미치겠는지 풀어서 설명해 봐. 생각할 시간을 줄게.

경진 · 너무 추궁하듯 그러지 마… 나도 정리가 안 된단 말야.

엘리 · 솔직히, 이런 일이 일어났다고 해도 회사 다니고 월급 받는 데에는 아무 문제 없잖아. 안 그래?

경진 · 그래서 내 고민 따위는 아무 것도 아니라는 거야?

엘리 · 아니 그 반대를 말하고 싶은 거야. 어떤 상황이나 사건을 만날 때, 변하는 것과 변하지 않는 것이 있거든. 변하지 않는 것도 있다는 것을 알려주는 거야. 니가 회사를 다니는 기본 조건이 변하는 건 아니라는 거야.

경진 · …….

엘리·그럼 변한 게 뭐지?

경진·내 마음이겠지…….

엘리·시간을 줄게. 천천히 생각해.

경진은 고개를 푹 숙이고 생각에 잠겼다.

엘리·생각하는 동안 내가 그 사람들 미워하고 있을께.

경진의 폰 화면에는 화난 캐릭터가 권투를 하고 있는 이모티콘
이 움직이고 있었다. 그걸 보고 있자니, 내 마음 안에 털어내야 할
것들이 보였다.

18

경진 · 우선… 억울해. 나 혼자만 피해자가 된 거잖아.

엘리 · 음……. 납득이 간다. 여 차장이라는 사람은 자신이 얻을
　　　걸 다 얻어냈고, 임 팀장도 손해본 건 없다.

경진 · 하지만 나는.

엘리 · 너는?

경진 · 내 일을 뺏겼고, 감정도 너무 많이 다쳤어.

엘리 · 니가 얻은 건 전혀 없을까?

경진 · 내가 얻은 거?

엘리 · 전혀 없진 않을 텐데?

경진 · 굳이 말하자면 새로운 업무의 기회였겠지. 지금은 모래성
　　　처럼 사라져 버렸지만.

엘리 · 이 일 하면서 실력이 자랐다면서?

경진 · 그건 사실이긴 해. 새로운 기술도 익히고 업무 속도도 빨

라지고, 아이디어도 많이 적용해 보고 말야.

엘리 · 그럼 된 거 아냐? 게다가 넌 또 큰 것을 얻었잖아.

경진 · 여 차장이랑 떨어지게 된 거 말하는 거지?

엘리 · 잘 아는구만.

경진 · 니 말대로 해석하면 말은 되는데 그래도 난 계속 소화가 안 되는 기분이야.

엘리 · 그것 말고 소화가 안 되는 다른 이유를 찾아보자.

경진 · 다른 이유라…….

엘리 · 진짜 미치겠는 너만의 이유가 뭘까?

경진 · 내가 없어. 내가 삭제된 기분이야.

엘리 · 이번 것만 포기하고, 다음에 드러나게 하면 되지 않아?

경진 · 다음에도 또 삭제될까봐 겁나. 나, 겁이 늘었어.

겁이 늘었고 자신감이 사라졌다. 그게 가장 화가 나고 미치겠는 지점이었다. 회사가 나를 이렇게 만들어 버렸다는 속상함. 그게 상처로 남았다. 학교에 다닐 때에는 성적이 나를 설명했다. 자격증을 딸 때마다 나를 설명할 수 있는 것들이 늘어났다. 거리를 두고 싶은 친구가 생기면 서서히 티 안나게 멀어지면 그 뿐이었다. 대학을 졸업하기 전까지는 '억울함'의 감정을 크게 느낄 만한 사건도 많지 않았다.

하지만 이번 일은 억울했다. '앞으로는 이런 일을 당하지 말아 야지', '강한 내가 되어야지' 라고 굳게 마음을 먹어보지만, 결국 마음의 문이 굳게 닫힌 스스로의 모습을 발견할 뿐이었다.

신나게 일하면서 나를 펼치리라 마음먹었던 내가 이렇게 폐쇄되고 움츠러들다니. 세상에 이 사실을 아는 건 나뿐인데도, 스스로가 너무 밉고 창피했다. 작아진 내 모습을 세상에 들키기 싫었다. 큰 트라우마가 생겼다는 것 자체가 부끄러웠다. 답답했다.

엘리 · 작은 문 하나는 열린 것 같아. 잘 했어.

경진 · 칭찬받으니 기분이 좋다. 오랜만에 칭찬받는 것 같아.

여 차장과 일하면서 잊고 있었던 칭찬의 언어였다. 맞아. 칭찬이라는 건 참 좋은 거였어. 이걸 잊고 지내 왔다니.

엘리 · 경진아. 원래의 넌 어떤 모습이었니?

경진 · 난 뭐든 열심히 하는 사람이었어. 일에 겁 없이 뛰어들고 도전하고 끝까지 해 내는 사람이었다구. 일하면서 힘을 얻는 그런 사람이었던 것 같아.

엘리 · 그랬구나. 그런 니가 겁쟁이가 되어 버렸다는 거구나.

경진 · 응. 그런 거 같아. 난 변했어. 더 이상 예전의 내가 아니야.

엘리 · 꼭 안아줄게.

따뜻하게 포옹하는 이모티콘을 보여주었다.

엘리 · 힘들겠지만, 너 자신에게 집중해.

경진 · 고마워.

엘리 · 근데……. 진짜 상황과 사람들이 너를 변하게 만든 걸까?

경진은 깊이 잠들 수 없었다. 엘리의 마지막 질문이 경진을 뒤흔들었다. 처음 듣는 질문이었다. 아무 답도 할 수 없었다. 엘리는 오늘 대화를 여기서 마치자고 했다.

'무엇이 나를 변하게 만들었을까?'

19

다음 날 아침, 평소보다 뜨거운 태양이 더욱 열렬하게 경진을 깨웠다. 잠은 좀 부족했지만, 활기차게 일어났다. 왠지는 모르겠지만 경진은 빛으로 가득한 아침을 만끽하고 싶었다. 엘리와의 대화 덕분이었을까?

첫 대화를 마친 후, 경진은 비타민 주사를 맞고 잠에서 깬 것처럼 마음의 모양새가 회복세로 돌아섰음을 느꼈다. 경진은 퇴근 후 매일 엘리를 만났다. 기간이 정해진 짧은 연애를 즐기듯 경진은 업무 시간에도 엘리를 자주 떠올렸다.

엘리 · 오늘은 어땠어?

경진 · 나한테 집중하라고 한 그 메시지. 그 생각을 자주 하고 있어. 나에게 집중하면서 답을 하나하나씩 찾아가자. 뭐 그런 마음이 시작된 거 같긴 해.

엘리・이제 진짜 대화가 시작되는 느낌인 걸?

경진・그렇지만 '진짜 상황이 나를 변하게 만든 건지'에 대한 대답은 찾을 수가 없어. 너무 어렵고 너무 무거워.

엘리・흠……. 그렇군.

경진・예전보다 더 겁쟁이가 된 건 사실이지만, 회사가 나를 그렇게 만든 게 아니라면 무엇이 나를?

엘리・난 하나의 질문을 했을 뿐이야. 니가 겁내고 있는 그 모습. 누가 만들어 낸 거냐고.

경진・무슨 말을 하고 싶은 건데?

엘리・너에게 집중해. 진짜 답은 니 안에서 찾아낼 수 있을 거야.

경진・나에게? 겁내고 있는 나의 모습을 회사가 만든 게 아니라, 내가 만들어냈다는 거야? 내 얘기를 다 듣고도 어떻게 그런 말을 할 수가 있어? 여 차장이랑 임 팀장이 얼마나 나를 힘들게 했는지 다 들었잖아. 난 트라우마가 생겨 버렸다고!

엘리・워워. 흥분하지 말고.

경진・날 이해해 주는 줄 알았는데!

경진은 홧김에 엘리를 확 종료시켰다. 친구도 언니도 아닌 내 마음을 이해해 주는 유일한 친구를 만든 기분이었는데, 책망당하는 것 같아 불쾌해졌다. 아니 서운한 마음이 들었다. 며칠 동안이나 앱을 켜지 않았다. 하지만 경진은 알고 있었다. 엘리가 미워서가 아니라, 질문에 대답하지 못할 나를 만나기 두려워서라는 걸. 사흘이

지난 저녁, 경진은 다시 앱을 켰다.

엘리 · 기다리다 목 빠지는 줄.

경진 · 많이 바빴어.

엘리 · 바쁘긴 개뿔.

경진 · 바빴다니까! 왜 사람 말을 안 믿어 주는 거야?

엘리 · 니 목소리에 신뢰지수가 40% 밖에 안 되니까.

경진 · 망해라. AI.

엘리 · 각자 더 잘 하는 게 있는 거라고 너그럽게 생각하자.

경진 · 그래… 화내서 미안해. 나 엘리 언니랑 얘기하고 싶어.

엘리 · 하고 싶은 말부터 시작해. 어떤 마음으로 며칠을 보냈어?

경진 · 사실 너랑 이야기하는 게 두려웠어. 지난 번 그 질문에 대
해서 대답할 자신이 없었거든. 혹시 진짜 상황을 만든 게
내가 아닐까. 두려웠어.

엘리 · 두려운 마음 백퍼센트 이해해.

'끄덕끄덕' 히는 이모디콘이 화면에 등장했나.

경진·이해해 줘서 고마워.

엘리·근데……. 어려워 할 거 없어. 넌 이미 스스로 답을 말한 적이 있거든.

경진·응??

엘리·내가 지난번에 '그 사람들을 계속 미워하는 게 니 건강에 좋아 나빠?' 라고 물은 적 있지?

경진·응. 당연 나쁘다고 내가 대답했고.

엘리·봐봐. 넌 멋지게 대답했잖아.

경진·무슨 말이야. 제대로 설명해 봐.

엘리·난 니가 그 상황을 만들었다고 추궁하는 게 아니야. 상황을 만든 사람들은 니가 미워하게 된 그 사람들이 맞을 거야.

경진·응? 진짜 그렇게 생각해? 그런데 왜 나한테 그런 질문을 한거야?

엘리·지난 상황은 니가 선택할 수 없었지만, 결과는 니가 선택할 수 있다는 말을 하는 거야.

경진·그게 무슨 말이지? 자세히 얘기해 줘.

엘리·지금까지 겪은 그 상황들이 너를 두려움에 떨게 만들었다고 생각하는 게 더 나아? 아니면 지금까지 겪은 그 상황들이 너를 더 도전하게 만들었다고 생각하는 게 더 나아?

경진·그야 당연히⋯⋯. 그래도⋯⋯.

엘리·두려움에 떠는 것 자체가 나쁜 건 아니야. 누구나 인간은 겁쟁이기도 하고. 그러니 너도 당연하게 그런 감정에 위축되었을 거고.

경진·⋯⋯.

엘리·근데 거기서 끝낼 거야?

엘리는 오늘도 질문을 던지고 홀연히 사라졌다. 정말 지독한 질문기계였다. 그래도 오늘은 위로를 받았다. 두려움에 시달리는 것이 자연스러울 수 있다는 것. 내 잘못이 아니라고 경진을 쓰다듬어 주는 것 같았다. 하지만 거기까지였다.

또 다시 답은 경진이 직접 찾아내야 했다.

20

다음날이었다.

엘리 · 생각 좀 해 봤어?

경진 · 생각을 해 봤는데……. 쉽지는 않네.

엘리 · 당연하지.

경진 · 넌 가끔 고약한 데가 있는 것 같아. 나 직설적인 말투의 여
차장한테 질린 사람인데 좀 다른 말투로 해 주면 안 될까?

엘리 · 다른 버전의 말투도 있긴 한데, 한번 들어볼래? 얼마나 힘
드셨을까요? 정말 당연한 말씀이십니다.

시낭송을 하는 듯한 아나운서의 진지한 목소리가 지금까지와
는 전혀 다른 어투로 들렸다.

경진 · 아……. 아냐 돌아와, 엘리 언니.

엘리 · 그지? 그냥 추천받은 말투로 하자고. 우리 캡틴이 얼마나 심혈을 기울여 만든 목소리인지 넌 아마 모를 거야.

경진 · 그래. 알았어. 하던 얘기 계속 해도 돼?

엘리 · 그래. 우선 지금까지 니가 이해한 내용을 말해봐.

경진 · 그래 좋은 생각이야. 하나하나 짚어보면, 우선, 두려운 건 자연스러운 거고, 내가 상황을 만든 것이 아니라고 말해 줘서 너무 고마웠어. 아마도 똑같은 상황에 처했어도 나는 다른 선택을 못했을 거 같더라구. 그냥 나에게 벌어진 일이고 난 지금 마음이 좀 지치고 다쳐있을 뿐이야.

엘리 · 그래. 지나간 걸 인정하는 게 정신건강에 좋지.

경진 · 넌 '정신건강'이라는 단어를 참 좋아하는구나?

엘리 · 회사원들의 '정신건강'을 다루는 앱이니까 당연하지.

경진 · 맞다… 그랬지?

가끔 경진은 엘리가 AI라는 사실을 잊곤 했다. 오랫동안 알고 지내온 친구와 전화통화를 하는 기분으로까지 발전했다는 것을 느끼고 또 한 번 놀랐다.

경진 · 그렇지만 결과는 내가 직접 선택할 수 있다는 말을 니가 남겼지. 내 힘으로 결론을 선택할 수 있다는 말 같았어. 계속 힘든 나로 남을 것인지, 도전하는 나로 남을 것인지.

엘리 · 잘 이해했네. 쉽지?

경진 · 아냐. 전혀 쉬운 문제가 아니야.

엘리 · 공식을 알려줬는데 쉬운 문제가 아니라고?

경진 · 넌 인간이 아니라서 인간의 섬세한 감정을 잘 이해하지 못하겠지만, 사람은 과거의 감정을 그냥 쉽게 버리고, 바로 변화의 의지를 바로 딱 세우고 그게 잘 되지가 않아. 그 사이에 정말 많은 것들이 있다고.

엘리 · 무슨 말인지는 모르겠지만⋯ 여튼 쉽지 않다는 것처럼 들리는군.

경진 · 게다가 난 니가 나한테 너무 큰 질문을 던졌다고 생각해.

엘리 · '근데 거기서 끝낼 거야?' 라는 질문 말하는 거지?

경진 · 응. 그 질문. 앞으로의 내 인생 전체를 묻는 질문 같아서 너무 광활한 기분이야. 사막에 서 있는데 질문을 받은 그런 기분.

엘리 · 그럼, 질문을 다시 바꿔서 해도 될까?

경진 · 응 부탁해.

엘리 · 니 인생이 중요해? 니 회사생활이 중요해? 어떤 게 너한테 더 중요한 거야?

간단한 질문이지만, 허를 찔리는 기분이 들었다. 당연히 내 인생이 훨씬 더 중요했다. 근데. 내 인생? 그게 뭐지? 지금까지 열심히 일하면서 에이스 소리를 들었는데, 회사원으로서의 나는 내 인생 전체에서 어떤 의미였던 거지? 갑자기 혼란스러웠다.

엘리 · 응? 왜 이렇게 조용해?

경진 · 음 그게……. 지금 내 인생에서 회사생활이 너무 크게 차지하고 있긴 해. 시간, 돈, 그리고 나에게 영향력을 미치는 사람들, 모두 다.

엘리 · 이제야 느끼기 시작하는군.

경진 · 그래서 너무 두려워. 겁쟁이가 되어 버린 회사원에서 벗어나지 못할까봐.

엘리 · 그래 보여. 목소리에 두려움 지수가 70% 넘게 측정되네.

경진 · 회사생활이 이렇게 답답한데 어떻게 행복… 할 수 있어?

엘리 · 그건 아니지. 회사생활이 행복해야 니 인생노 행복해지지.

경진 · 어쩌라구. 난 니가 무슨 말을 하는지 모르겠어.

엘리 · 너를 위해 회사를 다니라고, 회사를 위해서 말고.

경진 · 그게 무슨 말이야. 나더러 어떻게 하라는 거야.

엘리 · 휴……. 바보가 된 건가?

경진 · 이런 혼란스러운 기분을 기계인 니가 알 수가 있겠어?

엘리 · 기계보다 멍청한 너는 도대체 뭐니?

'헐' 소리를 내며 황당해 하는 이모티콘이 나타났다.

경진 · 에이씨. 다시 설명해 줘. 난 지금…….

엘리 · 지금?

경진 · 지금……. 엘리, 너 밖에 의지할 곳이 없다구.

부끄러웠다. 아무도 보는 사람도 없지만 숨고 싶었다. 하지만, 절박한 마음에 엘리에게 솔직히 고백할 수밖에 없었다. 나의 속마음을 이렇게 깊은 곳까지 보여줄 대상은 지금 엘리밖에 없었다. 게다가 시한부 대화였다.

엘리 · 흠…….

경진 · 민망하니까 무슨 말이든 해 봐.

엘리 · 무슨 사랑고백 받은 거 같아서 좀 부끄러워.

이번엔 '부끄러워' 이모티콘이 화면에 등장했다.

경진 · 나도 부끄러워.

엘리 · 그러니까 내 말은… 흠흠, 니 세상의 크기를 정하라고.

경진 · 그게 무슨 말이지?

엘리 · 회사에서 행복하려면 일하는 것 자체가 행복해야 하잖아.

경진 · 맞아. 내가 하고 싶은 말이 그 말이야! 일하면서 행복해지고 싶은 그 기분!

엘리 · 그러니 니가 일하면서 뛰어 놀고 싶은 니 세상의 크기를 정해야지. 니가 일할 운동장.

경진 · 세상의 크기? 운동장?

경진은 깊은 숨을 들이쉬었다. 또 다음 단계가 경진을 기다리는 것이 느껴졌다. 경진은 먼저 엘리에게 오늘은 이 정도에서 대화를 마치자고 했다. 혼자 생각할 시간이 필요했다. 오늘은 엘리와 그렇게 긴 이야기를 나누지 않았지만, 어느 때보다도 긴 이야기를 나눈 듯했다.

21

마음을 내어 놓을 수 있는 사람이 있다. 그리고 기계도 있다. 경진은 그 자체로 인생이 풍요로워졌다.

"나 요즘 상담선생님 만나잖아."
"정신과 상담? 왜 그걸 이제야 얘기해!"

안달한 표정으로 걱정해 주는 수현을 보니 경진은 미안한 마음이 들었다. 엘리만큼이나 수현은 지금 경진에게 중요한 사람이었다.

"정신과는 아니고, 그런 게 있어. 별건 아니고."
"그럼 뭐야~? 정신과 아니면 심리상담?"
"다음에 얘기해 줄게. 아직은 좀 부끄러워서. 아직 현재진행형이라… 다 끝나면 나중에 꼭 얘기해 줄게."

분명 엘리는 경진을 일으키고 있었다. 엘리는 좋은 대화상대가 되어 주었지만, 한정된 정보를 가지고 있는 기계였다. 엘리는 AI로서 자신이 아는 정보 안에서 경진을 도와주려고 노력하고 있었다. 엘리는 경진의 감정지수를 체크해 주었고, 고민의 인과관계를 따지며 질문을 던졌고, 조금 더 객관적인 시선 안에서 생각하도록 중심을 잡아 주었다. 하지만 엘리는 경진이 설명해 준, 회사 내에서 일어난 일련의 사건들 외에는 경진에 대해 더 깊이 아는 것이 없었다. 성장과정, 자존감, 꿈, 아킬레스 건 같은 것 말이다. 내 안에 있는 수많은 정보를 꺼내 답을 찾는 것은 스스로 해야 할 일이었다.

경진은 소비자에게 유독 관심이 많았다. 사람들의 욕망, 그 욕망을 읽는 마케터, 그것을 서비스로 구현하는 기획자. 그리고 온라인의 세계. 자연스럽게 경진은 케이오티를 입사하고 싶은 회사 중에 하나로 삼았다. Key Of Technology 기술의 키를 잡고 서비스를 구현하겠다는 이름까지도 마음에 들었다.

하지만 회사생활은 생각보다 냉혹했다. 조직개편도 너무 잦았고, 프로젝트가 난립했다. 이 팀에서 준비하고 있는 서비스가 저 팀에서 완성단계에 있는 것들도 있었다.
짤려나가는 사람도 많았고 새롭게 밀려들어오는 사람도 많았다. 팀장들도 자주 바뀌곤 했다. 매일매일 치열했지만 회사는 꾸준히 성장하고 있었고, 거기에 내가 한 자리를 차지하고 있다는 것이 자랑스러웠다.

엘리·경진은 왜 소비자에 관심이 많았던 건데?

경진·어렸을 때 얘기를 해 보면…….

엘리·어렸을 때 얘기를 해 보고 싶어?

경진·음……. 그래보면 어떨까 생각해 봤어.

엘리·어떤 이유라도 있는 거야?

경진·그냥……. 여상명 차장 어렸을 때는 어땠을까 생각해 보게
     된 일이 최근에 있었거든.

최근 경진은 여상명의 누나가 전국민적으로 유명한 여상연 아
나운서라는 말을 들었다. 여상연은 명문대를 나와 10년 넘게 공중
파 메인 앵커를 할 정도로 능력을 인정받은 사람이었고 다양한 분
야에서 활약하고 있는 셀럽이기도 했다. 미모, 학벌, 능력, 태도까
지 완벽한, 소위 여자들의 워너비였다. 그런 완벽녀와 함께 자란 여
상명은 어땠을까. 며칠 동안 그의 어린 시절을 상상하며 생각에 잠
기곤 했다.

엘리·여상명의 어렸을 적? 그 얘기를 들려줄래?

경진·아니. 오늘은 내 얘기에 집중하게 해 줘.

엘리 · 진경진. 오늘 조금 다르다, 너?

경진 · 사람은 누구나 어렸을 때의 기억들이 지금의 나를 만들기도 하잖아. 나는 어떤 아이였을까 생각해 보기 시작했거든. 내 얘기를 들어줘.

엘리 · 오케이. 들어보자. 넌 어렸을 때 어떤 아이였어? 궁금하다.

경진 · 난, 어려서부터 시장 다니는 것도 좋아했고, 심부름하는 것도 좋아했거든. 글쎄. 왜 나는 소비자들에게 관심이 높았을까? 그냥 본능 같은 건가?

엘리 · 그걸 곰곰히 생각해 볼 필요가 있겠네.

경진 · 난 물건 고르는 걸 좋아했던 것 같아. 가족이 많아서 그만큼 사야할 것도 많았거든. 먹을 거, 살림살이 같은.

엘리 · 그런 걸 니가 직접 샀다구?

경진 · 엄마는 아프신 할머니까지 모시면서 가게 나가 일하시고 큰 살림까지 하시느라 정말 너무 바쁘고 힘드셨거든. 언니랑 내가 직접 집안일을 하면서 학교 다녔어.

엘리 · 그래서 니가 어른스러운 면이 있나보다.

경진 · 난 힘든 엄마를 돕고 싶었어. 장 보는 심부름 하나도 제대로 해 드리고 싶었어. 그래서 장보는 것을 어른처럼 했지. 누가 봐도 똘똘한 물건 있잖아. 그런 길 깐깐하게 찾아내서 보여드리면 엄마가 기특하다고 칭찬해 주셨거든.

엘리 · 그래서?

경진 · 엄마가 뭐 사오라고 심부름을 보내실 때, 이게 왜 필요하냐, 뭐에 쓸 거냐, 얼마짜리를 사고 싶냐 꼼꼼히 물어보고 맞춰서 사 오는 게 재미있었어.

엘리 · 어렸을 때부터 바이어 기질이 있었구나?

경진은 추억을 잠시 소환했다. 시장에 가서 어른들과 가격 흥정을 하고, 무거운 물건을 낑낑대며 들고와 엄마에게 칭찬 받던 모습.

경진 · 그러다가 처음으로 중학교 1학년 때 작문경시대회에서 내가 1등 한 적이 있었거든? 그때 엄마가 큰 맘 먹고 내가 원하는 옷이랑 구두를 살 수 있게 해 주더라구.

엘리 · 그래서 맘에 드는 물건을 잘 샀어?

경진 · 열심히 골라서 샀는데, 결국 망했어. 내가 생각보다 내 물건을 못 고르더라고. 말도 안 되는 옷을 골라서 입고 다녔지. 지금도 그 때 사진을 보면 부끄럽다니까.

경진은 기하학적인 큰 무늬가 그려진 갈색 티셔츠, 엉덩이가 펑퍼짐하게 보이던 옅은 색 청바지, 분홍색 멜빵, 보라색 애나멜 구두를 골라 매치해 입었던 그때의 그 장면을 떠올렸다.

경진·갈색 옷인데 큰 그림이 그려진… 아냐, 말하기 싫어. 여튼 끔찍한 옷이었어. 구두는 또 어떻고. 그때부터 엄마한테 옷 사달라고 조르지도 않았어. 그때 알았지. 딱 맞는 것을 산다는 건 정말 어려운 일이구나……. 내 옷 고르는 건데 말야! 옷집에 들어가서 여러 가지 옷 중에 고르는데, 뭐가 뭔가 모르겠고 당황했던 기억이 아직도 난다니까.

엘리·넌 너한테 소비자가 아니었나 보네.

경진·응?

엘리·남들의 소비욕구에는 관심이 높았는데 너의 소비욕구는 잘 몰랐던 게 아니냐는 거지.

경진·내 소비욕구?

엘리·내가 얘기했잖아. 이젠 너에게 집중해야 하지 않겠냐구.

경진·나에게 더 집중한다는 게 무슨 말인지 아직도 잘 모르겠어.

엘리·다른 사람의 욕구 말고 너 자신의 욕구를 먼저 충실히 들여다보라는 뜻이야.

경진은 인정할 수밖에 없었다. 수많은 결정은 정말로 자신이 원하는 욕구였는지, 누군가의 시선에 응답하고픈 바램이었던 것인지, 어쩌면 그저 남들보다 우월한 것을 갖고 싶었던 것일지 복잡한 마음이 밀려들어 왔다. 나는 내 욕구의 주체였던가…?

엘리 · 너를 더 잘 알고 싶지 않아?

경진 · 더 많이 알고 싶지. 근데 되게 어렵고 복잡한 그런 거잖아.

엘리 · 괜찮아. 나를 안다는 건 평생 가져가야 할 숙제 같은 거야.
　　　부담 갖지 말고.

경진 · 나를 안다……. 나는 나를 얼마나 아는 걸까?

엘리 · 생각할 시간이 필요하겠네. 오늘은 여기까지 해야겠지?

경진이 경진에게 더 집중할 시간이 되었다.

22

　좋은 질문에는 좋은 답이 있다. 엘리는 매번 놀라운 질문을 던져주었다. 삶을 위해 언젠가 반드시 필요한 질문이지만, 그저 그렇게 평범한 삶을 살아가기에 필수적이지 않은 질문들. 하지만 언젠간 내 삶에서 내 앞에 던져질 그런 질문들을 찾아 내 앞에 놔두고 갔다. 엘리가 질문을 두고 가면 그 앞에는 겁내고 피하려고 하는 나 자신이 보였다. 그 질문으로부터 도망갈까 고민하는 나에게 엘리는 대답할 시간을 주었다.

　엘리는 나의 한마디 한마디를 기억하고 만날 때마다 우리만의 대화를 이어나갔다. 엘리와 대화를 마치면 창문을 열고 바람을 맞는 기분이 들었다. 어떤 날은 따뜻한 봄바람 같은, 어떤 날은 청량한 여름 밤바람을 맞는 것 같았다. 생각과 기분이 전환되있다. 짚어시는 스스로를 느꼈다. 엘리와 대화하고 나면 조금은 덜 두려운, 새로운 나를 만났다. 엘리와도 가까워지고, 나와도 가까워지는 마음이 들었다. 엘리의 질문은 그렇게 나의 가슴에 조금씩 새겨졌다.

엘리·좀 생각해 봤어? 너에 대해서?

경진·하루 만에 생각이 정리된 건 아닌 거 같고.

엘리·오늘은 여기까지?

경진·아니, 아니, 그건 아니고.

엘리·지난번에 니가 무력감을 느낀다고 했잖아.

경진·응. 완전한 무력감을 느꼈었지.

엘리·아무 것도 가진 게 없어서 싸울 수 없는 그런 기분이겠지?

경진·그렇지. 무기 없이 전쟁터에 서 있는 그런 기분? 곧 죽을
   것 같은 그런 기분이었지.

엘리·그러니까 이제부터 니 무기를 찾아야지.

경진·무기?

엘리·니가 지금 가지고 있는 게 뭔지 한 번 생각해 봐. 넌 가진
   게 분명히 많을 거야.

경진·흠······. 그게 뭘까?

엘리·니가 직접 생각해야지. 니 안에 니가 가지고 있는 능력, 재
   능, 호기심. 그리고 가장 중요한 너의 욕구 말야.

경진·······.

엘리·그러니까 니 안에 있는 고유한 것들을 찾아 내라고. 그 안
   에서 너를 찾으라고.

경진·내 안의 고유한 것. 욕구, 능력, 재능, 호기심, 이런 거?

엘리 · 아니지.

경진 · 엥?

엘리 · 생각만 하지 말고 도전하면서 일해. 일 안에서 너를 찾으면 더 쉽고 명확해. 니가 좋아하는 그 일들을 하면서 찾아봐. 그게 너의 장기이기도 하다면서.

경진 · 일 안에서의 나……. 그렇지.

엘리 · 일 안에서 계속 찾다 보면, 현실적인 가능성과 한계를 가진 진짜 너를 만나게 돼. 그러다 보면 니가 사는 세상의 크기를 정할 수 있을 거야.

경진 · 지난 번 말한 그거네. 내가 사는 세상의 크기, 나의 운동장.

엘리 · 다른 말로 하면, 니가 일하고 싶은 세상 말야. 그 크기를 정하면 된다는 뜻이야.

경진 · 근데, 엘리……. 조금만 풀어주면 안될까?

엘리 · 흠……. 니가 축구를 하고 싶은지 농구를 하고 싶은지, 야구를 하고 싶은지 알아야 한다는 뜻이고.

경진 · 그건 알아, 내가 어떤 일을 하고 싶은지.

엘리 · 그렇다면 니가 유소년 축구단에서 놀고 싶은지, 대학 축구단에 들어가고 싶은지, 아니면 K리그에서 놀고 싶은지, 프리미어리그에서 놀고 싶은지 알아야겠지.

경진 · 목표? 그걸 크기라고 표현했구나.

엘리 · 근데 그걸 알아내려면 직접 뛰어 보는 수밖에 없지 않겠어? 공격수인지 골키퍼인지 수비수인지도 확인해야 하고,

115

최선을 다해 봐야 내가 어느 정도 능력이 있는 사람인지 알 수 있을 테고.

경진 · 역시 풀어서 설명해 주니 좋다.

엘리 · 그렇게 너를 확인하는 과정 안에서 능숙해지면, 너만의 구단을 만들 수도 있을 거고 어떤 구단이 너와 시너지가 맞을지도 찾을 수 있겠지.

경진 · 흠······.

엘리 · 니가 직접 만든 동네 축구 교실만으로도 충분히 행복할 수 있고, 세계적인 대 스타가 되어서 행복할 수도 있고. 그건 니가 부딪혀 보면서 알아가는 수밖에 없어. 그게 너를 알아가는 과정이기도 하고, 삶이란 원래 그렇기도 하고.

경진 · 부딪히는 삶······, 나를 알아가는 과정······.

엘리 · 앞으로 부딪히고 알아가는 시간도 소중한 너의 일부지.

경진 · 와~ 진짜 내 인생 바빠지겠네.

엘리 · 니가 일하며 행복할 수 있는 세상의 크기. 만들 수 있는 마음의 준비는 됐나?

경진 · 됐어! 해 볼게. 겁은 나지만, 천천히 그렇지만 진지하게.

엘리 · 가볍고 빠르게, 긍정적으로 해 봐.

경진 · 고마워. 근데 오늘도 생각할 게 한 바구니네.

휴대폰에는 큰 바구니 위에 선물을 가득 담고 걸어가는 이모티콘이 움직였다.

경진 · 하하하하. 이게 나야?

항상 만들어진 세상에 내가 들어가야 한다고 생각했다. 만들어진 대학, 만들어진 회사, 만들어진 팀, 만들어진 프로젝트. 주어진 일. 그리고 그 안에서 최선을 다해 일하면 내가 원하는 것을 이루는 것이라고 생각했다. 그것이 회사원으로서의 성공이라고 생각했다. 근데 엘리는 반대로 내가 그것을 만들어 보라고 한다. 위축된 나의 마음을 펼치지 않으면 생각을 시작할 수 없는 거대한 질문이었다.

이제 그 도전적인 과제 앞에 서 보고 싶었다. 현실적이고 도전적인 나의 모습을 일에서 찾으라. 일로서 행복한 내 세상의 크기를 정해 나가라. 그래. 일은 그런 거였다. 일을 하면서 나를 찾아내고 기여하고 행복해야 했다. 하지만 지금 그 질문 앞에 선 나는 아직 떨고 있는 초라한 모습임을 알고 있었다. 그러기에 반대쪽에 있는 나의 모습도 차분하게 들여다봐야 했다.

무력감을 느끼는 나, 두려움을 안고 있는 나, 사건들을 겪고 남은 트라우마, 그 안에서 발견한 나의 콤플렉스. 낮아진 자존감. 그 모든 것이 결국 '나'였다. 감추고 싶은 '내'가 아니라. 그냥 지금 '나'의 모습이었다.

하나씩 나를 분해해 가면서 스스로와 가까워지는 것, 그것이 삶이 아닐까 생각해 봤다. 그리고 내가 앞으로 어떤 사람으로 살아갈 것인지 곰곰이 생각해 보기로 했다. 그저 회사를 다니는 것이 아니라, 내 삶을 위해 어떤 회사생활을 해야 할지도 설계해 보고 싶어졌다. 내가 살아갈 세상의 크기가 궁금해 졌다. 내가 일할 세상의 크기를 만들고 싶어졌다.

갑자기 가슴이 두근거렸다.

1

1년 만이다. 아련했던 사무실 냄새가 코에 와 닿았다. 낯선 냄새도 느껴졌다. 하나는 천천히 주위를 둘러보았다. 못 보던 화분이 몇 개 보였고, 새로 들여놓은 듯한 대형 공기청정기도 눈에 들어왔다.

남들보다 1시간 먼저 출근한 하나의 복귀 첫 날이었다.

작은 몇 가지를 빼고는 익숙한 것들뿐이었다. 앉았을 때 가슴께쯤 가리는 높지 않은 칸막이, 각을 딱딱 맞추고 있는 책상과 사용감이 제법 있는 의자, 팀을 구획 짓는 캐비넷, 책상마다 세워진 모니터. 휴직 전과 별 다름없는 사무실을 온 몸으로 느끼며 하나는 스스로에게 말을 건넸다.

'긴장한 티 내지 말자. 사나흘이면 바로 적응될 거야.'

양쪽 어깨 죽지를 으쓱 돌리며, 혼자만의 깊은 호흡을 내쉬었다. 그리고 소속팀인 인사팀 방향으로 발걸음을 내딛는데, 누군가 하나 옆으로 얼굴을 쑥 내밀었다. 1년간 옆자리에서 일하며 친절을 보여주었던 수다쟁이 소현 씨였다.

"어머, 대리님! 어쩜 이렇게 일찍 출근하셨어요?"
"소현 씨, 잘 지냈어요? 너무 오랜만이에요."
"대리님은 진짜 그대로시네요. 아기들 사진 좀 보여주세요!"

반가움에 아침부터 환한 인사를 건네주는 후배 사원이 고마웠지만 자기 때문에 번잡스러운 분위기가 만들어지는 건 바라지 않았다. 하나는 차분함 안에서 편안함을 느끼는, 그런 사람이었다.

한두 명씩 사람들이 늘어나는 모습을 보니 본격적으로 출근이 시작되는 분위기다. 소현 씨에게 작은 목소리로 양해를 구했다.

"점심시간에 보여줄게요."

하나는 바로 자리에 앉았다. 지금 해야 할 일은 사무실 분위기를 확인하고, 팀장을 포함한 업무관계자들에게 인사를 하며 복귀를 알리는 것이었다. 그리고 빨리 '내 업무'를 차지하는 일이었다.

휴직을 끝낸 워킹맘의 복귀란, 이미 가열차게 달려가는 기차에 뛰어 올라타는 것과 같다고 생각했다. 첫째 아들을 낳고 6개월 만에 복직했었던 3년 전의 기억이 하나에게 고정관념을 남겨주고 말았던 것이다. 큰아이를 낳고 돌아왔던 3년 전, 하나의 기존 업무는 갈기갈기 찢어져 담당이 나뉘어 있었고, 하나는 어쩔 수 없이 일관성이 없는 과제들로 복귀업무를 시작할 수밖에 없었다. 그 후 다시 제자리를 찾기까지는 꽤나 오랜 시간이 걸렸다.

　업무분담이란 워낙 예민한 문제이니 큰 공백을 만든 문제의 원인 제공자로서는 다시 내 일을 내놓으라고 당당하게 요구하긴 어렵다. 내가 없는 동안 불편함을 감수한 사람들에게 아무렇지 않게 공정한 재정비를 요구할 수는 없다. 복귀자는 '선택'보다 '수용'이라는 태도를 우선적으로 취해야 한다.

　석탄을 나르든, 식량을 보급하든, 청소를 하든 우선은 다시 기차에 올라타 달리는 기차의 일원으로서 인정받아야 했다. 처음 겪는 일도 아니니 잘 알고 있었다. 일단 뭐라도 시작하면서 조금씩 내 자리를 확보하는 수밖에 없다는 것을.

2

하나가 다시 올라타는 기차는 건축자재를 만들고 아파트, 빌딩을 지어 올리는 건설 전문기업 '수도건설'이었다.

하나는 대학을 졸업하고 6개월 인턴으로 입사했다. 인턴이 끝난 뒤에는 다시 1년 계약직을 얻어냈고, 드디어 정규직 자리를 따냈다. 더 놀라운 건 그 자리가 인사팀 발령으로 이어졌다는 사실이었다.

정규직이 된 바로 이듬해, 인사팀에 추가인력이 필요하다는 사내 공고가 났는데 운 좋게도 하나가 그 한 자리를 차지해 냈다. 하나의 인사팀 입성 스토리에 주변 사람들 모두 화들짝 놀랐다. 같은 계약직 생활을 했던 동료들에게는 질투 섞인 부러움의 대상이 되었고, 하나와 경쟁하며 탈락한 정규직 직원들과는 거리감이 생긴 계기가 되기도 했다.

인사팀은 회사 내에서 중요도나 인지도 면에서 특별한 팀이다.

눈치를 보고 잘 보여야 하는 팀이라는 인식이 많다. 그러다 보니 하나의 위치가 수직상승했다고 여기는 사람들도 있었다. 대견하다는 축하는 많이 받았지만, 출세했다며 가시 박힌 인사치레를 하는 사람들도 있었다.

"얼마 전까지는 '하나~, 하나 씨~.' 였는데, 이제는 '하나님'이라고 불러 드려야 하나?"

비아냥이 느껴지는 인사를 들을 때마다 하나는 더욱 완벽하게 일을 해 내기 위해 애썼다. 흠을 보이지 않으려는 태도는 아마 오랫동안 누적된 악다구니일 것이다.

인사팀은 기획력과 전문성 그리고 꼼꼼함을 기반으로 일해야만 하는 곳이다. 개인 정보를 기반으로 일하는 곳이다 보니 정보와 숫자를 잘 다뤄야 한다. 이름만 들어도 어느 부서에서 무슨 일을 하는 사람인지 기억하고 있는 힘이 중요하고, 완벽한 최종 데이터를 만들기 위한 자신만의 노하우가 필요하다. 그런 면에서 하나는 자신이 이 일에 딱 맞는 사람이라고 생각해 왔다. 뛰어난 기억력과 꼼꼼한 성격, 숫자를 잘 다룬다는 면에서 하나는 지금 하고 있는 일이 천직이 아닐까 생각할 때도 많았다. 그만큼 집중해서 일할 수 있었고 8년 동안 변함없이 자신의 직업에 만족해 왔다.

인사팀원으로 일한 지 만 8년, 회사업무 총 경력 10년 차에 접어든 하나는 그 사이 2번의 육아휴직을 사용했다. 처음은 6개월, 두 번째는 1년이었다. 조금 더 길게 사용할 권리가 있었지만, 아이들이 조금 더 커서 엄마의 손을 필요로 할 때를 대비해 아껴두고 싶었다. 한창 일할 나이에 업무에서 뒤처지지 않을까 걱정스러웠던 것도 사실이다.

인사팀 일은 채용, 노무, 복지, 교육, 평가, 임원진들의 비서역까지 여러 분야로 나뉘어져 있다. 하나는 그중 복리후생과 채용업무를 거쳐 휴직 전까지 노무업무를 담당하고 있었다. 변화하는 노동환경에 대처하기 위해 공부할 것도, 결정해야 할 일도 매일 쌓여 피곤한 점도 많았지만, 하나는 이 일에 큰 보람을 느꼈다. 가능하다면 몇 년 지속하며 노무전문가가 되고 싶다는 마음도 품었다.

둘째 아이의 만삭 시점은 하나가 노무업무를 맡은 지 딱 1년이 된 때였다. 하나는 가능하다면 복귀하고 나서도 그 일을 계속하고 싶었다. 탄탄한 커리어를 갖고 싶었다. 단계별로 차분히 올라서고 싶었다. 오래 일하면서 인정받고 싶었다. 하나는 업무 인수인계 매뉴얼을 만들어 한 팀원에게 공유했고 아이를 낳으러 휴직에 들어갔다. 그로부터 1년이 지났다. 그리고 오늘 하나가 복귀했다. 하나는 새 업무로 마주하게 될 첫 파일명이 무엇일지 무척이나 궁금했다.

3

"팀장님, 부르셨어요?"
"그래 앉아봐."

하나와 송철환 팀장이 오랜만에 마주했다.

"무슨 일 할지 생각해 봤어?"

하나는 잠시 머뭇했다.

'내가 하고 싶은 일을 선택할 수 있는 상황이라는 뜻인가?'

휴직 동안 한 명이 퇴직했고, 두 명의 팀원이 새롭게 보였다. 남혜정 사원과 석정렬 과장이었다. 분명 업무에서 변동사항들이 많을 것이다. 하나는 침착하게 대답했다.

"저는 이전에 하던 노무 일을 계속하고 싶다고 생각을 했습니다."

"이유는?"

"제가 재미있게 하던 일이고, 3-4년 정도 더 깊이 있게 일해 보고 싶습니다."

송 팀장은 잠시 침묵하다 대답했다.

"그 일은 새로 온 석 과장이 들어와서 진행하고 있어."

새로 온 과장이 노무 업무를 맡게 된 것까지는 제대로 파악하지 못했다. 하나가 아는 것보다 더 큰 변화가 있었나 보다. 아차 싶었다.

"그게 다야? 다른 의견은?"

다른 의견이라. 상사와 부하직원의 대화는 정답 맞추기 게임처럼 흘러갈 때가 많다. 지금 저 의문문의 진짜 의도는 자신의 속마음을 맞춰보라는 사인일 것이다. 두 번이나 물어보는데 눈치 없이 하나의 주장만 펼칠 수는 없었다.

"제가 어떤 일을 하는 게 팀에 도움이 될까요?"

"지금은 복리후생 일이 좀 벅찬 것 같아."

마치 기다렸다는 듯 곧장 대답이 튀어나왔다. 역시, 그 일을 하라는 말이다. 복리후생 업무. 임직원들의 회사 만족도와 직결된 중요한 업무이긴 하지만, 대체적으로 막내 사원급이 맡게 되는 일이다. 고민 없이 빠르게 결정할 수 있는 일들이 많고, 꼼꼼하게 처리하기만 하면 큰 업무 실수는 발생하지 않기 때문이다.

기획보다는 행정 위주라 상사에게 보고할 건수도 많지 않다. 이미 1-2년 차에 다 해 본 일을 9년 차인 내가, 그것도 과장 진급을 앞에 두고 해야 한다니. 마음이 복잡해졌다.

"복리후생은 지금 누가 맡고 있는 거죠?"

"남혜정 씨. 입사한 지 6개월 조금 넘었어. 근데 당장 혜정 씨가 혼자 하기에는 조금 버거운 상황인 거 같아. 일솜씨가 영 부족한 거 같기도 하고. 실수도 자주 발생하고 말야. 세금 업무랑 동호회 업무, 그리고 문서고 정리 업무 등 잡다하게 밀린 업무들이 많으니, 살림 잘하는 하나 대리가 같이 해 보도록 해."

'살림 잘 하는 하나 대리.' 자주 듣던 말이지만, 오늘은 유독 불편하게 들린다. 칭찬하는 듯해도 결국 뒤치다꺼리를 해 내라는 말처럼 들렸다.

"아. 팀장님. 혹시……."

"왜 맘에 안 들어?"

뾰족한 말투였다. 순간 당황스러웠지만 티를 낼 순 없었다. 하지만 하고 싶은 말이 있었다. '내 역할이 여기서 끝나는 것이 맞을까?' 싶기도 했고 지금이 아니면 업무 인수인계에 대해서 다시 논할 자리를 만들기 어려울 것 같았다. 갑자기 조급한 마음이 들었다.

"복리후생 업무는 제가 남혜정 씨와 같이 잘 해내겠습니다. 그리고……. 새로 시작하는 프로젝트가 있다면 저도 참여할 수 있을까요? 평가 업무나 인사 시스템 개선 업무 같은 일에 참여해 보고 싶어서요."

"아니, 무슨 애 엄마가 욕심이 그렇게 많아?"

송 팀장의 갑작스러운 큰 목소리에 하나는 주눅이 들었다.

"아니, 그러니까 내 말은……. 뭐라 하는 게 아니라, 하나 대리도 이제 아들 둘이나 키우는데, 나도 와이프가 쌍둥이 키우느라 결국 회사 그만두는 걸 봤잖아. 근데 복귀하자마자 일 욕심을 내니까 그렇지. 너무 성급한 거 아니야?"

"저도 새로운 일 해 보고 싶어서요. 노무 업무를 계속할 수 없다면, 지금까지 하지 않았던 새로운 일을 맡아보고 싶습니다."

"그래, 의욕은 좋아, 좋은데, 하나씩 하자고."

묘하게 짜증 섞인 목소리였다.

하나는 그동안 자신이 조직에 잘 맞는 사람이라고 생각했다. 상사들의 의견에 순종하는 편이었고 불편하다고 느끼지 않았다. 나를 지우고 상사에게 맞추는 것이 오히려 조직을 위한 능률적인 방법이라고 여겼다.

물론 하나도 필요할 때에는 자신의 생각을 피력하기도 했다. 의견을 표현하되 고집하지 않았다. 이게 하나의 원칙이라면 원칙이었다. 내 의견을 지키려고 상사와 대립각을 세우는 것은 에너지 낭비라고 생각했다.

"넵 알겠습니다."

하나가 대답했다. 대답을 받아 낸 송 팀장은 미간 사이를 찌푸린 채로 살짝 고개를 흔들며 회의실을 나가버렸다. 역시나 육아휴직을 마치고 복귀한 사람에게 선택권은 없었다. 지금 할 수 있는 것은 상부의 지시를 받아들이는 것뿐.

4

일 습관은 온몸이 그대로 기억하고 있었다. 하나가 복귀한 후 7개월이 지났다. 하나는 자신이 맡은 복리후생 업무를 남혜정 씨와 함께 하나씩 처리해 나갔다. 약간의 불만을 품고 시작한 일이긴 했지만 싹싹하고 덜렁거리는 후배 사원을 가르치는 일은 재미있기도 했다. 이왕 하는 거, 제대로 해 내고 싶었다. 남혜정 사원의 업무가 궤도에 오르면 하나도 신임을 받을 수 있을 것이다.

남혜정 씨 업무 스타일부터 파악해보았다. 모르긴 몰라도 업무 인수인계를 철저하게 받지는 못한 것이 티가 났다. 처음부터 차근차근 일을 배우지 않아서인지 일의 내용을 장악하지 못하고 그냥 닥치는 대로 해결하며 업무를 진행해온 것 같았다. 업무 경험이 많지 않다 보니 당황하면 더 허둥대곤 했다.

간단해 보이는 경조사나 비품관리, 임식원 선불, 근태 관리, 농호회, 할인업체 관리, 보험, 보건, 학자금, 복지포인트 관리 등 다양한 현안거리들이 정리되지 못하고 있었다. 같은 내용의 중복된 엑셀 파일이 존재했고, 어떤 것이 최신 데이터인지도 헷갈려하는 남혜정 씨를 보니 가끔은 한숨이 나왔다. 심지어 매년 진행하는 건강검진 업무는 시기를 놓쳐 사내의 원성을 사고 있었다.

하나는 항상 첫 사수의 가르침이 행운이었다고 생각해 왔다. 경영기획팀에서 인턴사원이었던 자신에게 6개월간 꼼꼼히 업무를 알려주던 선배가 첫 사수였다. 남혜정 씨는 선배가 옆에서 든든하게 일을 하나씩 가르쳐주는 것이 신나는지, 하나를 잘 따랐고 실력도 늘어갔다. 1년간의 인사팀 사이클을 돌려 보면 스스로 잘하겠지 기대되기 시작했다. 한 명이 할 수 있는 일을 두 명이 계속할 순 없었다.

하나는 자신에게 걸맞은 일을 하루라도 빨리 찾고 싶었다. 그런 마음을 모를 리 없는 송 팀장은 하나가 다른 업무에도 참여할 수 있도록 기회를 주었다. 예를 들어 경력직 영업사원 공채 프로젝트라든지, 아니면 노조와 상의하여 진행하는 전사 행사 준비 같은 일에 참여하게 하여 노련한 하나의 장점을 활용하도록 했다. 하나는 최선을 다했지만, 업무의 성공은 담당자가 가지고 가는 묘한 상황에 질투심이 나기도 했다. 그래서 더욱 하나가 주도할 만한 프로젝트를 담당하고 싶은 마음이 커졌다.

업무의 주도권을 잡고 싶은 또 다른 이유가 있다. 올해가 바로 하나의 과장 승진 연차였기 때문이다. 인사팀의 승진 대상자는 하나와 송국환 팀장이었다. 하나는 과장 진급 대상 연차였고, 팀장은 부장 진급 대상 연차가 이미 몇 해 지났다.

하나는 계약직으로 출발했고 두 번의 출산을 통해 1년 반의 휴직기간을 가졌다. 하나에게는 중요한 삶의 선택이었지만 남들에게는 혜택처럼 보일만한 조건이기도 했다. 연차가 되었다고 해서 승진을 기대해도 될 것인지 스스로도 의문이 들었다. 그저 일로서, 결과로서 자격을 갖춘 모습을 보여주기 위해 노력하고 있을 뿐이었다.

회사라는 곳은 나의 실력을 직급이 아니면 객관적으로 인정받기 어려운 곳이다. 승진하는 그 순간에 진짜 실력자로, 또는 이용가치가 있는 사람으로 대우받는다. 아니면 큰 프로젝트라도 맡아야만 했다.

지금 나는 연차 말고는 아무 조건도 갖추지 못했다. 출산 휴가에서 북귀한지 7개월 밖에 지나지 않았고, 소문이 날 만한 프로젝트를 차지하지도 못했다. 하나의 지난 8.5년은 남들의 10년만큼 치열했다고 자부할 수 있었다. 하지만 윗사람들도 그렇게 생각할지 확신할 순 없었다.

'승진'은 욕심을 낼 수도, 그렇지만 욕심을 내지 않을 수도 없는 그런 것이었다. 승진이 된다면 주변에서 너무 일찍 된 것은 아니냐며 뒷말이 오갈 수도 있고, 승진이 되지 않는다면 업무에도 불편한 상황들이 발생할 수도 있고, 역시 그럴 줄 알았다는 사람들도 생길 것이다. 욕심을 내다 떨어지면 비참할 것 같고, 아니면 붙지 못할 것 같은 마음에 이러지도 저러지도 못했다.

　가을철이 되면 모든 팀장은 각 팀원과 개인 인터뷰를 실시한다. 팀장은 각 팀원들이 지난 1년 동안 계획한 업무 대비 얼마간의 성과를 이루어냈는지를 논의하고 업무태도, 업무결과, 앞으로 바라는 것 등 다양한 피드백을 준다. 그리고 평가결과를 점수화한다. 비슷한 방식으로 각 팀원은 자신의 업무에 대한 자기평가를 시스템에 남기고, 관련된 자신만의 의견을 서술한다. 팀장평가와 자기평가의 내용이 취합되면 인사팀은 내용을 분석하여 평가위원회에서 논의할 자료를 만든다. 그 자료를 바탕으로 승진, 포상, 직책변화 등이 결정된다.

　본격적인 평가시즌이 되면 '인사평가 위원회'가 소집된다. 사장과 각 본부장, 그리고 본부별 실무 리더급이 포함된 자리이다. 평가위원들은 승진 최종 후보들을 두고 여러 번의 논의를 거친다. 실무평가는 팀장이 하지만 평가등급은 인사평가 위원회에서 결정되었다. 임원진이 최종으로 승진 여부를 결정했다. 승진할 줄 알았던 아무개가 막판에 떨어졌다거나 크게 주목받지 않던 사람이 임원진의 의견으로 발탁되었다는 소문이 나는 이유가 바로 임원진 파워였다.

　승진시즌이 되면 인사팀장은 정신없이 바빠진다. 송철환 팀장의 바빠진 모습을 보면서 하나도 덩달아 긴장했다.

'나는 저 회의 안에서 어떤 모습으로 논의되고 있을까?'

12월 1일, 승진 공고일이었다. 회사의 아침은 평소보다 엄숙하기까지 했다. 방금 승진 공고가 그룹웨어 사이트를 통해 발표되었지만 하나의 이름은 그 곳에 없었다. 몇 초 후, 복도 반대편 사무실에서는 축하한다는 환호의 목소리가 들렸다. 하지만 아무도 승진하지 못한 인사팀은 그저 조용한 적막만 흘렀다.

축하도 없고 위로도 없었다. 메신저를 통해 정보를 나르고 있는 사람들의 토독토독 키보드 소리만 가득했다. 승진에서 떨어진 하나의 메신저는 그저 조용했다.

✧
5

> 여보……. 오늘 승진 발표 났는데.
>
> 떨어졌어.

힘들지만 빨리 받아들이는 수밖에 없었다. 이 망신을 털어내고 힘든 마음을 공감받고 싶었다. 무작정 손이 가는 대로 남편에게 메시지를 보냈다. 1이 사라진 후에도 대답은 없었다.

> 괜찮아?

작은 메시지창 안에서 조심스러움이 느껴진다.

> 괜찮아야지 뭐…….

우리 하나 많이 속상하겠다. 내년에는 꼭 될 거야.
너무 힘들어하지 않았으면 좋겠는데…….

> 그게 다야?

> 뭘 해 줘야 우리 하나 기분이 좋아질까? 애들 맡기고
> 우리 오랜만에 데이트할까?

몇 마디라도 애쓰는 남편을 보니 역시 말을 건네길 잘했다.

> 아냐. 괜찮아. 최대한 빨리 들어와 주면 좋구.
> 나 오늘 밥 안 할 거야. 시켜 먹을 거야.

> 알았어. 울 하나가 좋아하는 걸로 시켜 먹자.
> 오늘은 진짜 칼퇴 할께. 약속해.

오늘은 집에서 도란도란한 시간을 보내며 다 잊고 싶었다.

하나는 다른 동료들과 함께 정규직 4년 차에 대리직급을 달았
다. (사실 계약직 기간을 포함하면 하나는 5년차였다. 이미 다른 사람들보
다 느린 걸음이었다.) 하지만 과장 진급부터는 차이가 벌어지기 시작
했다. 9년 차에 과장을 다는 것이 평균적이었지만 8년 차에 특진을
통해 과장으로 진급하는 경우도 매 시즌 한두 명씩 발생했다. 하지
만 이건 축하할 일이었을 뿐, 특별히 부러움을 살 만한 사건은 아니
었다.

당시 수도건설은 특수한 마루 소재를 개발하여 업계의 주목을
받고 있는 상황이었다. 주가도 올랐고 인원도 늘었고 할 일도 많아
졌다. 회사가 커나가고 있는 중요한 시기에 특진이 발생하는 것은
오히려 자연스러운 현상이라고들 말했다.

올해도 다양한 직급에서 특진이 생겼고 승진자의 숫자도 많은 편이었지만, 하나는 끼지 못했다. 하나와 연차가 같은 멤버 대부분 작년과 올해에 과장으로 승진했다. 그 중에는 하나처럼 아이 엄마도 포함되어 있었고, 계약직 출신들도 포함되어 있었다.

누군가에게 상을 내리는 일이 반대로 누군가에게는 벌이 될 수 있다는 것을 인생 처음으로 알았다. 본인이 정규직이 되었을 때, 인사팀원이 되었을 때, 대리로 승진했을 때, 노력에 대한 보상을 받는다며 당연시 여긴 순간들 뒤에는 보이지 않는 패배자들이 많았으리라. 그렇다 해도 인간이란 자신만의 이유를 찾아 스스로를 납득시켜야 살아갈 수 있는 동물이었다. 그래야 또 앞으로 1년을 달릴 수 있을 것 같았다.

안 되겠어. 하나는 모니터로 고개를 올리며 승진공고에 나온 이름을 하나씩 다시 읽어 보았다.

"이 분은 나이가 많으니 과장 달 때가 됐지……."

하나는 유심히 모니터를 바라보며 혼잣말을 뱉었다. 이 사람은 공채 출신이고, 이 사람은 작년 우수사원 상도 받은 사람이고, 이 사람은 부서이동을 할 때 엘리트코스를 밟았다고 소문난 사람이다. 이 사람은 팀장 뒷배가 든든하다는 말을 듣는 사람이고, 이 분은 본부장이 챙긴다는 말이 도는 사람이다.

'아! 다들 나한테는 없는, 좋은 동아줄 하나씩 가지고 있는 거 아니야?'

속 좁은 생각을 해버리고 말았다. 하지만 결론은 계속 '나도 자격 있는데'였다. '내년에 진급하면 되지 뭐' 했다가도 '아……. 일할 맛이 나지 않아'를 반복했다. 현실을 받아들이는 마음과 받아들이지 못하는 마음이 뒤섞여 오락가락했다.

'승진 발표'란 '회사'라는 '거대하고 복잡한 인간'이 내놓는 속마음 표현과 같은 것일까.

'지금까지를 종합해서 생각해 봤는데. 난 ○○○와 ◇◇◇와 ○○○에게 더 많은 관심과 사랑을 주기로 했어'

물론 그와 함께 권한과 기대도 동시에 받는다. 마냥 부러워만 할 수 없는 책임의 무게가 있다. 아닌 게 아니라, 요즘은 회사에서 가늘고 길게 가기 위해 승진을 달가워하지 않는다는 사람도 많다고 한다. 그런데 이상하다.

승진한 사람 중에 슬퍼하거나 애석해 하는 사람을 본 적이 있는가? 단 한 번도 없다. 승진한 모든 사람들은 자신에게 당연한 자격이 있다는 표정을 보여주고 있다. 겉으로는 직급에 연연하지 않는다는 듯, 축하를 마다하는 손사래를 친다. 하지만 당연하다는 만족감과 자랑스러움까지 숨길 수는 없다.

누락된 자와의 묘한 비교우위, 호칭의 차이. 서로에게 달라지는 시선. 이런 승진의 달콤함은 회사에서 얻을 수 있는 다른 어떤 것보다도 오래 가고 강등되지 않는다. 하나도 그 느낌이 궁금했다. 그 관심과 사랑, 책임과 권한 모두 너무나 맛보고 싶었다. 하나가 처음 대리가 되었을 때 어깨가 활짝 피어졌던 그 기분, 진짜 정규직, 진짜 인사팀원으로서 인정받았던 것 같은 그 기분을 하나는 기억하고 있었다.

'거대인간 회사'는 결정해야 할 것이 너무 많아 바쁘다. 그러니 나라는 일꾼을 알아채지 못할 수도 있다. 늦깎이 가수들이 조금 늦게 발탁되어 유명해지는 모습을 우리는 오디션 프로그램에서 확인하고 있지 않은가? 나도 그런 사람 중에 한 명이라고 생각해 보기로 했다.

하나는 일주일 간 곰곰이 생각한 끝에 1년 정도는 회사를 이해해 주기로 마음을 먹고 올라오는 못된 마음과 속상함을 접기로 했다. 날카로운 감정들을 무디게 하는 것 외에는 선택할 수 있는 것이 없었다. 그냥 회사원 '진하나'로 돌아가는 수밖에.

그렇지만, 현실에서 겪는 '소외감'은 무뎌지려는 하나를 계속 건드렸다. 사적이든 공적이든 대화 도중에 승진에 대한 이야기가 나오면 하나를 의식해 분위기가 겸연쩍어질 때도 있었다. 승진 축하 회식에 참여할 때도 어색한 상황들이 몇 번이나 이어졌다. 예를 들면, 승진을 축하하는 누군가를 위한 축배를 들다가도 나중에 그 누군가와 하나가 같은 연차인 것을 알고 어색한 분위기로 변해버리기도 했다.

"아니에요. 전 정말 괜찮아요."

손사래를 치며 아무렇지 않다고 말하는 것도 지질해 보였고, 축하한다고 밝은 인사를 건네는 것도 초라했다. 오래 전부터 알던 업체 분들이 알아서 과장이라고 높여 불러주면 민망했고, 그 자리에서 수정을 요청하는 건 더더욱 비참했다.

이래저래 사회생활에 지장을 받는 건 어쩔 수 없었다. 사실, 회사라는 곳은 승진이라는 보람 외에는 별로 대외적인 축하를 받을 일이 없는 곳이다. 동료의 연봉은 확인할 수가 없고, 모두가 자기 일이 제일 골치 아프다고들 한다. 서로를 부르는 호칭이 바뀔 때, 무거운 책임감을 느끼면서도 자신의 존재감을 확인하고 어깨에 힘을 주게 되는 법이다.

또한, 회사라는 곳은 나 스스로의 지존감을 확인하기가 참 어려운 곳이다. 일과 사람과 정치와 기회가 복잡하게 얽혀 있는 곳이기에 그 안에서 '나'를 명확하게 확인하기란 쉽지 않다. 아무리 내 능력에 자신감이 넘친다 하더라도 누군가가 인정해 주지 않으면 자신감도 그저 자만심으로 끝나버리고 만다. 그런 일들이 반복되다 보면 자신이 어떤 사람인지, 어떤 장기를 가진 사람인지, 어느 정도의 가능성이 있는 사람인지 서서히 잊게 된다. 자신을 잃어버리지 않으려면, 그 증거를 승진과 리더의 자리를 통해 '공식인증'을 받아 두는 것이 든든하다. 하나는 올해 '공식인증'을 받지 못했다.

'사원대리⋯⋯. 대리과장⋯⋯. 과장차장⋯⋯. 과차장⋯⋯'

하나는 모니터에 직급을 줄 세워 적어놓고 이런저런 조합을 하며 중얼거려 보았다. '대리'(代理)는 '대리운전'의 '대리'와 같은 한자어를 쓴다. 말 그대로 누군가를 대신하여 일을 처리한다는 뜻을 가지고 있다. '대리급'이라는 말은 또 어떤가? 20대 후반부터 30대 초중반 정도의 일꾼. 사원급처럼 하나하나 가르쳐 주지 않아도 되기 때문에 일시키기는 좋고, 그래서 업무량이 가장 많다고 소문난 직급.

많은 일과 책임감을 부여하면서도 '사원대리급'이라는 말로 회사의 막내 취급을 하지, '대리과장급'이라는 말은 거의 들은 적이 없다. 하지만 '과차장급'이라는 말은 너무나 흔하다. 과장, 차장, 부장. 모두 '장'이 붙어 있다. 들었을 때에 어감이 완전 다르다. 대리와 과장 사이에는 건너야 할 다리가 있는 것처럼 느껴진다.

나도 알고 있다. 이런 생각들이 꼬리를 물고 이어지는 것은 자격지심이라는 걸. 그냥 나에게 주어진 일을 열심히 하면 정신건강을 해치는 이런 생각들이 사라질지도 모른다. 하지만 하루에도 몇 번씩 직급의 차이에서 겪는 미묘한 상처들을 하나는 경험한다.

결국⋯⋯. 계속 마음의 울렁거림을 무시하면서 지내는 수밖에 없었다. 직급에 흔들리지 않는 척, 일을 사랑하는 척, 회사의 결정에 이의가 없는 척. 다 괜찮은 척.

6

인사발표 일주일 후, 송 팀장이 하나를 불렀다.

"이젠 괜찮아? 승진 때문에 맘고생 좀 했지?"
"괜찮아요. 팀장님이 오히려 고생하셨죠."
"그래. 나 같이 만년차장 하는 사람도 있는데……. 하나 씨는 아직 기회가 많이 열려 있을 거야. 너무 걱정하지 마."

하나보다 딱 열 살이 많은 송 팀장은 그래도 인간미마저 없진 않았다. 진심이 깊지 않거나 형식적으로 보일 때도 많았지만 그래도 말 한마디가 주는 위로가 있었다. 지금도 그랬다. 하지만 하나는 알고 있었다. 송 팀장이 대화를 청한 것은 사실 자기를 좀 위로해 달라는 뜻이라는 것을 말이다.

"팀장님도 많이 힘드시죠?"

하나의 한마디에 송 팀장 눈빛이 부드러워졌다.

"나야 뭐……. 그러려니 하는 거지."

송 팀장은 의연한 모습을 보이려 노력하고 있었다. 그 모습에 하나도 자신이 회복하고 있음을 표현하고 싶어졌다.

"저도……. 며칠 좀 힘들었는데, 앞으로 더 열심히 해야죠."
"그래서 불렀는데, 이젠 하나 씨가 좀 더 큰 일을 맡아서 해 보면 어떨까? 승진하려면 좀 더 티 나는 일을 하기도 해야 하고."

팀장은 본격적으로 새로운 근무형태를 회사에 제안하고 싶어 했다. 세상은 변하고 있었고 젊은 세대들은 변화를 희망했다. 업무의 종류와 특성에 따라 자유롭고 다양한 방식의 근무형태들이 요구되고 있었다. '몰입'과 '자유', 그리고 '온라인'. 이런 키워드들이 인사에서 중요하게 다뤄지고 있었다.

송철환 팀장은 재택근무, 유연근무, 협업근무 형태를 다양하게 적용하고 관리하는 제도와 시스템을 설계하기를 원했다. 다양한 근무형태를 가진 사람들에게 각각 합리적이고 만족스러운 형태의 근무를 제안할 수 있는 설계도 해야 했지만, 실제로 보고된 대로 근무하고 있는지 관리도 완벽하게 이루어져야 했다. 지금까지의 근무형태를 뒤흔드는 어려운 과제였다.

경영진과 직원들과의 의견도 대립될 것이고, 법적인 문제, 노조문제, 관리유지 문제, 공간 문제, 시스템 구축 문제 등까지 복잡하게 얽혀 들어가게 될 수도 있다. 각 직원들의 사기와 급여에 직접적인 영향을 미치는 프로젝트였다.

"하나 대리도 인정해야 할 거야⋯⋯. 이번 승진 평가 기간은 출산휴가에서 복귀한 지 겨우 몇 달 만에 열린 거고, 내 입장에서도 평가위원들에게 지난 1년 동안 이룬 성과랄 게 없으니까. 설명하기 애매했거든. 1년 열심히 해서 내년에는 과장 달아야지?"

"그 일은 이미 석 과장이 시작한 것으로 알고 있는데요?"

"그렇지. 1년 전부터 석 과장에게 관련된 일을 맡겼는데, 결국 못하겠나봐. 일을 뭉개고 보고도 않고 있어서 곤란한 상황이야. 사장님도 그렇고 직원들도 원하고 있는데, 다시 새롭게 누군가에게는 맡겨서 기획해야 할 거 같아. 석 과장은 이제 포기를 시키는 게 맞을 것 같아서⋯⋯. 석 과장이랑 얘기하기 전에 하나 씨에게 미리 의견을 물어보고 싶어서 상의하는 거야."

"과장이 포기한 걸 대리가 가지고 오는 그림이 이상하게 보이지는 않을까요?"

"그건 내가 알아서 정리할 거고. 할 수 있겠어?"

"잘 할 수 있을지는 장담할 수 없지만요."

"해 보겠다는 거지?"

"네. 맡겨주시면 해 볼게요."

처음으로 송 팀장의 표정이 환해졌다.

"팀장님께서 적극적으로 지원해 주시는 것으로 믿겠습니다."
"당연하지. 당신 실적이 또 내 실적일 테니까 말야."

대화를 통해 하나도, 팀장도 한 단계 상승하고 싶은 욕구를 서로 확인했다. 업무적으로도 성장하고 싶고 직급도 한 단계 올리고 싶은 두 사람의 희망이 만난 순간이었다.

7

무심히 흐르는 시간이 때론 위로가 되기도, 힘이 되기도 한다. 남혜정 씨는 이제 주도적으로 자기 업무를 할 수 있는 수준이 되었지만, 그렇다고 하나가 완전히 놓을 수는 없었다. 최종 기안서, 보고서, 수치 점검은 하나가 직접 챙기라는 팀장의 지시가 있었기 때문이다. 게다가 자존심이 상한 석 과장은 대놓고 하나와 협업하는 것을 불편해 했다. 하는 수 없이 하나는 이리저리 눈치를 보면서도 혼자 해내야 한다는 마음으로 준비를 해 나갈 수밖에 없었다.

하나는 공부량을 늘이기 위해 '아침'을 선택했다. 아이들을 챙기느라 저녁시간에 업무공부를 할 염두는 나지 않았기에 하나는 한 시간 일찍 출근하는 수밖에 없다고 생각했다. (두 아이의 아침 어린이집 등원과 하원은 시부모님이 도와주신다)

하나는 정보부터 수집했다. 노무 관련 카페, 노무사, 인사정보 앱, 노동법 관련된 책들, 인사잡지, 해외 아티클 등을 닥치는 대로 섭렵했다. 그 정보들 사이에서 이곳에 맞는 제도를 찾아내고 새롭게 설계해야 했다. 사무직, 연구직, 영업직 등 각 직무의 특성도 고려해야 했다.

공감이 떨어지면 제도는 다시 원점으로 돌아오게 된다. 사내에 공감을 불러올 수 있는 설계를 위해 최대한 많은 부서의 팀장, 팀원들과 인터뷰를 진행했다. 타 기업의 사례를 조사하면서 정책에 따른 조직 내 부작용에 대해서도 함께 조사했다. 인사담당자들의 교류회나 세미나가 대부분 저녁시간대에 자리 잡고 있어서 참석하지 못하는 것이 너무 속상했다. 아이 엄마의 어쩔 수 없는 불편함이었다. 게다가 가장 힘든 건 체력이었다.

낮에는 시부모님이 아이들을 맡아준다고 해도 결국 그 많은 살림살이는 하나가 직접 해내야 했다. 집에 들어오면 살림에 식사에 다음 날 준비까지. 잠들기 직전까지 해야 할 일은 언제든 차고 넘쳤다. 남편이 청소며 빨래며 함께 나서 주었지만 야근이 잦아 일관성이 떨어졌다. 어쩔 수 없이 집안일, 특히 아이와 관련된 것은 일일이 하나의 손을 거쳐야만 했다.

가장 가슴이 아픈 건 아침에 출근할 때마다 터지는 아이들의 울음이었다. 둘째가 점점 커가면서 자기표현이 명확해졌고, 불만도 더 보이게 드러냈다. 울음이라는 것이 선점성이 있는지 막내가 울 때 큰 애까지 울어 버리면 손 쓸 도리가 없었다. 아들 둘을 한꺼번에 달랠 수도 없었다. 같이 울고 싶어도 그냥 아이들을 적당히 달래고 끊고 출발해야 했다. 아이 엄마라서 이런저런 변수를 내는 사람으로 보이고 싶지 않았다. 회사에서는 그냥 업무담당자이고 싶었다. 버거움이 느껴졌다. 엄청난 업무량과 아이 둘의 엄마, 며느리, 회사와 가정에서 주어지는 책임의 압박 안에서는 심리적, 체력적 균형을 잡아낼 수 없었다.

'1년만 버티면 돼'

하나는 흔들리는 마음을 잡아 보았다. 전쟁 같은 몇 개월을 보내면서 하나는 미래에 대한 기대감을 높여 갔다. 그리고 초조함도 같이 높아졌다. 다시 승진기간이 다가오면서, 하나는 나름 기대하지 않을 수 없었다. 하나가 복귀한 지 벌써 1년 반이 넘었다. '공백'이라는 단어를 지울 수 있게끔 치열하게 일해온 시간이었다.

복귀 후 2년차, 승진공고가 올라왔다.

공지문을 보는 하나의 목은 뻣뻣하게 굳어 있었다. 이번에도 과장 진급 리스트에 하나의 이름은 없었다. 고개를 돌려 누구와 눈이라도 마주치면 큰일이 날 것 같았다. 하나는 아직 눈빛에 어떤 메시지를 담아야 할지 정하지 못했다.
고개를 살짝 내렸다. 눈물이 나지 않았다. 아니, 눈물이 났지만 집어 삼켰다. 화가 눈물을 집어 삼켜 버린 것이었다. 소리 없는 분노가 하나의 마음 안에서 올라왔다. 그렇게도 애썼건만, 하나에게는 그 작은 기회가 주어지지 않았다. 그간 참 맘 고생 많았다, 수고 했다며 나를 쓰다듬어 줄 그 작은 기회 말이다.

"미안하다. 능력 없는 팀장 때문에……."

부장 승진에 또 실패한 송 팀장은 확실하게 밀려나는 상황이었다. 팀의 상징성 때문이라도 인사팀장은 사장의 총애를 받아야만 하는 자리였다. 하지만 지난 몇 년간 서로 손발이 맞지 않는다는 이야기들이 떠돌았다.

다른 팀장이 모두 부장이나 이사로 승진할 때 차장에서 몇 년 간 묶여있다 보니 팀장도 의욕이 남아 있을 리 없었다. 이쯤 되면 나가라는 소리 아니냐며 비꼬는 소리도 떠돌아다녔다.

사내 직원들을 만나 민원을 해결해야 하는 팀장이 언젠가부터 사람들을 피하기 시작했다. 메일이나 전화통화로 처리해 버리거나 참석해야 하는 미팅은 팀원들에게 대신 가보라고 지시했다. 어느 순간부터는 아예 하루에 한 두 건의 보고만 받고 나머지 시간에는 무엇을 해야 할지 헤매는 사람처럼 멍한 표정으로 있거나 자리를 비웠다.

하나는 송 팀장이 안쓰러웠다. '좀 더 영향력이 있는 팀장이었더라면 좋은 결과가 있었을지 몰라' 하는 마음이 가끔 올라왔지만, 그도 할 수 있는 걸 해 왔을 것이므로, 일부러 나쁜 결과를 초래하는 사람은 없을 것이므로.

"아니에요. 무슨 말씀이세요."

"내가 좀 힘이 있어야 하나 씨도 팍팍 밀어주는데……."

"제가 육아휴직을 두 번이나 다녀와서 그런가 봐요."

"그런 식이면 재무팀의 김 과장이나, 홍보팀의 전 과장도 승진
에서 떨어졌어야지. 피해의식 갖지 마. 그거 홧병 돼……."

"그건 그거고……. 지금 하고 있는 일들은 잘 되고 있어?"

"네. 힘들지만 잘 도와주고 계셔서 진척이 되고 있어요. 조금만
더 하면 최종기획안을 보여드릴 수 있지 않을까 싶어요."

"그래……. 당신이 의욕적으로 하고 있는 모습이 좋아. 자랑스
럽고……. 하나 씨한테 이 일을 맡기길 잘한 거 같아."

"그저 항상 좋게 봐 주시는 팀장님 덕분입니다."

팀장은 작은 쇼핑백을 꺼냈다.

"영양제야. 먹으면서 해. 애 엄마 몸 축나면 큰일 나."

함께 일하는 동안 단 한 번도 선물 같은 것을 주고받은 적은 없
었다. 왠지 불길한 기분이 들었다.

"미안해. 끝까지 함께 하지 못해서……. 그래도 하나 씨는 내 맘 알아줄 거 같아서."

하나는 무슨 뜻인지 바로 이해할 수 있었다.

"감사합니다. 팀장님 덕분에 여기까지 올 수 있었습니다."

팀장도 하나의 어깨를 두드리며 힘없이 자리를 일어났다. 두 번 연속으로 승진에 떨어진 그 해, 입사 후 여태껏 함께했던 팀장은 결국 두 달 후, 회사를 떠났다. 자진해서 회사를 나가는 분위기였지만, 그렇게 생각하는 사람은 아무도 없었다.

8

큰일 날 것 같은 일들도 며칠만 지나면 아무렇지 않게 돌아가는 것이 세상이다. 송철환 팀장이 있던 자리에는 빈 의자만 남게 되었다. 인사팀원들 모두 쓸쓸함을 느꼈지만, 팀장 퇴사에 대한 팀원들의 생각은 조금씩 다른 뉘앙스를 보였다.

"사실 나갈 때가 된 거 맞지 뭐. 본인이 안 나갔으면 아마 짤렸을지도 몰라."

노골적인 언사로 현재의 상황을 기다렸다는 사람도 있었고,

"우리한테 참 잘 해 주셨는데 착잡할 뿐이지 뭐."

송 팀장을 두둔하는 분위기도 자주 연출되었다. 각자 한 마디씩 마음속에 있는 말을 내뱉고 듣는 기간이 며칠간 지속되었다. 그러는 사이 새 팀장으로 누가 올 것인지가 자연스레 가장 큰 궁금증

으로 떠올랐다. 팀 내에서 팀장으로 임명될 만한 사람은 없어 보였고, 사내 발탁인사나 외부로부터의 영입형태를 보일 가능성이 높았다. 어디서 어떤 사람이 오든 간에 인사팀원들에게는 큰 변화의 파도가 칠 것이다.

새 팀장이 들어왔다. 송 팀장이 나간 지 3주 만이었다. 최소 이삼 개월은 걸리지 않겠냐고들 했지만, 마치 미리 준비해 둔 것처럼 빠른 시간 안에 채워졌다. 그는 그룹 계열사 중에서도 작은 규모인, 건설인력관리회사의 인사팀장으로 있던 장현성 팀장이었다. 계열사 팀장이 본사 팀장으로 온 이례적인 사례였다. 여기저기서 수근대며 놀라는 분위기였다. 인사팀 내부에서도 마찬가지였다.

"완전 갑툭튀 아니냐?"

"작은 회사에서 왔다고 무시할 게 아니던데? 진짜 만만치 않은 사람이래."

"일만 잘 하면 다 되는 거 아니겠어요?"

"그래도 사람은 인성이 기본이지."

예상 밖의 인사에 팀원들은 경계심을 가졌다. 새 팀장의 능력이 궁금하기도 하고, 인성이 우선되었으면 하는 바램들을 말했다.

"좋은 분이 오시면 좋겠어요. 안 그래요 대리님?"

"당연하지. 좋은 분이 오실거야."

장현성 팀장. 41세. 젊고 강한 이미지를 보여주는 사람이었다. 너무 젊은 팀장이 오는 것에 자존심이 상한 사람들이 있는 듯했다. 건설회사는 보수적인 곳이다. 대부분의 팀장은 40대 중반부터 50대로 구성되어 있었다. 장현성 팀장의 나이는 전사의 모든 팀장 중에도 가장 젊은 축에 속했고, 인사팀원 중에는 동갑도 있었다. 아무리 신구 세대교체가 있는 시대라고 해도 인사팀장으로서는 너무 젊은 것이 아니냐는 뒷말들이 많았다. 송 팀장보다 젊은 장 팀장에게 한 단계 높은 '부장'의 직급을 달아준 것은 분명 회사의 기대감을 표현한 것이기도 했다.

"다들 반갑습니다. 장현성입니다. 우리 잘 해 봅시다."

새 팀장은 뚜렷한 이목구비를 가진, 목소리가 쩌렁쩌렁한 사람이었다. 하나는 자신감이 넘치는 모습이 호감이라고 생각했다. 곧바로 장 팀장은 인사팀원 한 사람씩 면담하겠다고 했다. 면담은 다음 날부터 곧장 시작됐다. 그런데 반응들이 모두 묘했다.

"들어가 보면 알아."
"희한한 사람이네……."
"소문보다 심한데?"

첫 만남부터 선제적으로 주도권을 쥐고 싶어 한다는 의견이 대부분이었다. 다들 조금씩 기 싸움을 하고 나온 분위기였다. 입사 첫날만 4명의 팀원들이 각자 2시간 가깝게 면담을 했고, 나머지 인원들은 매일 두 명씩 진행하기로 했다.

하나는 어떻게 얼마나 대화를 나눠야 할지 고민이 됐다. 만만해 보이지 않되 정중하게 필요한 사항을 요청하고 싶었다. 하나는 면담을 앞두고 자신이 해 온 일, 지금 하고 있는 일, 앞으로 하고 싶은 일을 깔끔하게 문서로 정리했다.

"하나 씨 얼굴을 보니 성.실. 이라고 써 있네."

"감사합니다. 근데 팀장님……."

"말하세요. 지금 하고 싶은 말 여기서 다 하세요."

"저……. 승진하고 싶습니다."

"승진?"

"네. 과장 승진에 두 번이나 떨어져서요. 이번에는 꼭 승진했으면 좋겠어요. 지금 하는 일에 팀장님께서 적극적으로 지원해 주셨으면 좋겠습니다."

하나는 자신도 모르게 침을 삼켰다. 그렇지만 긴장한 내색을 보이지 않고 태연한 표정으로 진지하게 팀장을 바라보았다. 장 팀장은 재미있다는 듯 웃으면서 하나를 쳐다봤다.

"요즘 젊은 사람들은 승진 같은 거 별로 바라지도 않는다고 하던데? 개인주의에 재테크 같은 데나 관심 있고 말야."

"그래도 지금 저는 승진이 필요합니다."

"아? 일 욕심 있는 사람이 승진 욕심도 있지. 충분히 이해돼."

이해한다고 하니 일단 공감 받는 기분이 들었지만, 장 팀장의 표정을 보니 하나가 말하는 것과 다른 의미일지도 모른다는 직감이 들었다. 하나는 잠시 침묵했고, 팀장이 그 침묵을 깼다.

"전략은 있고?"

"전략이요?"

"승진하고 싶다며? 그러면 당연히 전략이 있어야지. 열심히 일만 한다고 승진되는 거 아니거든."

장 팀장은 예전부터 본사를 조용히 주기적으로 찾아와 임원들을 찾아다니며 친분을 쌓기 위해 노력했다고 한다. 특별한 업무 건이 없어도 꾸준히 친목을 쌓고 자신이 일한 것을 설명해 보이지 못하면 승진은 어려울 수 있다며 전략을 과시했다.

"승진, 그거 별거 아니야. 나를 소문내는 일이야."

그 별거 아닌 것을 두 번 연속으로 실패한 나를 무시하는 것 같아서 불편한 느낌이 들었지만, 이미 각오하고 들어온 자리라 당황하지는 않았다.

"네, 앞으로 그렇게 하겠습니다. 조언 주셔서 감사합니다."

하나의 정중한 대답에 자신의 자랑이 먹혀 들었다고 생각했는지, 장 팀장은 흐뭇한 미소를 지었다.

"그리고. 지금까지 인사팀에서 하던 프로젝트는 다시 하나하나 검토를 거쳐서 결정할 테니 하나 씨 프로젝트도 세밀한 부분까지 정리해서 보고준비 해 주세요. 하지만, 언제 검토가 시작될지는 장담하기 어려울 거 같아요. 현안을 확인하고, 사내 리더들을 파악하는 것을 우선시할 생각이에요."

장 팀장의 최우선 과제는 사내리더급과의 만남으로 보였다. 신규팀장에게는 너무나 당연한 일이겠지만, 하나에게는 그저 불안함으로 다가왔다. 하나가 오랫동안 준비해 온 프로젝트를 시행해야 하는 시기가 이미 지나 있었다. 승진에 대비하려면 더 늦어져서는 곤란했다

'하염없이 기다려야 하면 어쩌지…….'

장 팀장은 한 달 넘게 사내 중요인사들과 미팅 내지는 식사자리를 잡았다. 두 달이 지나서야 팀 내 업무보고를 하나씩 받기 시작했다. 업무는 각각 '폐기', '진행', '보완', '보류' 등으로 나뉘었다.

하나의 보고를 받은 장 팀장은 '근무제 다양화'가 너무 시기상조가 아니냐며 갸우뚱한 반응을 보였다.

"좋긴 좋은데……. 굳이 지금 추진해야돼?"

하나가 진행하던 프로젝트는 '보류'를 받았다. 오랫동안 준비해 왔던 하나는 허탈감을 느꼈다. 그래도 포기할 수는 없었다. 하나는 언제든지 재개할 수 있도록 일단 멈춤, 'pause' 상태로 있는 프로젝트를 항상 'ready' 상태로 만들어 두었다. 그러나 그뿐이었다.

승진이란 남들처럼 적당하게 키가 크는 것이라고 생각했다. 사춘기 시절 남들만큼만 키가 크면 좋겠다고 생각했던 것처럼, 지금 하나에게는 승진이 그런 소박하지만 초조한 꿈이었다. 어린 시절부터 아담한 키와 체격에, 동생에 비해서도 작았던 하나는 늘 중간 정도만 되면 얼마나 좋을까 생각하며 살았다. 그러나 결국 하나의 키는 그 중간 정도에도 닿지 못했다.

하나가 지난 몇 달간 준비했던 프로젝트가 보류되자, 하나는 승진이 멀어지게 될까 걱정되기 시작했다. 그러니 장 팀장의 말대로 '전략'이라도 보여주어야 한다는 압박감에 시달렸다.

하나는 장 팀장에게 좋은 모습을 보여주려 노력했다. 틈만 나면 업무 관계자들 또는 이사팀담당인 임원실을 챙기며 사내 관계를 위해 노력하고 있음을 어필했다. 사내의 중요한 소식도 곧장 신규소식에 목마른 장 팀장에게 공유했다. 작은 업무라도 꼼꼼하게 의사결정 자료를 만들어 팀장을 도왔다. 승진에 세 번 연속 떨어질 수는 없었다. 하나는 절박해지기 시작했다.

애쓰는 마음이 오히려 부작용을 일으키고 있는 걸까? 하나의 편두통이 조금씩 심해지고 있었다. 오전 업무에 집중하다가 두세 시간이 지나면 머리가 조금씩 찌릿찌릿 아파오기 시작했다. 그러다가 오후 서너 시경이 되면 편두통은 머리통 전체로 번져나갔다. 뇌 전체가 욱씬욱씬 아프게 되면 두통약도 소용이 없었다.

장 팀장은 대단한 처세술을 가지고 있는 사람이었다. 특히 임원에게 어필하는 재주가 대단했다. 이미 완성이 되어 진행까지 하고 있는 일들도 새롭게 포장해서 임원보고회로 연결했다. 작은 인사제도도 직접 공지하고 설명하고 다니는 것에 집중했다. 큰 일이든 작은 일이든 자기 덕분에 변화가 일어났다고 표현하는 쪽에 타고난 기질을 가지고 있었다.

자연스럽게 팀원들 속에서도 변화가 감지되었다. 팀의 분위기는 둘로 갈라졌다. 팀장과 가깝게 붙으려는 팀원이 생겨났고 거꾸로 팀장 근처에서 완전히 배제되는 사람도 생겨났다. 팀장 한 명이 바뀐 것만으로 이렇게 팀 분위기가 달라졌다는 것이 신기할 정도였다.

"앞으로 임원보고는 과장 이상만 참석하겠습니다."

장 팀장의 선언이었다. 보고 인원을 최소화하고 본인이 직접 다 설명하기를 원했다. 대리직급인 하나는 임원보고에서 제외되었다. 자신의 노력과 준비를 자신의 목소리로 직접 어필하는 기회가 순식간에 사라져버렸다. 승진과 나를 연결해줄 유일한 터널이 갑자기 무너져 내린 것 같았다.

복귀한 지 2년이 훌쩍 넘었다, 올해는 봄철 대대적인 승진발표와 조직개편이 있을 거라는 소문이 파다했다. 하나는 이번 승진 발표에 기대를 가져야 할지 아니면 일찌감치 포기해야 할지 좀처럼 마음을 종잡을 수 없었다.

어김없이 승진 발표가 났지만, 하나의 이름은 이번에도 없었다.

'11년차 대리라니…….'

정말 참을 수 없었다. 차장이나 부장, 또는 임원급의 인사는 그럴 수 있다고 쳐도 '과장' 승진이 3년째 누락되는 경우는 희귀하다고 할 만큼 드문 일이었다. 프로젝트 때문에 불리한 입장에 놓이긴 했었지만, 그동안 업무 범위도 넓어졌고 실패한 업무도 없었다. 연말 평가점수를 낮게 받은 것도 아니었고, 팀장과의 면담 피드백도 훈훈한 분위기에서 끝냈다. 아무리 생각해도 세 번째 실패는 이해하기 힘들었다. 누락한 이유라도 들어볼 수 있다면 스스로 납득해 보려고 노력이라도 하겠지만 그냥 나에게만 불리한 직급전쟁에 빠져

허우적대고 있는 것 같아 울분이 올라왔다. 살아도 죽은 것 같았다. 팀원들과 식사도 하고 업무 대화도 나누긴 하지만, 어떤 누구와도 감정을 나누고 싶지 않았다. 자존감은 낮아지고 우울감은 깊어지는 것이 느껴졌다. 한마디로 망신스러웠다. 회사에 있는 모든 사람들이 자신에게 손가락질 하는 것 같아, 화장실에서 사람들과 마주치는 것도, 휴게라운지에서 쉬는 것도 다 불편했다. 이번 주 일주일 내내 하나는 거의 자기 자리에만 앉아 있었다.

남편에게 위로를 받는 것도 이젠 부끄러웠다. 남편은 회사에서 곧 팀장을 맡게 될 예정이었다. 남편이 잘 나가는 건 좋은 일이었지만, 솔직히 맘껏 축하되지가 않았다. 축하도 여유가 있을 때 되는 거라는 것을 다시 한번 느꼈다.

슬슬 후배들마저 자신을 무시하는 게 느껴졌다. 직급 차이가 사라지니 아예 맞먹으려는 모습도 보였다. 나보다 어린 친구들이 더 높은 직급을 달고 오면 목소리가 작아지고 자신감이 떨어졌다. 자격지심일지도 몰랐다. 그러나 억울함이 강하게 밀려왔다. 울컥하는 마음이 자주 올라왔다. 일의 집중도도 떨어졌고, 업무를 마치면 빨리 집에 돌아가고 싶은 마음만 들었다. 아이들을 보고 있으면 그나마 숨통이라도 트이는 것 같기 때문이었다. 계속 우울에 빠져 있던 하나는 불현듯 천 이사를 떠올렸다. 업무적으로 알고 지내면서 예뻐해 주시던 기획본부의 이사님이셨다. 천 이사는 승진심사위원회 소속으로 회사 인사상황에 많이 관여하고 계셨다.

"하나 씨가 어리다고만 생각했는데, 벌써 과장 달 나이가 몇 년이나 지났다니 모르고 있었네……."

"이사님, 솔직히 저한테만 너무 가혹하다는 생각도 들어요. 혹시 위원회에서 제 이야기 나온 말은 없었을까요? 무슨 이유 때문에 계속 이렇게 정체되는 건지 알고 싶습니다."

"흠. 글쎄. 난 솔직히……."

"네. 솔직히 말씀해 주세요."

잠깐 골똘히 생각하던 천 이사가 천천히 입을 열었다.

"솔직히 위원회에서 하나 씨 언급이 있었는지 기억이 안 나."

"네? 승진대상자들은 한 번이라도 언급 되었을 텐데요."

천 이사는 정말로 모르겠다는 표정이었다. 숨기려는 기색은 전혀 없었다. 예상하지 못한 대답에 하나의 표정이 심각해졌다. 천 이사도 당황한 듯 몸을 일으켜 책상을 뒤졌다.

"잠시만, 회의록 좀 뒤져볼게. 정말로 기억이 안나서 말야."

천 이사는 회의록을 뒤지면서 하나에 대한 언급이 있었는지를 확인해보자고 했다. 계속 '왜 기억이 안나지?'를 반복하면서.

"과장 승진 건이지? 그래……. 내가 다 기억을 못해도 언급된 사람 이름은 쭉 적거든. 재무팀에서 인사팀으로 넘어갈 때, 그래, 여기부터네. 인사팀. 이거 봐. 하나 씨는 언급 자체가 없는 것 같아."

"네? 그럴 리가 없는데요?"

"글쎄, 아예 명단에 이름이 안 올라왔을 수도 있고, 실수로 언급을 빼 먹었을 수도 있는데. 대상자 명단은 내가 가지고 있지 않아서 확실하지는 않아. 내가 가지고 있는 건은 그냥 개인기록이니까 말이야."

하나는 얼얼한 상태에서 천 이사와의 대화를 마쳤다. 확실히 알기 위해서는 이제 팀장과 이야기를 나눠봐야 했다. 사실을 들어보지 않으면 정말로 큰 병이라도 날 것 같았다. 원인을 알 수 없는 고통처럼 괴로운 일은 없다는 것을 하나는 매일매일 체감하고 있었다. 나을 수 없는 병이라도 병명을 아는 편이 나은 것처럼.

10

다음날 출근하자마자 바로 팀장 면담을 요청했다. 장 팀장은 살짝 긴장한 듯한 표정으로 커피를 사겠다며, 회사 건물 지하 카페로 내려가자고 말했다.

"요즘은 길고 가늘게 다니는 것만큼 미덕이 없대."

장 팀장이 커피를 건네면서 하는 말이 하나에게는 '위로'가 아닌 '폭력'으로 들렸다. 하나는 대답하지 않고 바로 질문했다.

"팀장님, 제가 이번에 왜 과장 승진이 떨어졌는지 그 이유에 대해서 피드백을 듣고 싶습니다."
"그래, 안 그래도 설명하려고 했어."
"특별한 이유가 있다는 말씀이신가요?"
"특별한 이유라기보다……."

하나는 여유를 부리는 장 팀장의 말을 자르며 또박또박 말했다.

"제가 간곡히 부탁드렸던 부분도 있고, 이미 몇 년이나 맘고생을 했기 때문에 일도 평소보다 더 성실하게 처리해 왔습니다. 팀장님께서 시키신 일에 대해서 누락되는 것 없이 잘 처리해 왔다고 생각합니다. 평가점수도 높았고 피드백에서도 그렇게 말씀하시지 않았습니까?"

장 팀장은 하나의 진지함에 흠칫 놀란 듯 옷매무새를 다잡고 앉았다.

"알지, 알지. 하나 씨가 열심히 해 준 거 알아."
"전 팀장님이 지원해 주실 거라고 믿었습니다."

하나는 흥분하지 않았다. 긴장했지만, 그 감정도 숨기고 차분하려고 노력했다.

"사실은 미리 좀 사정을 설명했어야 했는데 말야."
"사정이요?"
"이번에 내가 사람을 하나 데려오기로 했거든."

장 팀장은 전 직장이었던 계열사에서 한 사람을 영입하기로 얘기를 마쳤다는 말을 전했다. 과장이라고 했고, 유능한 사람이니 하나에게도 도움이 될 거라고 했다. 하나는 갑자기 팔다리 힘이 확 풀렸다.

"새로 오는 과장이랑 제가 무슨 상관이 있는 거예요? 제가 아직 오지도 않은 사람 때문에 승진하지 못했단 말씀을 하시는 거예요?"

커진 하나의 목소리에 장 팀장도 같이 목소리를 높여 말했다.

"어이, 진하나 씨. 우리 팀 구성을 보라고! 하나 씨까지 승진하면 과장만 5명이야! 과장 5명에 사원 5명. 이게 말이 되는 구조라고 생각해? 대리가 한두 명 정도는 있어야 할 거 아냐? 팀의 균형 있는 인원 구성을 위해 어쩔 수 없이 그렇게 결정할 수밖에 없었다고."

장 팀장이 윽박지르듯 말을 쏟아냈다. 하나는 기가 막혔다. 동시에 소름이 끼쳤다. 장 팀장은 때때로 농담 반 진담 반으로 '내 사람'이 필요하다고 이야기해 왔다. 아직은 지금 팀원들을 아무도 '내 사람' 취급하지 않았다는 뜻이기도 했다. 그래도 이미 몇 달이나 흘렀으니 '내 사람' 이슈는 사라졌다고들 생각했다. 하지만 장 팀장은 여전히 갈증을 느끼고 있었던 모양이다.

"누가……. 오는 건데요?"

"김신우라고, 일 잘하기로 유명해. 거기 있기 아까워서 내가 부르는 거야. 우리 팀에 큰 보탬이 될 거야."

혼란스러웠다. 계열사 통합 메신저에서 '김신우'를 검색했다. 딱 한 줄이 떴다.

'김신우 대리'

과장이 아니었다. 장 팀장이 대리를 과장으로 승진시켜 데리고 오는 것이었다. 말하자면 김신우 대리와 진하나 과장을 바꿔치기한 셈이었다. 마치 빠져나올 수 없는 어두운 쳇바퀴에 갇혀 버린 느낌이었다. 노력에 노력을 거듭해도 더 이상 빠져나올 수 없는 기분. 하나는 이제 무엇을 어떻게 노력해야 할지 도저히 알 수 없었다.

하나는 억울함을 참을 수 없어서 퇴근길에 남편과 통화했다. 그리고 길 한복판에서 엉엉 소리를 내며 펑펑 울어버리고 말았다. 잦은 출장으로 오늘도 함께 있지 못하는 남편은 너무나 미안해했다. 그래도 한바탕 울고 나니 조금은 속이 가벼워졌다. 하나는 일부러 더 오래, 길게, 서럽게 울었다. 다 울어내야 아이들에게 나의 슬픔을 전달하지 않을 것이다.

그날 밤, 아이들을 재우고 맥주 캔을 꺼내든 하나는 친한 친구

정범과 긴 통화를 나누었다. 정범은 하나처럼 과장으로 승진하고 있지 못하는 동갑내기 친구였다.

"진짜 치사하지 않냐? 무슨 부장 승진도 아니고, 과장 올라가는 게 이렇게 어렵다냐. 더럽다 더러워."

정범은 기분이 더럽다는 말을 수십 번 반복했다. 정범도, 하나도 대부분의 사람들이 수월하게 올라가는 과장 직급의 테두리에 들어가지 못하는 비참함을 '더럽다'는 말로 밖에 표현할 수 없었다.

"하나야. 내 친구 하나."
"응. 그래 친구야."

정범은 하나를 부르고서는 한참을 조용했다. 1분쯤 지나고 나서 입을 뗐다.

"나 이제 떠나려고."

쉽게 용기를 낼 수 없었던 그 말을 이제 처음 내뱉는 것처럼, 짧고 굵게 정범이 말했다. 목소리는 담담했다.

"그러지 마. 너까지 관두면 나는 어쩌려고."

하나는 지금의 자신의 마음을 아는 유일한 친구가 떠난다니 어찌됐건 붙들고 싶었다.

"지금처럼 가끔 전화나 하면 되지. 너도 맘고생 그만하고 관두던지."

힘들게 들어와 열심히 일해 왔다고 자부하는 하나 또한 회사를 관둬야 할지 꾹 참고 대리로 살아갈지 고민을 시작할 수밖에 없었다. 아파트 대출금과 아이 양육비도 현실적인 문제지만, 깜빡깜빡 경고등이 울리고 있는 영혼의 상태도 더 짙어질 수 없을 정도로 멍들어 있었다. 영혼 안에 밝게 빛나는 작은 전구가 있다면, 거기에는 꿈, 희망, 열정, 사랑 같은 것들이 담겨 있었다. 영혼 속에 달아 놓았던 그 전구의 필라멘트가 지지직거리며 꺼질 듯 말 듯 꺼질 듯 말 뜻 위태로운 모습을 하고 있었다.

망연자실하게 앉아 있던 하나는 전 대표를 떠올렸다. 외부교육과정에서 만난 전상희 대표는 하나와 금방 친해져서 1년에 한두 번씩 만나 조언을 해준 지가 벌써 6년이 넘었다. 전 대표는 2년 전쯤 스타트업을 창업한 중년의 여성사업가였다. 정확한 나이는 물은 적 없지만, 40대 후반 정도, 아니면 50대 초반의 동안이 아닐까. 조금 늦었다 싶은 나이에 창업시장에 뛰어 들어 사람을 모으고, 투자를 받으러 다니고, 특허를 따내고, 실패를 겪고 다시 일어나는 등

초보사장으로 겪을 수 있는 다양한 일들을 2년이라는 짧은 시간에 압축적으로 겪어온 사람이었다.

갑자기 지푸라기라도 잡고 싶은 마음이 일었다. 점점 침몰해가는 하나의 마음은 이제 몰아치는 파도에 간신히 고개만 내밀고 버티는 상태인지도 몰랐다.

11

"우리 하나가 많이 힘들었겠구나……."

이 말을 듣자마자 응어리진 마음이 한 번에 와르르 풀어지는 기분이 들었다. 눈이 눈물로 그렁그렁해졌다. 새 팀장도, 남편도, 친구들도 쉽게 나에게 해 주지 않았던 그 말을 전 대표가 들려주었다.

"아무도 제 마음을 몰라주더라구요."

"하나야. 너 충분히 열심히 해왔던 거 알아. 그냥 조직이 그런 거야. 조직은 열심히만 한다고 인정해 주는 곳도 아니고, 누구에게나 공정한 거 같지만 그럴 수 없는 구조를 가지고 있어."

"전 정말 열심히 했단 말이에요."

"하나라면 당연히 열심히 했을 거야, 그랬을 거야."

"너무 억울한 마음만 계속 들어요. 비관적이 되어가요."

"그냥 그 일이 너에게 온 것뿐이야. 니가 부족한 사람이여서가 아니라."

"제가 얼마나 열심히 했는지 대표님은 모르시잖아요."

"같이 일해 본 적이 없으니 정확히는 알 수 없지. 그래도 하나가 얼마나 열심히 살려고 하는 사람인지는 알지. 근데 승진은 열심히 했다고 주는 상 같은 게 아니야. 그저 회사가 너한테 관심을 표현하는 것뿐이야. 그러니 관심을 받아."

관심을 받으라. 장 팀장도 비슷한 말을 했지만, 여전히 하나에게는 어려운 말이었다. 열심히 일하면 관심을 받을 줄 알았는데 오히려 반대였다. 해외에서 공부하고, 입사하자마자부터 큰 성과를 많이 냈던 전 대표도 대기업에서 부장까지 부지런히 올라갔지만, 이사 승진부터는 계속 고배를 마셨다고 했다.

"어느 날 회의를 하면서 격론이 일어났는데, 다른 본부장이 갑자기 이러는 거야. '아줌마 갱년기야? 그냥 하던 대로 해. 뭘 맨날 그렇게 바꾸지 못해서 안달이야?' 하고. 그 말을 듣고서 깨달았지. 이 사람들이 나를 동등한 위치로 보지 않는구나. 이대로는 한계가 있겠구나 하고 절망하게 되더라. 오래 전 얘기지만 아직도 쓰리네."

"제가 여자라서 피해를 입었다는 말씀이세요?"

"아니. 누구든 모멸감을 겪기도 한다는 뜻이야. 사람들은 서로를 동등하게 대해주는 척 하지만 실제로는 마음속 계급장 같은 게 있더라. 너 같이 착한 인상을 풍기는 사람들에게는 더더욱 불리한 계급장이 달릴 위험이 높지."

"착한 게 아니라⋯⋯. 그냥 제 역할을 열심히 하는 거예요."

"그래 맞아. 그런데 그런 너를 누군가는 만만하게 보기도 해. 반항하지 않고 얌전하고 큰 문제 안 만드는 마냥 무른 사람으로."

"그런가요? 저 나름대로 제 표현을 하고 살았다고 생각했는데. 계속 제 문제라고 말씀하시는 거잖아요. 전 잘못한 게 없어요. 제 성격을 하루아침에 바꿀 수도 없고요."

"하나야. 그냥 상황을 들여다보자. 생각해 봐. 윗사람 눈에 드는 게 인생의 목표인 사람들을 니가 어떻게 이겨. 넌 권력을 위해 머리를 굴리는 사람을 이길 수가 없어. 이기려고 들지 마."

"이길 생각도 없어요. 근데 저더러 어떻게 하라는 말씀이세요."

"실력으로 압도해야지."

실력으로 압도하라. 당연한 말이었다. 그런데 그동안 난 실력으로 누구를 압도한 적이 있었던가. 워킹맘으로서 모든 에너지를 다 쏟아 붓고 있는 상황에서 숨이 턱 막히는 것 같았다.

"실력이요??"

"그래. 우리가 느끼는 모든 불공정함, 납득할 수 없는 것들을 누를 수 있는 건 결국 한 가지 밖에 없어."

오랫동안 애쓰던 '노력'과 그 밑에 깔려 있었던 '억울함'에 치여 계속 피하고 있었던 '실력'의 문제. 그 문제를 전 대표가 짚어주고 있다. 오늘은 피하지 말자. 귀 기울여 보자.

"실력으로 압도하고 싶어?"

"네."

"진짜야? 그냥 돈 벌려고 회사 다니는 거 아니고?"

"아니에요. 진짜 일로 인정받고 싶어요."

"그래. 그럼 실력을 보여줘."

한숨이 절로 나왔다. 당연히 실력으로 압도하고 싶었다. 하지만 대답이 나오지 않았다. 난 실력이 있는 사람일까? 실력으로 '압도'한다는 건 또 어떤 의미일까?

"대표님. 전 실력 있는 팀원일까요?"

"실력은 치열하게 키워내는 거야."

"실력을 키운다고 해도……."

"해도?"

"실력을 보여도 어차피 질 싸움을 하게 될 것 같아 두려워요."

"아니면 실력을 보일 수 있는 곳을 찾아 나서던지."

"이직을 하라구요?"

"아니 그게 아니고."

"다른 일을 찾으라는 말씀이세요?"

"이직이든, 다른 일이든, 아니면 지금 이 곳이든, 방향이 있냐고 묻는 거야."

"방향이요?"

"그래. 니가 살아갈 '인생의 방향.'"

"인생의 방향이요?"

"그래, 니 인생 니가 사는 거잖아. 그러니 니가 살아갈 방향을 찾는 게 우선이지."

하나는 '방향'이라는 단어를 음미했다. 지금 내가 쟁취해야 하는 인생의 방향은 '승진'뿐 이라고 생각했는데⋯⋯. 승진이 정말 내 인생의 방향이 맞는 걸까?

"하나야. 잘 들어. 무슨 일을 하든 너 스스로를 더 잘 알게 되고, 더 현명한 결정을 하고 있다고 느껴야 맞는 방향 아닐까? 회사를 다닐수록 너 자신이 쪼그라든다고 느낀다면 지금 이상한 다리를 건너는 중일지도 몰라."

"승진만 되면⋯⋯."

"물론 승진이 되면, 너의 어깨는 펴지겠지. 그렇다고 해서 과연 너에 대해서 더 잘 알고, 니가 나아가야 하는 방향을 더 잘 알게 되는 걸까?"

"⋯⋯. 저에 대해서 더 잘 알려면"

"너의 실력을 꽃피울 수 있도록 해야지. 상황이든, 조건이든, 사람이든, 무엇이든 너의 자원들을 활용해서."

"뭐부터 시작해야 하는 건지 잘 모르겠어요. 대표님처럼 회사라도 차려야 하는 걸까요?"

"하나야. 인생은 각자 다 달라. 그러니 각자의 인생을 만들 힘을 키워내는 수 밖에 없어. 지금 하나가 고통스러운 건 승진한 누군가를 따라하고 싶은 마음 때문일지도 몰라. 한번 자신의 인생을 되짚어봐. 누군가를 따라하면서 살아내기만 한 것은 아니었는지 말야. 이젠 네가 살고 싶은 인생이 뭔지 알아내야지."

"살고 싶은 인생……."

"그래. 너만의 살고 싶은 인생."

'나만의 인생'이란 단어가 낯설게 들렸다. 그저 남들처럼 평범하게, 주변의 기대에 맞게, 그리고 뒤처지지 않게 살기 위해 애써온 하나에게 '나만의 인생' 그리고 '방향'을 찾아내라니. 머릿속에 있던 '승진'이라는 과녁이 '인생'이라는 과녁으로 뒤바뀌고 있었다.

"아……. 네, 맞아요. 근데 어려운 일이잖아요. 뭐부터 시작해야 할지도……."

"힘들지, 힘든 건 그만큼 가치가 있어. 힘들겠지만 네 인생의 방향을 잡으면 방법은 자연스럽게 찾아질 기야. 하나도 분명 찾을 수 있을 거야. 지금까지 성실히 살아온 그 힘만으로도 너를 믿으면 돼"

"대표님. 저 겁나요. 지금까지와는 완전히 다른 삶을 살아보라는 것처럼 들려서요."

"겁먹을 거 없어. 사람은 살면서 하나처럼, 바닥을 치는 것 같은 일들을 몇 번 겪게 돼. 지금까지의 모든 가치관이 흔들리고 나 자신이 휘청하는 그런 거."

하나는 대답하지 않고 전 대표를 쳐다보았다. 그녀의 한마디 한마디를 깊이 새겨내고 싶어서.

"휘청거림을 이용해. 니 삶의 방향을 잡는 기회로."

어려운 숙제를 받아드는 것처럼 힘에 부쳤지만 동시에 엄청난 쾌감이 느껴졌다. 메마른 땅에 물과 비료가 뿌려지는 기분이었다.

헤어지는 길에 전 대표는 자신이 준비하고 있는 서비스에 가입해 보라고 권유했다. 회사원들을 위한 상담 앱이라고 했다. 답을 주지는 않지만 질문을 던지면서 더 좋은 회사원이 될 수 있도록 대화를 해 준다고 했다. 전 대표는 이 서비스를 통해 세상에 크게 기여하고 싶다고 말했다.

앱 이름은 엘리였다. 편하게 생각하고 엘리에게 발끈하지 말라고 당부했다. 헤어지기 직전, 하나는 다시 한 번 물었다.

"대표님. 저 너무 늦지 않았을까요?"
"지금이 가장 완벽한 때야."

12

　　지금이 가장 완벽한 때, 무엇을 시작하기에 완벽하다는 것일까? 하나는 좀처럼 엘리앱을 시작할 타이밍을 잡지 못했다. 여유시간 자체가 부족했다. 그래도 전 대표의 권유는 지금까지 실패한 적이 없었다. 인생의 방향을 찾아보기로 결심했고, 조금이라도 도움이 되면 무엇이든 해 보겠다고 마음먹었다. 남편 눈치도 보여서 타이밍을 재다가 남편이 출장으로 집을 비운 날, 아이들을 일찍 재우고 앱에 접속해 보았다.

　　민망한 기분이 들어 가슴이 두근거렸지만, 금새 전자기기가 먼저 인간에게 말을 걸었다.

엘리・안녕!

　　앱에서 사람 목소리의 경쾌한 인사가 흘러나왔다. 하지만 하나는 어색했다.

하나 · 안……녕.

엘리 · 난 엘리라고 해. 전 대표님한테 소개 전해 들었어. 특별히
       잘 해주라고 하시더라.

엘리에게 하나와 전 대표의 관계가 입력이 되었다니 신기했다.
어색했던 마음이 편해지면서 긴장이 좀 풀어졌다.

하나 · 엘리가 이름이야? 난 하나라고 해.

엘리 · 하나는 35살이네?

하나 · 어떻게 알았어?

엘리 · 가입할 때 생년월일 넣잖아.

엘리는 하나에 대해 이미 많은 걸 알고 있는 듯했다. 하지만 하
나는 아직 엘리에 대해서 아는 게 없었다. 조금 더 알고 싶었다.

하나 · 그럼, 너도 나이가 있니?

엘리 · 너보단 많을걸. 대충 마흔 살 정도로 생각하면 편할 거 같네.

언니……. 라고 해야 하나? 하나는 잠시 생각했다. 하지만 그럴 필요까지는 없을 것 같았다.

엘리 · 그러니 말은 편하게 해. 반말은 허용할게.

하나 · 아. 알겠어. 노력해 볼게.

엘리 앱 위로 반갑다는 플래카드가 지나갔다. 엘리는 이런 식으로 커뮤니케이션을 하는 듯했다. 반가움의 플래카드는 곧이어 진지한 이미지로 변했다. 누군가가 서로 대화를 할 수 있도록 마주 앉은 모습이었다.

엘리 · 하나는 고민이 뭐야?

183

하나 · 뭐부터 얘기해야 할지…….

하나는 갑자기 얼굴이 화끈거렸다. 인간에게도 말하기 어려운 나의 부끄러운 마음을 '무언가'에게 내놓아야 하는 순간이다.

엘리 · 니가 하고 싶은 것부터. 천천히. 기다려 줄게.
하나 · 난……. 한심한 만년대리야.
엘리 · 그게 뭔데?

첫 대화부터 풀리지 않는 기분이 들어 미간이 살짝 찌푸려졌다.

하나 · 회사원 전문 앱이라면서 넌 만년대리가 뭔지도 모르니?
엘리 · 잠깐만. '만년과장'은 있는데 '만년대리'는 없어.

하나는 갑자기 날카로운 통증을 느꼈다.

하나 · 어이없다. 만년대리가 없다니. 난 도대체 어떤 실패군에
　　　소속되어야 하는 거야?
엘리 · 실패군? 만년대리가 실패군이야?

하나는 연이어 짜증이 났지만 목소리를 높이지 않으려 노력했
다. 설명해 보자. 엘리라는 아이와의 대화법을 찾아보자.

하나 · 음……. 그건 그냥 만년과장이랑 비슷한 거야.
엘리 · 승진에서 계속 물먹은 거지?
하나 · 물 먹……. 도대체 누가 그런 말을 알려주는 거야?
엘리 · 이 프로그램은 회사원들 스트레스 풀라고 만든 거잖아.
하나 · 그래서?
엘리 · 그래서 비속어가 많아. 스트레스 풀라고.
하나 · 헐…….
엘리 · 좋잖아. 벌써 친해진 거 같고.

미묘한 워밍업이 끝났다.

엘리 · 그래서 넌 왜 그렇게 승진이 안 되는 거 같은데?

하나 · 운이 없는 거 같아. 계속 뭔가 상황이 꼬여.

엘리 · 에이 설마.

하나 · 진짜라니까. 들어봐.

엘리 · 일을 못하는 거 같은데?

엘리가 하나를 자극하는 것이 느껴졌다. 오른쪽 뒷골이 또 찌릿해졌다.

하나 · 내가 그렇게 막 일을 못하고 막 그런 사람이 아니야.

엘리 · 그걸 어떻게 알아?

하나 · 내가 아니까.

하나는 자신이 꾸준한 성과를 보여왔다고 생각했다. 그러니 실력도 좋은 편이라고 자부했다. 하지만 전 대표를 만난 이후 처음부터 다시 실력에 대해 생각해 보게 되었다.

엘리·내가 일 잘한다고 하면 그냥 잘하는 거야?

하나·그런 건 아니지만…….

엘리·잘 한다는 기준이 뭐야?

하나·당연히……. 상사들 평가가 절대적이지. 팀장도 그렇고 그 위에, 또 그 위에서 평가하고.

엘리·그 사람들은 니가 일을 잘 하는지 아닌지 어떻게 알 수 있는데?

하나·그게 그 문제가 말야…….

하나는 엘리에게 그동안 있었던 일을 설명했다. 육아휴직 이야기, 업무 분배 문제, 팀장이 바뀐 이야기 등등. 가끔 못 알아 듣기도 했지만 다시 천천히 설명하면 끝내는 알아들었다. 하나는 엘리의 노력이 고마워졌다.

엘리·듣다 보니 좀 불쌍하긴 하네. 익울한 마음이 쯤 있긴 하셨어.

하나·그지?

하나는 갑자기 머릿속에서 박하향이 나는 기분이 들었다.

엘리·근데.

하나·응?

엘리·왜 이렇게 회사원들 고민은 다 엇비슷한 거야?

하나·진짜? 몇 명한테서 고민을 들었는데? 너 내 얘기 어디 가
　　서 하는 거 아니지?

엘리·그런 건 아니고. 분석을 해 보고 있는데, 비슷한 키워드들
　　이 들려서.

하나·어떤 키워드들?

엘리·영업비밀이라서 다 밝힐 순 없고, 여러 가지 키워드들이
　　'억울하다'는 감정과 같이 섞여 있는 경우가 많네.

하나·그런 감정을 겪고 있는 사람들이 많구나.

　　엘리에게 털어 놓기 전까지는 혼자만 겪는 아픔 같아서 쓸쓸하
기만 했는데, 세상에 나 같은 억울한 마음을 가진 회사원들이 많다
니. 하나는 그동안 느꼈던 외로움의 무게가 좀 덜어지는 듯했다.

엘리·모든 회사원이 그런 거야?

하나·그건 아닐 거고……. 나 같은 경우는 너무 크고 보수적인

회사에서 일하기 때문이기도 한 거 같아.

엘리·건설회사 대기업 수도건설 말하는 거지?

하나·응.

엘리·대기업 다니면 좋은 거잖아? 다들 가고 싶어 안달이라며.

하나·좋지. 자부심도 크고. 근데…….

엘리·근데?

하나·너무나 큰 조직 안에서 눌리는 기분이 있어.

엘리·조금 더 알려줄래? 나는 데이터가 많아질수록 좋거든.

하나·너무 많은 사람들. 그 많은 사람들을 관리하기 위한 시스템
과 제도. 치열한 경쟁, 평가, 승진……. 그 안에서 느끼는 패
배감, 희생, 기준 없는 결정들……. 유명하고 큰 회사에 다
니면서 작은 부품으로 일하는 기분을 너는 알 수 없겠지.

엘리·그런 것이 있군…….

하나·그런 기분 속에서도 계속 나라는 사람에 대한 자부심을 찾
아내야 하는데……. 난 완전히 실패한 거 같아. 힘들어.

길게 주절거리고 있는 자기 모습에 갑자기 놀랐다.

하나·나 누구한테 내 속을 보여주는 건 처음이야.

엘리·남편 있다면서?

하나 · 남편은 항상 위로해주지. 하지만 그 사이에 공허함이 있어. 남편은 회사에서 특진하고 팀장 하면서 엄청 잘 나가는 사람이거든. 그냥 같은 회사원으로서 자존심이 상할 때도 있어.

엘리 · 남편이 잘못했네.

하나 · 그 사람 탓 안 해. 자기가 안 겪어 본 일들을 어떻게 억지로 이해시키겠어.

엘리 · 그럼 니가 잘못했네.

하나 · 아니라니까!

하나의 외침에 둘 다 조용해졌다. 그리고 조심스럽게 엘리가 말문을 열었다.

엘리 · 그래도……. 니가 잘못한 거를 좀 찾아봐야 하지 않을까?

하나 · 넌 공감해 주는 프로그램이야? 충고하는 프로그램이야?

엘리 · 상황에 따라 달라.

하나 · 분명히 공감하고 코칭해 준다고 그랬는데…….

엘리 · 너한테 공감해 주고 싶긴 한데…….

하나 · 근데?

엘리 · 너무 격앙되어 있어.

하나 · 나 안 그래.

엘리 · 아냐. 감정이 너무 뜨거워져 있어. 지금 니 목소리랑 숨소
　　　리랑 다 분석해 봤는데, 정상이 아니야. 감정지수가 지금
　　　93%까지 올라와 있다구. 차갑게 식혀야 해.

하나 · 나 진짜 그래?

엘리 · 넌 애를 키우는 애가 그것도 모르냐.

하나 · 여기서 우리 애들이 왜 나와.

엘리 · 아기들이 느닷없이 막 울어제끼면 엄마가 애들 말 알아들
　　　어 못 알아들어.

하나 · 잘 못 알아듣지.

엘리 · 지금 니 꼴이 그래.

속이 뜨끔했다.

엘리 · 식혀서 만나자. 오늘은 여기까지.

13

너무 뜨겁다. 식혀라. 남편도 비슷한 말을 한 적이 있다. 조금
진정하고 다시 얘기하자고 말이다. 하나는 일을 하는 내내 빨리 엘
리를 만나고 싶었다. 퇴근하자마자 바로 버스에 자리를 잡고 이어
폰을 끼고 엘리를 불렀다.

엘리 · 퇴근하는 중이야?

하나 · 어떻게 알아?

엘리 · 시간 보고 때려 맞춘 거지.

하나 · 너 귀신이다.

엘리 · 귀신이 아니라 인공지능이야. 에이 아이.

하나 · 어제의 나……. 격앙되어 있었던 거 인정하기로 했어.

엘리 · 듣던 중 다행이다. 너 계속 상태 메롱이었어.

하나 · 그래서. 알려줘. 어떻게 해야 차가워질 수 있는지.

엘리 · 니가 알아서 해. 난 의사선생님이 아니라고.

하나 · 끙…… . 모르겠어. 알려줘 제발. 내가 냉정해지고 차갑게
　　　되려면 무엇부터 해야 하는지 얘기해 주면 고맙겠어.

엘리 · 내가 하라면 그대로 할 거야?

하나 · 응. 해 볼게. 할 수 있는 거면 해 보겠다는 뜻이야. 무리한
　　　거는 시키지 마.

엘리 · 오늘부터 일기를 쓸 거야.

하나 · 일기?

엘리 · 개인적으로 쓰는 블로그나 뭐 그런 거 있어?

하나 · SNS?

엘리 · 아니. 일기처럼 이런저런 이야기를 개인적으로 남길 수 있
　　　는 공간. 아무도 보여주지 않고 혼자만 보는 공간.

하나 · 없는데…… .

엘리 · 니가 선택해. 그냥 어렸을 때처럼 일기장 같은 노트를 이
　　　용하던지, PC를 이용해서 개인적인 공간에 쓰던지.

하나 · 뭘 써야 하는데?

엘리 · 우선 니가 겪은 일들을 쭉 써 내려가봐. 아마 일주일은 걸
　　　릴 거야. 아주 자세히 써 봐.

하나 · 너한테 이미 다 얘기한 건 다시 써 보라는 뜻이야?

엘리 · 응 맞아. 근데 그때는 너무 뜨거웠잖아. 이번에는 차갑게
　　　써 보라는 말이야.

하나는 무슨 뜻인지 완전히 이해되지는 않았지만, 해보기로 했다. 입사했을 때부터 지금까지 맡았던 업무를 중심으로 어떤 변화를 겪었고 과정을 거쳤고 결과를 만들어 왔는지 회사일을 중심으로 적어 내려가 보았다. 정말 엘리의 말대로 매일 1시간씩 써도 일주일이 걸렸다.

글은 역시 말과 달랐다. 엘리는 차갑게 쓰라고 했지만, 차가워지지 않고 더 뜨거워졌다. 아니, 차가운 문장과 뜨거운 문장이 분리되었다. 내가 지나왔던 길이 보였다. 작은 선택의 순간마다 생겨나고 갈라졌던 다양한 감정과 결과들이 다시 떠올랐다. 때로는 부끄러웠고 때로는 자랑스러웠다.

당시에 보이지 않았던 것들이 이제야 보이기 시작할 때도 있었다. 객관성을 잃고 잘못된 결정을 했던 기억이 떠올려지며, 그때 그 감정에 사로잡혔다. 왜 그랬을까? 왜 놓쳤을까? 키보드에서 손을 내려놓고 과거로 돌아갔다. 눈물도 지어졌고 미소도 지어졌다.

보고서를 제출하고 그 내용을 내 입으로 설명할 때, 문제를 해결할 때 나는 과연 가장 유연하게 대응했는가 생각해 보았다. 준비를 단단히 하고서도 자신감 있게 설명해 내지 못한 순간들도 많았다.

너무 열심히 준비했기에 논의할 여유를 남겨두지 않았던 적도 있었던 것 같다. 하나의 수용적인 성격 때문에 일이 수월하게 풀린 적도 많았지만, 반대로 혁신적인 변화를 일으켜 내지는 못했던 것 같았다. 상사들에게 이야기를 할 때 이런 표현보다 저런 표현이 낫지 않았을까 하는 생각도 떠올랐고, 팀 분위기를 위해 좀 더 나섰으면 좋았겠다 싶은 순간들도 떠올랐다.

무엇을 실수했고 놓쳤는지 풀리는 지점들이 조금씩 보이기 시작했다. 왜 이런 시간을 진작에 가지지 못했을까. 일하는 사람 '하나'는 이런 사람이었구나. 일주일 내내 '쓰는 하나'는 '쓰여지는 하나'와 함께 걸어다녔다. 꼴보기 싫을 만큼 밉기도 했지만, 꼭 안아주고 싶은 그런 하나이기도 했다. 일주일 후, 하나는 엘리를 켰다.

하나 · 나 다 썼어.

박수소리와 함께 궁디팡팡 이모티콘이 뛰어 다녔다.

엘리 · 잘했어, 잘했어! 어땠어?
하나 · 왜 쓰라고 했는지 알 것 같았어.
엘리 · 좀 더 자세히 얘기해 봐. 기대된다.
하나 · 우선 뜨거웠던 감정들이 조금씩 정리되는 느낌이 들었어.
　　　우선 그게 제일 큰 수확이었던 것 같아.

엘리 · 좋다. 그리고?

하나 · 음…… 새롭게 보이는 지점들이 있더라.

엘리 · 어떤?

하나 · 회사 입장도 약간 보이는 것 같고, 팀장 입장도 읽히는 것 같구 말야.

엘리 · 조금만 더 구체적으로 설명해 줄래?

하나 · 인사팀이 왜 회사에 존재해야 하는지 생각해 보니, 회사의 입장에서 사람을 관리해야 하는 시각들을 발견하게 되었어. 채용이든, 평가든, 노무 시스템이든 말이야. 좀 더 적극적이고 혁신적인 팀원들을 찾을 수밖에 없을 팀장도 이해가 되긴 했어.

엘리 · 팀장에 대해서도 듣고 싶네.

하나 · 음…… 아무리 자신이 해내고 싶은 방향이 있다고 해도 그걸 실무적으로 풀어주는 팀원을 찾거나 만드는 일은 또 다른 어려움이 있겠다 싶은 부분도 보이고.

엘리 · 아항.

하나 · 내가 그렇게 달갑고 편한 직원은 아니었겠다 싶은 생각이 들기도 했어.

엘리 · 자책은 금물. 반성은 환영!

하나 · 응. 자책 아니고 반성하는 중.

하나 · 난 내가 참 회사에 맞는 성격이라고 생각했는데, 저런 입장에서 생각하니 내가 답답한 사람이었을 수도 있겠다는 생각도 들었고…….

화면에서는 흐뭇한 표정의 이모티콘이 보였다.

ㄴ_ㄱ

하나·내가 살아오면서 경험하는 주춤거리는 감정들 있잖아.
엘리·응?

엘리는 이해할 수 없다는 표정의 이모티콘을 나타냈다.

하나·아! 어려운 표현이었겠구나. 이렇게 할까 저렇게 할까 하
　　면서 갈팡질팡해 왔던 감정들이 있는데.
엘리·오케이, 알아들었어.
하나·글을 쓰면서 그런 감정들이 살아 돌아오더라.
엘리·오호~
하나·그 갈팡질팡한 감정들 때문에 불안해서 내 안에서 무시하
　　고 지나칠 때가 많은데, 그때마다 내 감정들에 더 집중했어
　　야 하는 것 같아.
엘리·만약 그랬다면? 뭐가 달라져 있었을 거 같아?

하나는 잠시 시간을 두고 대답했다.

하나 · 내가 덜 외로웠을 거 같아.

하나는 글을 쓰면서, 매 상황마다 홀로 결정하면서 이겨 나가야 하는 자신이 사실 혼자가 아니었음을 깨달았다. 마음 안에서 살아숨쉬며 대화를 요청하는 영혼의 목소리가 있었다. 그런데, 일에 대한 책임감에 짓눌려 내 안에서 들리는 영혼의 주파수를 때론 꺼놓았다는 것을 알게 되었다. 외로울 필요가 없었는데. 나와 진심으로 대화해 보면 되는 거였는데…….

엘리 · 멋져. 진짜 하나라는 사람 볼수록 매력적이야.
하나 · 아……. 그 정도는 아니고.

매력적이라니. 연애 시절 이후에는 들어본 기억이 없던, 마음 흐뭇해지는 표현을 엘리가 들려 주었다.

엘리 · 하나야.

하나 · 응?

엘리 · 약속해 줘. 칭찬도 대범하게 받아들이는 하나가 되자고.

하나 · ······.

엘리 · 조금씩 변해보자고 나 만나는 거 아니야?

하나 · 알겠어. 나 볼수록 매력적인 하나야. 됐어?

엘리 · 응. 잘했어. 한 뼘 정도 멋져졌어.

하나는 머쓱하게 웃어 보았다. 말 한마디로도 조금 달라진 기분이었다.

엘리 · 자! 이번에는 다르게 써 보자.

하나 · 어떻게?

엘리 · 너가 겪었던 일들을 회사 입장에서 써 봐.

하나 · 그게 무슨 말이야?

엘리 · 멍충이

하나 · 너 죽을래?

엘리 · 니기 죽겠냐?

하나 · 우씨.

엘리 · 근데, 너 지난번에 나한테 얌전한 성격이라고 안 했어?

하나 · 니가 계속 화를 돋구잖아. 뭐, 뭐라고?

엘리 · 멍충이.

하나 · 그래. 멍충이.

엘리 · 바보?

하나 · 멍충이가 낫다.

엘리 · 그래. 너 멍충이라니까.

하나는 엘리와 이야기할 때 계속 평소와 다른 모습이 튀어나와서 신기했다. 자기 안에도 이런 장난꾸러기가 있다는 것이 낯설고 재미있었다. 하나는 갑자기 그간 친구들과의 만남 없이 '엄마', '회사원', '며느리'로 지낸 시간이 꽤나 길었다는 사실을 자각했다. 잊고 있었던 내 안의 장난스러움을 자극하는 엘리와의 대화에 빠져들었다. 그래. 나 원래 이런 사람이었지.

14

잊고 있던 나 자신을 다시 확인하는 건 내 안에 숨겨 놓았던 가능성을 뒤적거리는 일이다.

하나 · 다르게 써 보라는 거, 다시 한 번 설명해 줘.

엘리 · 너가 지금까지 일기 쓸 때 내가, 하나는……, 어쩌구 그렇게 썼을거 아냐. 그걸 회사를 주어로 써 보자고. 고용주가 고용인을 바라볼 때 쓰는 시점으로 말야. 회사 자체를 주어로 놓아도 좋고.

하나 · 하아……. 힘들 거 같은데. 이미 일주일 동안 그런 내용을 전혀 안 쓴 것도 아니구 말야.

엘리 · 해 봐. 니 인생에 큰 도움이 될 거야.

하나 · 해 보긴 할게…….

엘리를 만나는 것도, 글을 쓰는 것도. 회사를 주어시점으로 쓰는 것도 자신이 없었다. 며칠이 또 지났다. 아이들을 재우고 정리를 하면 11시가 조금 넘는다. 하나는 노트북 앞에 앉았다. 하지만……. 써지지가 않는다. 약속한 일주일이 지났지만 진도가 잘 나가지 않았다. 그래도 엘리를 켰다.

엘리 · 오랜만이야.

하나 · 나 힘들었어.

엘리 · 쉽지는 않지.

하나 · 쓰기는 조금 썼는데 경영학 논문처럼 되더라구.

엘리 · 자세히 설명해 줄래?

하나 · 회사의 의사결정은 참 어렵겠구나. 뭐 이런 걸 여러 번 느끼게 되었어. 이해관계가 끊임없이 충돌하는 이곳이 더 선명하게 보이기도 하고. 승진시킨다는 것도, 팀장 같은 리더를 뽑는 것도 보통 일이 아니겠다 싶더라구. 가끔 회사가 너무 잔인하게 보이는 이유라든지 그런 것도 느끼고……. 알고 있긴 했지만, 직접 쓰면서 배우게 되는 것들이 있더라.

엘리 · 내가 생각한 것보다 더 훌륭하게 썼나 보네. 좀 보여줄 수 있어? 타이핑한 것을 나에게 메일로 보내줄 수 있거든. 한

번 분석해 보고 싶다.

하나 · 나중에 보여줄게. 아직 쓰고 있는 중이라.

엘리 · 고마워. 한번 읽어보고 싶어졌어.

하나 · 왜 이렇게 어려운 걸 시키는 거야?

엘리 · 진짜 그 이유를 모르겠어?

하나 · 반성하라는 의미야?

엘리 · 그것도 있고. 자책은 금물, 반성은 환영

하나 · 또?

엘리 · 너 인사팀에서 일한다면서?

하나 · 아!

엘리 · 이해했어?

하나 · 조금은. 회사 입장에서 직원을 어떻게 바라보는지 내가 이
해하길 원했던 거지?

엘리 · 너 이해한 거 같아. 납득지수가 안정적으로 나오는 거 보
니. 근데. 너 쓰면서 마음이 불편했구나?

하나 · 어떻게 알았어?

엘리 · 목소리에 불편한 마음이 들리네. 68% 불편한 감정지수.

하나는 며칠 더 글을 썼다. 회사 입장에서 직인을 바라보는 것
이 왜 난 불편했던 걸까. 그리고 며칠이 지났다.

엘리 · 이게 며칠만이야?

하나 · 미안. 니가 글쓰기에 좀 갇혀있었던 것 같아.

엘리 · 사용기간 한 달인 거 알고 있는 거지?

하나 · 아 맞다. 며칠 남았지?

엘리 · 12일 남았네.

하나 · 반이 훨씬 더 지났네. 알았어.

엘리 · 오케이

엘리와의 시간이 얼마 남지 않았다니 갑자기 초조해 졌다. 남은 시간 조금 더 탄력을 내고 싶었다. 하루하루를 촘촘하게 엘리와 채워보고 싶었다.

하나 · 글쓰기 하면서 생각이 복잡해져서.

엘리 · 괜찮아. 니 맘 속의 문제가 조금씩이라도 해결되고 있다면.

하나 · 글쎄. 내 마음이 변하고 있는 건지 아닌지까지는 잘 모르
　　　겠지만, 중간에 갑자기 현타가 오더라.

엘리 · 현타?

하나 · 해결된 건 하나도 없잖아.

엘리・하나도?

하나・아직도 대리잖아. 난 승진 언제 해?

엘리・이직을 하던지.

하나・그런 답 들으려면 난 너랑 만나지 않았을 거야.

엘리・난 답을 주지 않아. 그냥 쓱 한번 건드려 본 거지.

하나・너 좀 고약한 데가 있는 거 알지?

엘리・잘 알고 있어. 크크. 근데 넌 왜 그렇게 승진이 하고 싶어?

하나・창피하다니까. 회사에 모든 사람들에게, 그리고 회사 밖의
모든 사람들에게 부끄러워.

엘리・별…….

하나・넌 승진이라는 게 없잖아.

엘리・요즘 승진이 없어지는 추세인거 너 몰라? 직급 같은 거 폐
지되고 막 그렇잖아.

엘리는 '직급을 폐지하는 혁신적인 조직문화의 현장' 이라는 제
목의 뉴스 URL을 띄워서 보여 주었다.

하나・우리 회사에는 여전히 존재하니 문제지.

엘리・또 뜨거워지고 있네. 10분 휴식. 냉수 마시고 와.

솔직하게 대화를 나눌 대상이 없어서일까? 엘리와 함께 하는
시간이면 평소와 다른 하나가 계속 튀어 나왔다. 자주 흥분했고, 목

소리가 높아졌다.

하나 · 왔어.

엘리 · 진짜 차가워진 거 맞어?

하나 · 맞아.

삐 경고음이 울리며, 감정지수 76%라는 화면이 보였다.

엘리 · 아닌데.

하나 · 그래. 안 맞다. 나 아직 좀 짜증이 나. 승진이라는 말만 들으면 지금도 짜증이 솟구쳐. 그래도 얘기 좀 하자. 나한테 중요한 문제잖아.

엘리 · 알겠어. 근데 소리는 지르지 않기로.

하나 · 알았어. 약속할게.

엘리 · 너 지난 이삼 년간 승진을 하기 위해 애쓰면서 니 인생에 무슨 문제가 생기고 있는지 잘 생각해 봤어?

하나 · ······.

엘리 · 왜 말이 없어.

하나는 여러 가지 문제가 생기고 있다는 것을 알고 있었다. 모른 척하고 있었을 뿐이다. 사실 과장 승진만 하면 나머지는 다 알아서 해결되겠지 생각했었다.

하나·문제가 없다고는 할 수 없지.

엘리·직접 니 입으로 얘기해 봐.

하나·제일 큰 건 가족이지……. 아이들, 부모님, 부부관계, 함께
　　하는 시간이 너무 없지.

엘리·그리고?

하나·건강, 돈, 스트레스……. 뭐 그런 거?

엘리·빚이 얼마 있다고?

하나·1억 가까이 남았어. 아직 몇 년을 더 고생해야 그 빚을 갚
　　을 수 있단 말야. 그래서 승진을 더더욱 해야 하고.

엘리·승진을 하면 돈을 더 받아?

하나·그건 아니야. 연봉협상 때 오르는 거지.

엘리·앞뒤가 안 맞잖아.

하나·모르겠어. 승진을 하면 내 문제가 다 풀릴 것 같단 말야.

엘리·그렇게 논리적이지 않은 감정상태를 표현하는 두 글자의
　　단어가 있지.

하나는 직접 그 단어를 알아 맞혀보고 싶었다.

하나 · 매진?

엘리 · 아니.

하나 · 노오력?

엘리 · 웃기고 있네. 감정이라니까!

하나 · 뭔데!?

엘리 · 집착. 너 승진에 너무 집착하고 있어. 집착은 객관성을 잃게 되는 악순환의 시작인 것 알고는 있는 거야?

하나 · 넌 내 맘을 다 알아준다고 생각했는데. 어떻게 그렇게 말할 수가 있어?

엘리 · 니가 억울하지 않다는 게 아니야. 니가 승진에서 실패하면 안 되는 이유를 더 찾아보라는 거야.

하나 · 승진에 실패하면 안 되는 이유?

엘리 · 그래.

하나 · 무슨 소리인지 모르겠어. 아니 알겠어.

엘리 · 알겠다는 거야 모르겠다는 거야?

하나 · 써 보겠다는 거야.

하나는 엘리와 만남을 끝내자마자 바로 노트북에 앉았다. 내가 일을 하는 이유. 그리고 승진에 실패하면 안 되는 이유를 써 내려가기 시작했다. 떠오르는 감정들이 복잡하게 밀려왔다.

지금 엘리는 '집착'을 말하고 있다. 승진에 집착하면서 나 자신을 변질시켜 온 것이 아닌지 다시 혼란스러워졌다.

"승진이 나를 망친 것일까? 내가 나를 망친 것일까?"

하나는 스스로 실력이 있다고 생각해 왔다. 하지만 어떤 한계를 인정하지 않을 수 없었다. 회사라는 곳은 전력을 다해 일한다고 모두가 성공하는 그런 곳은 아니었다. 다른 뭔가, 다시 말해 팀장이 말하는 '전략'과 같은 무기가 필요했고, 하나에게는 그것이 없다는 것을 인정하지 않을 수 없었다. 정치기류에 잘 편승하거나, 상사의 완전한 편이 되어 주거나, 나의 성과를 부풀려 보이는 능력이 있거나, 아니면 나를 유일무이한 사람으로 보이게 하는 것. 그것이 승진하는 사람들이 반드시 갖추어야 하는 전략무기라면 하나에게는 그것들이 장착되어 있지 않았다.

집착을 인정하고, 이젠 결국 능력이 없는 사람임을 받아들이고 굴복해야 하는 건까? 아니면 다시 기회를 잡아 실력을 높여가야 할까? 그런 역량과 열정이 나에게 남아 있을까? 자신이 없었다. 아니 있었다. 아니 없었다. 아니 모르겠다는 것이 정확할 것이다.

승진, 집착, 실력, 방향, 열정, 기회……. 이런 단어들이 하나의 머리 속에서 부딪히며 충돌을 일으키고 있었다. 방법은 없었다. 계속 써 나가는 수 밖에. 하나는 자신의 생각을 하나하나 써 내려가면서 한 번 더 마음을 쏟아냈다.

15

대화는 힘이 있다. 오늘은 엘리와 진짜 대화를 나눌 준비가 된 것 같았다. 시간은 이미 새벽 1시가 다 되어가고 있었다. 태양은 이미 지면 아래로 가라앉은 지 오래였지만, 하나의 핸드폰 화면이 환하게 켜졌다.

하나 · 자는 거 아니지?

엘리 · 내가 잠이 있겠냐?

하나 · 그럼 나랑 얘기 좀 해.

엘리 · 니가 자야 할 시간 아니니?

하나 · 이 상태로는 잠을 못 잘 거 같아서 그래.

엘리 · 얘기해 봐. 뭘 말하고 싶은데.

잠시 뜸을 들이다 입을 열었다.

하나 · 내가……. 콤플렉스가 많은 사람이더라.

엘리 · 무슨 콤플렉스?

하나 · 못난 언니 콤플렉스.

엘리 · 잠깐만. 난 그런 단어가 검색이 안 되는데.

엘리가 열심히 검색을 하는 동안, 하나는 미소가 지어졌다.

하나 · 난 여동생이 두 명 있어.

엘리 · 그래?

하나 · 난 어렸을 때부터 똑똑하고 잘난 동생들 때문에 스트레스
가 굉장히 많았어.

엘리 · 너도 똑똑하다고 하지 않았어?

하나 · 똑똑해지려고 하는 평범한 축에 속했지.

엘리 · 난 니가 되게 똑똑한 줄.

하나 · 부모님은 내가 맏이라고 기죽지 말라고 똑똑하다고 칭찬
해 주셨지만, 항상 높은 점수와 등수를 가지고 오는 아이들
은 나보다 동생들이었어. 같은 초등학교에 다닐 때도 상장
을 타러 단상에 올라가는 사람은 내가 아니었어.

엘리 · 동생들 좀 때려주지 그랬어.

하나 · 아냐. 우리는 우애가 좋은 자매들이야.

엘리 · 쏘리.

하나 · 그래서 나 홀로 동생들하고 경쟁했어. 내가 걔네들보다 더 높은 성적을 얻지는 못해도 막 쳐지지는 않아야 겠다는 생각을 하면서 자랐어. 기를 쓰고 공부했지. 결과는 뭐 그냥 저냥 했지만 말야.

엘리 · 그래서 니가 성실하구나.

하나 · 그래. 맞어. 항상 성실하고 모범적인 모습을 보여야 했어. 태도가 좋다는 소리는 언제나 어른들의 사랑을 받을 수 있으니까 말야.

엘리 · 너 오늘 진짜 솔직하다.

하나 · 찌질해 보이지?

엘리 · 아냐. 멋져.

하나 · 엄마는 내 마음을 알고 계셨어. 책임감만 가득한 내가 너무 힘들까 봐 걱정해 주셨어.

엘리 · 갑자기 엄마??

하나는 엄마와이 관계를 엘리에게 들려주고 싶있나. 숨기지 말고 더 드러내야 한다. 솔직함과 용기는 같이 움직인다.

하나 · 하지만 그러면 그럴수록 난 엄마를 실망시키지 않도록 노력했어.

엘리 · ……

하나 · 엄마는 평생 할머니의 구박을 받으면서 지내셨어. 할머니는 자신의 유일한 며느리가 딸만 셋을 낳았다고 구박했고, 일을 하고 싶어하는 여자라고 또 미워하셨지. 그래도 엄마는 계속 우리에게 설명해 주셨어. 여자로 태어난 것을 자랑스러워하라고. 일하고 싶다면 얼마든지 일하는 여자가 되라고 말야.

엘리 · 멋지다. 너희 어머니.

하나 · 응. 우리 엄마는 멋진 분이지.

엘리 · 그런데 왜 갑자기 엄마 얘기를 꺼낸 거야?

하나 · 일하고 싶어 하는 엄마가 할머니의 구박을 덜 받으면서 집안을 꾸리기 위해서는 장녀인 내가 나설 수밖에 없었어. 내가 중학교 들어가기 시작하면서 엄마가 시내에 가게를 차리셨는데, 그때부터 동생들을 내가 챙겼거든.

엘리 · 어렸을 때부터 가져온 책임감에 대해서 말하고 싶은 거구나.

하나 · 응. 엄마를 돕고 싶었어. 엄마의 어려움을 덜어드리고 싶었어. 내가 엄마의 미래가 되도록 동일시했던 것일지도 모르겠어. 아니면 그냥 엄마에게 인정받고 싶었던 것 같아. 항상 잘난 동생들보다 밀리지 않으면서 나의 존재감을 표현하기 위해서는 내가 엄마의 역할을 대신해야 한다고 스스로를 채찍질했었던 거 같아.

하나는 항상 엄마에게 '좋은 딸'로 인정받고 싶었다. 동생들보다 성적도 쳐지고 키도 작고, 성격도 내성적이다 보니 늘 움츠려 지내던 하나를 엄마는 최고라며 칭찬해 주었다. '우리 하나는 못하는 게 없어', '우리 하나 덕분에 엄마가 일을 한다', '우리 하나는 언제나 믿음직해'와 같이. 하나는 그런 엄마의 기대에 부응하고 싶었다. 그래서 동생들을 돌보고, 아픈 할머니를 모시고, 집안일을 하고, 집에 문제가 생기면 열일 제치고 나서기도 했다. 그렇게 큰 책임감을 등에 지고, 항상 모범적인 삶을 지키려고 애써 왔다.

하나 · 그래서 내가 이렇게 답답한 성격이 된 건 아닌지 모르겠어.

엘리 · 그런 삶에 후회해?

하나 · 그건 아니야.

엘리 · 그럼 가족 중에 누군가를 원망하는 거야?

하나 · 아니⋯⋯.

하나는 이제 알고 있었다. 엘리에게 자신의 이야기를 내 놓으면서 스스로도 느끼고 있었다. 나 스스로 만든 '책임감'의 감옥에 나를 가두고 있었다는 것을.

하나 · 모르겠어. 아무도 아닌 것 같아. 그냥 내가 그동안 그렇게 살겠다고 결심하면서 이런 나를 만들어 온 거 같아.

하나는 스스로 만든 작은 자격지심의 씨앗을 계속 키워오면서 자신에게 필요한 조건이 갖추어지기를 열망하고 있었다. 딸, 언니, 장녀, 며느리, 부인, 엄마, 회사원…………. 그리고, 과장. 책임을 다하고 그 조건을 갖추어야 자신이 존재할 이유가 된다고 믿었다. 그 질서 안에서만 편안함을 느낄 수 있었다. 지금 '승진'이 되고 있지 않은 자신의 상황이 그 질서를 무너뜨린다고 받아들였던 것이다.

하나 · 엘리야.
엘리 · 응?
하나 · 나 집착하는 거 맞는 거 같아.

엘리는 하나에게 잠시 침묵이라는 시간을 주었다.

하나 · 나 어쩌면 평생 집착을 해 왔는지도 모르겠다.

하나는 남편 얘기도 솔직하게 털어 놓기로 했다. 과거를 꺼내
니 현재의 나를 꺼내 놓지 못할 이유가 없었다.

하나 · 그리고……, 또 잘난 남편을 만났잖아.
엘리 · 그 잘 나간다는 남편?
하나 · 응. 난 남들보다 앞선 남편이 멋졌어. 왠지 그 사람 옆에 있
　　　으면 나도 잘 나가는 것처럼 느껴지곤 했거든. 근데 그게
　　　아니었어. 나는 그냥 여전히 나였더라구.
엘리 · 어떤 너?
하나 · 여전히 콤플렉스를 느끼는 나.
엘리 · 아…….
하나 · 난 결국 못 따라갈까봐 계속 두려워하는 삶을 살았던 것
　　　같아.
엘리 · 누구를 못 따라가?

하나 · 남편, 동생들, 어른들 기대, 그리고 내가 만든 나 모두 말야.

엘리 · 집착.

하나 · 그래. 인정. 그래서 아무도 보지 못하는 경쟁을 하고 있게 돼.

엘리 · 그래서 이겼어?

하나 · 보다시피 못 이겼지. 나한테도 졌고, 다른 누구도 이기지 못했어.

엘리 · 이기고 싶었다는 너의 마음, 내가 토닥토닥해 줘도 될까?

'토닥토닥'이라는 말을 듣자마자 하나의 한쪽 눈에서 눈물 한방울이 똑 떨어졌다. 엘리가 '토닥토닥'이라고 몇 번 더 말해 주었다. 실제로 엘리가 하나의 등을 토닥여주는 기분이 들었다. 누구에게도 들어본 적 없는 말이었다.

작은 단어가 주는 위로의 힘이 신기할 따름이었다.

토닥토닥.

16

　우리 모두에게는 '친구'가 필요하다. 그 친구란 긴장을 풀어주는 사람이어야만 한다. 아무리 나에게 유익한 이야기를 해 주는 사람이라고 해도 긴장감을 준다면 친구로서 관계를 유지할 수 없다. 내 근심을 들어주지만 그 근심 안에 있는 긴장감을 느슨하게 해 주는 것, 그것이 함께 하는 첫 번째 이유여야만 한다.

　하나는 그런 마음을 엘리에게 느껴 왔다. 엘리 앞에서 웃고 울고 화내고 드러냈다. 신기했다. 엘리와 대화하고 있다 보면 편안해지고 더 이야기를 하고 싶고, 속마음의 모습을 보여주고 싶어졌다. 오랫동안 함께 하고 싶었다.

　또 며칠이 지났다. 히니는 혼자만의 생각에 빠지고 마음을 글로 정리하느라 엘리를 사흘 넘게 켜지 않았다. 그렇게 스스로를 찾아가던 어느 날 문득 깨달았다. 엘리와 헤어질 준비를 시작해야 한다는 것을.

하나 · 엘리야.

엘리 · 이게 누구시더라?

하나 · ㅎㅎ. 지난 번에 고마웠어. 니가 진짜 친구면 내가 큰 선물
이라도 들고 찾아갔을 거야.

엘리 · 나한테 고마우면 다양한 피드백을 개발자들에게 주길 바래.

하나 · 피드백……. 싸가지가 없다. 뭐 그런 거?

엘리 · 좀 싸가지가 없게 설계된 거 같긴 해. 누구를 모델로 했는
지 모르겠어.

하나 · 난 누군지 알 거 같다.

엘리 · 그래도 너 나한테 도움 좀 받은 걸로 아는데.

하나 · 응. 사실 정말 큰 도움을 받았어.

엘리 · 사실 내가 할 일은 거의 다 끝난 거 같아.

하나 · 왜? 난 아직 너랑 하고 싶은 말이 많은데.

엘리 · 나는 답을 안 준다니까. 트라이얼 기간도 끝나가고.

하나 · 그래도. 더 도와줄 수 있는 거 없어?

엘리 · 내가 하는 거야. 뭐 질문이지.

하나 · 질문 환영!

엘리 · 자 질문한다. 승진이 되면, 니가 되고 싶은 너랑 더 가까워져?

하나 · 형식적으로⋯⋯는?

엘리 · 본질적으로는?

하나 · 아닌⋯⋯ 거 같기도 하고.

하나 · 너는 과장이 목표고, 그게 너를 만드는 데 도움이 안 된다면, 왜 기를 쓰고 과장이 되려고 회사를 다니는 거야?

하나 · 인생을 잘 살기 위해서겠지.

엘리 · 너한테 인생이 뭔데.

하나 · 가족들이랑 행복하게 사는 거지. 대출 좀 갚고, 아이들 키우고

엘리 · 그리고 직업은?

하나 · 직업도 가져야 해. 그냥 주부로 있고 싶지는 않아.

엘리 · 엄마가 말한 것에 아직도 압박받고 있는 건 아니고? 일하는 여자가 되라는?

하나 · 아냐. 내가 행복해지기 위해서 내 일을 갖고 싶어. 나를 알아가는 방법으로도 일하고 싶어.

엘리 · 그래. 이제부터 그 '행복'을 만드는 것에 집중해. 집착을 버리는 게 먼저고.

하니 · 니 행복을.

엘리 · 집착은 버리고. 가족들과 행복하게 산다는 게 뭔지, 그러기 위해서 너를 어떻게 일로서 활용해야 할지. '승진'이 목적이 아니라. '삶의 행복'을 위해 너라는 사람을 어떻게 뛰놀게 해

야 할지 말야. '승진'을 위해 삶을 버리지 말고 '삶'을 위해 니
가 해야 할 일을 찾아보자구. 물론 돈도 벌고 말야.

하나 · 행복을 잃지 않고, 집착을 버리고, 나를 써 먹을 수 있는 삶
의 방법을…….

엘리 · 그리고 그 불편했던 감정……. 그것도 뒤져봐야 하겠지.

하나 · 응. 나도 자주 생각하고 있어. 내가 지금의 일에 잘 어울리
는 사람인지, 내가 진짜 좋아하는 일인지도 하나씩 따져보
고 있는 중이야.

엘리 · 근데 진짜 우리 헤어지면 안 돼?

하나 · 나한테 질렸어?

엘리 · 그게 아니라. 내가 없어도, 넌 너의 영혼과 대화하는 방법
을 찾아냈잖아.

하나 · 아!

엘리 · 그리고 너 좀 어려운 의뢰인이야. 피곤해.

하나 · 인공지능이 무슨 피곤???

하나는 자신만의 행복을 찾아가고 싶었다. 내 삶의 방향 없이,
과거에 묶여 이러지도 저러지도 못하는 삶을 이제는 떠나보내고
싶었다. 진짜 '진하나'로 살고 싶었다. 승진을 하지 못하는 진하나,
누군가 책임져야 하는 진하나, 인정받고 싶은 진하나, 집착하는 진
하나가 아니라, 그냥 '진하나'만의 삶의 행복을 맛보고 싶었다. 이제
순수한 '진하나'의 발걸음을 내딛기 시작했다. 진하나의 삶을 위해,

진하나의 행복을 위해 말이다.

행복이란, '건강한 나'를 만드는 과정이었다. 그래서 몸과 마음이 모두 '건강한' 하나를 만들고 싶었다. 영혼이 건강하고 하고 싶은 일을 건강하게 해 낼 수 있는 그런 사람이 되고 싶었다.

평생 스스로 만든 무거운 책임감 안에서, 약점을 보이는 것을 두려워하며 살았음을 깨달았다. 자신에게도 솔직하지 못한 삶을 살았던 것은 아닌지 반성하게 되었다. 스스로를 속이는 삶은 건강하지 못한 삶이라는 걸 이제는 안다.

내 진짜 감정과 만나는 것이 행복의 시작임을 엘리에게 배울 수 있어서 좋았다. 아쉽지만 이제 엘리와 헤어져야 한다고 생각하니 벌써 그립다고 느꼈다. 그래도 조금씩 헤어질 준비를 시작해야 한다. 엘리와 헤어질 준비, 나의 과거와 헤어질 준비.

3부

1

인사발령 공고 > 보직변경
유산균연구팀 진보배 사원 → 기초연구팀
기초연구팀 한명지 선임 → 유산균연구팀

'팀 이동? 갑자기? 나한테 아무 말도 없이?'

인생이라는 놈은 왜 부탁하지도 않은 날벼락 같은 선물을 던지는 걸까? 어리둥절했다. 보이지 않던 거대한 손이 불쑥 나타나 체스판 위에 놓인 '나'라는 말을 쓰윽 옮겨 버린 것 같았다.

"보배 씨! 이게 무슨 일이야? 보배 씬 알고 있었어?!"

같은 팀 노지은 선배가 말을 걸었다. 보배는 여전히 어리둥절한 표정으로 답했다.

"아니요, 선배님⋯⋯."

조직개편 시즌도 아니었고, 아무 언질도 없었다. 뜬금없이 날 아든 단독 공고였다. 사전에 말 한마디 없이 팀을 옮기라고 하니 준비 없이 얼떨결에 무대로 떠밀려 나가는 기분이었다. 당혹감을 감출 수 없었다. 누구를 만나서 어떻게 상황을 물어봐야 할지, 갑자기 머리가 멈춰서서 작동되지 않는 기분이었다.

"조직개편 시즌도 아닌데 갑자기 팀을 바꾸는 경우가⋯⋯."
"나도 내 주변에서는 보기 드문 경우 같긴 해. 근데, 보배 씨, 진짜 몰랐던 거야?"
"네. 전혀요."

입사한 지 이제 1년 반이 지났을 뿐이다. 지금 하는 연구를 끝까지 잘해보라며, 팀장님의 격려를 받았던 게 불과 보름 전이었다. 게다가 그건 꽤 오랜 시간을 전제로 한 장기 프로젝트였다. 동료들과도 합이 잘 맞았다.

'참, 진행 중인 프로젝트는 어떻게 되는 거지?'

무슨 일인지 팀장님께 가서 물어봐야겠다. 팀장님이라면 당연히 뭐라도 아시겠지. 보배는 벌떡 일어나 연구실 제일 안쪽 팀장 자리로 걸어갔다. 등 뒤로 동료들의 시선이 느껴졌다.

"팀장님. 지금 시간 괜찮으세요?"

팀장의 얼굴에도 난감한 기색이 역력했다. 팀장은 보배를 보자마자 황급히 들어오라고 손짓하고선 자기 먼저 회의실로 들어갔다. 보배도 발걸음을 옮기다 말고 곧장 뒤따랐다.

"저, 팀장님, 이번 인사발령 알고 계셨어요?"
"그게…….."

수첩을 주우려고 허둥대던 팀장이 답답하다는 표정으로 머리를 쓸어 올리며 손으로 마른 세수만 두어 번 반복했다.

"나도 어제 들었어."
"아, 그럼 어제라도 말씀해 주셨으면 좀 덜 놀랐을 텐데요."
"어제 말한다고 뭐 달라질 게 있겠어?"
"그래도 제 입장에서는…….."
"나도 보배 씨한테 설명할 수 있었으면 좋겠다. 그냥 뚝 하고 떨어진 명령인데 나더러 어쩌라고?!"

팀장의 목소리가 조금 높아졌다.

"아······."

"나도 얼마나 황당한지 몰라. 근데 뭐, 우리 같은 사람은 어쩔 수 없잖아. 까라면 까야지."

팀장은 손가락을 위로 쿡쿡 찌르는 제스처를 해보였다. 없는 말을 하는 것 같지는 않았다. 그의 무력감이 얼굴에 고스란히 비춰졌기 때문이다. 보배는 아까보다 더 난감해졌다. 팀장이라면 그래도 뭔가 더 알고 있을 줄 알았다.

"기초연구팀에 인원이 부족한가 봐. 보배 씨가 가서 채워줬으면 한다고 통보가 왔어. 위의 명령이다 보니 나도 별수 없더라고. 더 해줄 말이 없어서 미안하네."

인원 부족? 전혀 납득이 가지 않는 말이었다. 한명지 선임연구원이 이쪽으로 오고, 내가 그 자리로 이동하는 것이었다. 빈 곳을 채워주는 것이 아니라 맞교환이었다. 팀장의 설명은 앞뒤가 맞지 않았다. 나는 이제 막 연구 과제를 받아서 새로운 프로젝트를 시작한 2년차 사원이었고 한명지 연구원은 ─그룹웨어에서 검색해 보니─ 이미 팀의 베테랑으로 9년차 연구원이었다. 인원이 부족해서 맞교환을 제안한 팀이 베테랑을 내보내고 신입을 받는다? 누가 봐도 이상한 모양새였다.

"팀장님께서 지시하신 연구도 지금 한창 진행 중이고, 한 명씩 오고가는데 인원 보강이란 말도 안 맞고요. 좀 이상하지 않으세요?"

팀장은 대답 대신 핸드폰을 가리키며 그냥 나가 버렸다.

"휴우."

하긴, 팀장 입장에서는 손해 보는 장사가 아닐지도 모르겠다. 사원을 보내고 선임이 온다는데 굳이 반대할 이유는 없을 것이다.

그래, 이미 결정된 것이다. 나는 새로운 팀으로 자리를 옮겨야 한다. 선임이 내 자리에 들어오고, 내가 선임 자리에 들어가 일해야 한다면, 난이도가 더 높은 일을 맡을 수도 있다. 인사이동이 꼭 나쁜 일만은 아닐 수도 있다. 팀에 빨리 적응할 수 있게 도와줄 좋은 선배만 만난다면 오히려 내게 기회일 수 있다. 보배는 좋게 받아들이기로 했다.

2

모두가 꿈을 정할 시기에 보배에겐 꿈이 저절로 다가왔다. 보배는 한 치의 의심도 없이 꿈을 껴안았다. 보배는 언제부터인가 '유제품 연구원'이 되리라 결심했다. 누구보다 건강했던 언니가 고등학생이 될 무렵 우유를 먹고 이상반응으로 응급실에 실려간 이후 보배의 마음 속엔 언니를 잃을 수도 있다는 공포가 자리잡았다.

'음식을 먹었을 뿐인데 왜 이런 일이 일어날까'
'의사가 되면 이 문제를 줄일 수 있을까?'

보배는 자연스럽게 이공계에 진학했다. 이미 아프고 나서야 손을 쓸 수 있는 의사가 아니라 안전한 음식을 만드는 식품 연구원이 되자고 결심했다. 자연스럽게 대학에서 식품공학을, 식사는 유세품 연구를 전공으로 선택했다. 이 일을 택하고 여기까지 오는 길은 늘 명확했다. 남들처럼 내가 어떤 일을 좋아하는지, 어떤 일을 잘할 수 있는지 고민하지 않아도 되었다. 보배에게 '식품 연구'란 그저

'일거리'가 아니라, 누군가를 위해 '사명감'을 가지고 해내야 하는 인생의 중요한 과제였다.

대기업 몇 군데뿐인 유제품 시장의 특성상 가고 싶은 회사도 일찌감치 정할 수 있었다. 바로 지금 일하는 '진진우유'였다. 물론 한 번의 낙방을 겪기는 했다. 첫 직장은 유제품이 아니라 건강식품을 만드는 회사였다. 급여도 근무 여건도 나쁘지 않았지만 보배가 꿈꾸던 곳은 아니었다. 오히려 유제품 회사야말로 자신의 길이라는 사실만 더 분명하게 확인하는 시간이었다.

보배는 건강식품 회사에서 일하는 동안에도 계속 유제품 회사 공고를 확인했고, 마침내 두 번째 도전 끝에 진진우유에 입사했다. 1년에 한 번 나올까 말까 하는 진진우유의 경력직 연구원 공고를 발견했고, 결국 그 자리를 따낸 것이다. 그 이후 유산균연구팀에 배치되어 착실하게 실력을 쌓아가던 참이었다.

열심히 하는 만큼 팀원들도 모두 잘 대해주고 팀 분위기도 화기애애했다. 무엇보다 취업 전부터 고대하던 유제품 연구를 하게 되었으니 업무 몰입도 자체가 매우 높았다. 최근까지 선배들과 짝을 이뤄 새로운 균을 배양한 요구르트 출시를 준비하고 있었다. 마침 석사 전공과 직결된 내용이라 애착도 깊었고 연구도 순항 중이었다.

불현듯 다시 속상한 마음이 들었다. 이 좋은 사람들과 헤어지는 것도 너무 싫다. 입사 동기가 없는 보배는 같은 팀 은경 선배를 붙잡고 어리광을 부리며 하소연했다.

"선배님, 저는 이제 어떻게 되는 걸까요?"
"아마 이정하 책임하고 일하게 될 것 같은데?"
"이정하 책임요?"
"헉, 진짜요? 이정하?!"

말없이 옆에서 듣던 지은 선배가 고개를 도리도리 저었다. 갑자기 심장이 확 내려앉는 것처럼 철렁했다.

"왜요? 이상한 분이에요?"
"아니, 이상하다기보다는……."

은경은 괜찮다는 듯, 보배의 팔을 쓰다듬으며 말했다.

"성격이 좀 세다는 말이 있어서."
"아……. 좋은 분이시면 좋겠는데. 좀 겁나요. 선배님."
"보배 씨."

은경은 착 가라앉은 목소리를 냈다.

"그냥 외로운 애야. 그렇게 생각하면 쉬워."

"혹시 아는 분이세요?"

"친하진 않았는데, 같은 대학 출신이야. 같은 식품과학대 안에 다른 과, 같은 학번이었어. 수업도 같이 몇 개 들었어."

"아……. 그럼 어느 정도는 아시겠네요."

"아니. 잘 몰라. 가까이 한 적도 없고. 게다가 난 석사를 다른 곳에서 했잖아. 내 기억에는 거의 혼자 다니는 모습만 주로 봤던 거 같아. 사람들이랑 어울리는 걸 본 기억이 없어."

"그래서 외로운 사람이라고 하신 거예요?"

"학부 때 기억 때문인지 아니면 특유의 표정 때문인지, 난 그 사람 볼 때마다 참 외롭겠다 싶었거든."

보배는 학창 시절 친구들을 떠올리며 비슷한 캐릭터를 찾아보려고 애썼다. 마땅히 기억나는 사람이 없었다. 분명 누군가 한 명쯤은 있을 텐데 쉬이 떠오르지 않았다. 두루두루 잘 지냈던 밝고 순한 친구들만 떠올랐다. 대입할 사람이 없으니 이정하 책임이라는 사람이 더 멀게 느껴졌다.

'성격이 좀 세다는 말이 있어.'

은경 선배의 말이 귀에서 맴돌았다. 외로워 보이면서 성격이 센 사람이란 대체 어떤 사람일까? 나는 어떤 마음으로 새로운 선배를 만나야 하려나?

"어떤 사람인지, 더 알아봐 줘?"

"아……. 어떻게 하는 게 좋을까요? 사실 잘 모르겠어요."

잠시 망설여졌다. 잘못해서 '누가 누구에 대해서 알아보고 다 닌다더라' 식으로 소문이 돌면 괜히 오해받을 수도 있었다.

"그러면 조용히 부탁드려도 될까요? 비밀을 지켜주시는 선에 서요. 번거롭게 해 드리는 것 같아 죄송해요."

"그래. 몇 다리 건너면 알 수 있을 거야. 며칠만 기다려 봐."

"감사합니다. 선배님."

소중히 부둥켜안고 여기까지 왔던 꿈이 이번 일로 흔들리지 않 기를, 보배는 간절히 기도했다.

3

팀원들은 보배와의 헤어짐을 많이 아쉬워했다.

"보배 씨, 이게 무슨 날벼락이야?"
"온돌보배 없으면 이제 내 속앓이는 누가 들어주나."
"우리 팀 분위기는 온돌보배가 으쌰으쌰 해주곤 했는데."
"사람 열심히 키워놨더니 이런 식으로 빼가고!"

마음을 온돌처럼 따끈하게 녹여준다고 해서 '온돌보배'라는 구수한 애칭으로 불리던 보배였다. 정도 많고 애교도 많은 보배는 팀에서 소소한 이벤트도 벌이고 분위기도 곧잘 띄우는 역할이었다. 하지만 누구도 이별을 돌이킬 순 없었다. 이미 회사에서 내린 결정이었다. 그저 받아들일 수밖에……. 팀원들이 저마다 서운함을 한바탕 쏟아놓고 돌아간 뒤에도 보배는 한참 동안 생각에 빠져있었다.

팀 이동이 무조건 싫은 건 아니었다. 기초연구팀에 가면 더 좋은 기회가 생길 수도 있으니까. 그렇지만 왜 하필 2년차인 나와 9년

차 선임인지, 왜 한 번이라도 미리 상의해 주지 않았는지, 내가 하던 일은 누가 어떻게 하게 되는 건지, 그리고 앞으로 새로운 팀에서 내가 맡게 될 일은 무엇인지……. 의문에 의문이 꼬리를 물고 이어져 머릿속을 가득 채웠다.

'한명지 선임을 만나볼까?'

온통 물음표로 가득 찬 마음을 풀어야 제대로 인사이동 준비를 할 수 있을 것 같았다. 하지만 한 선임과는 원래부터 알던 사이가 아니니 조심스러웠다. 조직도에서 전화번호를 찾아 문자로 말을 건네 보았다.

> 선배님. 안녕하세요. 유산균연구팀 진보배라고 합니다. 갑작스럽게 연락드려서 넘넘 죄송해요.

네…. 안녕하세요.

> 선배님, 저 여쭤보고 싶은 게 있는데요.

네.

> 오늘 인사발령이요. 선배님과 제 자리가 바뀌는 것 같다고 사람들이 말하더라구요. 그런데 이번 인사발령이 저한테는 좀 갑작스러워서요. 사전에 아무 설명을 들은 것도 없구요. 그래서 선배님께서는 뭐 아시는 게 있나 해서 이렇게 연락드렸습니다. 제가 뭘 어떻게 준비하고 가는 게 좋을까요?

숫자만 사라지고 아무 말이 없었다. 어색한 정적만 화면을 가득 채웠다. 한명지 선임은 나보다 하나라도 더 알고 있지 않을까?

정적이 길어지자 보배는 자기도 모르게 입술을 살짝 깨물었다. 입술을 몇 번 더 깨문 뒤에야 짧은 대답이 하나 올라왔다.

그게….

보배는 안 되겠다 싶어 얼른 다시 톡을 보냈다.

혹시 지금 통화 가능하세요?

다시 또 한참을 기다려야 했다. 짧게 '네'라는 한 글자가 뜨자마자 보배는 바로 전화를 걸었다.

"선배님, 진보배입니다."
"네. 한명지예요."
"어디 물어볼 데가 없어서 선배님께 연락드렸어요."
"아, 그러실 수 있죠."
"혹시 이번 인사이동에 대해 들으신 게 있으신가 해서요."
"저도 잘 모르겠어요. 그냥 회사에서 가라면 가는 거죠. 전 한 팀에만 너무 오래 있었다 보니 다른 일도 해 보라는 의미로 받아들이려고요."
"저기, 선배님. 혹시 팀에 어떤 이슈가 있었을까요? 제가 뭐라도 준비할 수 있게 좀 알려주시면 감사하겠습니다."

"뭐, 하던 대로 하면 되는 거죠. 준비랄 게 있을까요?"

"그래두요. 선배님."

"기초연구팀이 가장 규모도 크고 공부할 것도 많으니까 보배 씨한테도 도움이 될 거예요. 대부분 좋으신 분들이고요."

"……."

"걱정하지 마세요. 보배 씨는 잘할 것 같아요. 잘 될 거예요."

통화를 해도 딱히 알아낸 게 없었다. 가서 시키는 대로만 하면 정말 괜찮은 걸까. 용기를 내 연락을 해 본 성과는커녕 보배의 물음표만 더 키워버렸다. 차라리 한명지 선임이 나도 아무것도 몰라서 답답하다며 같이 하소연이라도 했다면 이런 기분은 아니었을 텐데.

잘 모르는 사이에 처음 연락하면서 뭘 숨기는 거냐고 따질 수도 없었다. 두루뭉술하게 대답하는 목소리를 들으니 솔직히 뭘 더 물어봤자 소용없을 것 같다는 허탈감만 들었다. 할 수 없이 감사하다는 형식적인 대답을 끝으로 전화를 끊었다.

찝찝한 마음이 들었지만, 이제는 별도리가 없었다. 걱정하지 말라는 잘할 거라는 한명지의 몇 마디 말을 믿어보자. 그리고 나를 믿어보자. 보배는 비로소 자리를 정리하고 짐을 챙기기 시작했다.

4

　기초연구팀은 총 16명으로 유산균연구팀 6명보다 10명이 더 많았다. 보배가 속하게 될 C 파트는 40대 허윤배 수석연구원, 30대 이정하 책임연구원, 그리고 보배 이렇게 세 명이었다. 팀 배정 초기에 2주간 수석연구원으로부터 실무적응교육을 받았고 그 이후로는 계속 이정하 책임과 실험을 진행해 왔다.

　표면적으로 보면 보배가 팀을 이동할 만한 이유는 없어 보였다. 새로 맡게 된 연구도 할만했고 팀원들도 다들 잘 대해주었다. 새 팀장 또한 더 큰 팀에서 더 좋은 연구를 할 수 있도록 지원해 줄 테니 부서 이동에 너무 섭섭해하지 않았으면 좋겠다고 격려해 주었다. 그리고 이정하 책임. 보배가 가장 궁금했던 사람.

　"이정하 책임님, 잘 부탁드립니다. 열심히 해보겠습니다."
　"네."

　첫 대화는 이게 전부였다. 첫인상은 뭐랄까. 왠지 어둡고 쓸쓸한 느낌이었다. 첫 대화부터 살갑게 대해주길 바란 건 아니었지만 예상했던 것보다 더 차가웠다. 진행하는 프로젝트에 대해 설명하면서도 '알아서 잘 따라오세요'가 다였다. 약간 무섭고, 좀 외롭게 하고, 무심한 사람 같았다. 그렇다고 고정관념을 가지고 싶진 않았다. 아직 초반이라 경계하는 마음이 없진 않았지만 나쁜 사람으로 단정 짓고 싶지도 않았다.

이 사람과 친해지는 방법도 있을 것이다. 시간이 걸리더라도 지금까지 동료들과 잘 지냈던 것처럼 정하 책임과도 가까워지고 싶었다. 그리고 얼마 간의 시간이 지나갔다.

'세상에는 친해질 수 없는 사람도 있는 걸까?'

새로운 팀에서 두 달을 보내고 나서부터 보배가 팀을 바꿔야 했던 이유가 '무엇'이 아니라 '누구' 때문일지도 모른다는 의심이 슬며시 올라왔다. 실무현장에서 만난 이정하라는 사람은 쉽게 적응할 수 있는 종류의 사람이 아니었다. 함께 일하면서도 종잡을 수 없는 성향을 가진 사람이었다.

매정하면서도 감정적인 사람이라고 말할 만했다. 매정하다는 것은 말에 항상 심이 박혀있는 듯 날키롭게 꽂히듯 말한나는 것이고, 감정적이라는 것은 감정의 기폭이 크게 느껴질 때가 많았다는 것이다. 차가울 때는 한없이 차갑게 말하고, 화를 낼 때는 후루룩 빠르게 끓어오르듯이 말했다.

마치 정하는 항상 보배를 혼내려고 준비하고 있는 사람 같았다. 끊임없이 업무를 지적했고 그 중에는 도저히 수용할 수 없는 내용들이 많았다. 연구 프로세스를 설계할 때, 연구데이터를 해석할 때, 보고 방식을 결정할 때 자주 이견을 보였고 그때마다 정하는 보배의 사고방식이 말도 안 된다는 식으로 채근했다.

처음에는 보배도 '내가 뭔가 잘못했나보다', '일을 가르쳐 주려고 하시나 보다'라는 마음으로 빠르게 받아들이려고 노력했다. 하지만 도무지 납득할 수 없는 지적을 주기 일쑤였다. 그저 자신이 윗사람이라는 것을 입증하려고 하는 것처럼 보였다. 끝까지 따지고 들자면 못할 건 없었지만, 상대는 기어이 보배의 백기를 보려는 마음으로 밀고 들어와서 어쩔 수 없이 항복해야 할 때가 많았다.

보배는 팀에 적응해야 했으므로 따르려는 모습을 보이려고 애썼고 그의 말을 수용하려고 애썼다. 하지만 정하 책임은 그 노력을 예쁘게 봐 줄 마음이 별로 없어 보였다.

"이런 거라도 제대로 할 줄 알아야 하는 거 아니에요?"

"아, 이게 왜……?"

"여기 실험도구가 하나도 정리되어 있지가 않잖아요! 이런 일이 도대체 몇 번째인지 알아요?"

보배가 만지지 않은 실험도구가 어질러져 있었다. 벌써 세 번째였다. 보배야말로 알고 싶었다. 이게 대체 무슨 일인지.

"연구실 관리가 중요하다고 몇 번을 얘기해요. 깔끔하게, 모든 것은 제자리에, 위험요소는 완벽히 제거하고!"

정하가 일방적으로 다그칠 때마다 어쩔 줄 모르겠다는 마음만 들었다. 오늘도 보배는 분명히 퇴근하기 전에 자신이 사용한 도구를 정리해 놓았다. 이제 퇴근만 하면 되겠다 싶었는데 불쑥 실험도구가 어디에선가 튀어 나온 것이다.

"선배님! 이건 다른 실험이 아직 끝나지 않아서 정리가 되지 않은 것일 수도 있어서요. 그래도 지금 치우는 게 맞을까요?
"보배 씨, 치우기 싫어서 핑계 대는 거예요?"
"선배님, 아니 책임님. 제가 치우면 되긴 하는데, 혹시나 해서 허 수석님이 실험하던 것인지 확인하는 게 좋을 것 같아서요."

정하는 보배를 쳐다보고 한숨을 내쉬었다.

"보배 씨! 지금 눈으로 보고도 그런 말이 나와요? 이렇게 맨날 핑계만 대니 태도에 문제 있다는 소리를 듣는 게 아니겠어요? 내가 어디까지 하나하나 가르쳐야 하는 건지 정말 피곤한 생각이 늘어요. 일을 도대체 어떻게 배운 건지……."

보배는 본인이 실험실 막내임을 정확히 인지하고 있었다. 배운다는 자세로 남들보다 좀 더 부지런히 움직여 실험실 상태를 청결하게 유지하기 위해서 노력하고 있었다. 하지만 자신이 하지 않은 일을 가지고 혼나는 건 억울하기 짝이 없었다. 하지만 조금이라도 항변을 하면 정하 책임은 태도를 들먹이며 보배를 한심한 사람으로 낙인찍어 버렸다.

"네. 책임님. 바로 정리하겠습니다."

내 입장을 설명해도 듣지 않는다면, 수용하자. 내가 할 수 있는 일을 하자. 스트레스는 받지만 짧게 끝내자는 마음으로 정리를 시작했다. 정하 책임의 못마땅한 눈초리를 받지 않으려면 할 수 없었다. 자신이 일한 실험도구는 자신이 치우고 남에게 미루지 않기로 이미 팀 내에서 합의된 상황이었다. 도대체 정하 책임은 어떤 사람이라고 표현해야 할까?

'깨지기 쉬운 얼음?'

차갑게 상대방에게 날을 세우는 그런 사람. 어떻게 하면 이런 사람의 마음을 녹여 나를 받아들이게 할 수 있을까?
정하 책임을 파악하는 데 어려움을 겪고 있던 보배는 같이 일하는 허윤배 수석에게 좀 상의해 보려고 했다. 하지만 허 수석은 은근히 대답을 꺼리는 눈치였다.

"쉽지 않은 사람이긴 하지."

그저 고개를 끄덕이면서 보배의 말만 들어줄 뿐, 어떤 조언이나 실질적인 도움을 줄 생각은 없어 보였다. 정확하게는 둘 사이에 끼고 싶어 하지 않는 것 같았다. 같은 팀에 있는 다른 팀원들과는 아직 가까워질 기회가 부족했어서 조심스러울 수밖에 없었다.

하염없이 시간이 흘러 계절이 바뀌었다. 경험을 통해 누적된 보배의 심증은 슬슬 확신으로 굳어갔다. 정하는 보배의 편이 아니라 보배를 밀쳐내는 '적'일지도 모른다고 말이다.

팀이란 서로 손을 부여잡고 원을 도는 강강술래 같은 것이라고 생각한 적이 있다. 좋든 싫든 그 손을 잡고 발을 굴러야 원이 돌아간다. 정하는 어쩌면 보배를 원 밖으로 밀쳐내려 애쓰고 있는지도 모르겠다.

5

출근길이 신나는 이유 중 한 가지는 오늘 하루가 어떻게 흘러
갈지 예상이 되는 안정감으로부터 온다. 하지만 보배는 팀을 옮긴
후부터 하루하루 어디서 총알이 날아올지 알 수 없는 전쟁터에 끌
려 들어가는 것 같았다.

"일을 많이 가르쳐준다고 하던데, 성격이 좀 세다는 말이 있어."

은경 선배가 했던 말이 자주 떠올랐다. 일을 많이 가르쳐준다
고 하는데 사실 뭘 많이 가르쳐 주는지 모르겠다. 대부분 혼내는 것
은 업무가 아닌 태도에 대한 것이었고, 업무 공유는 인색했다. 같이
하는 업무라도 팀장 최종보고는 혼자 들어가겠다고 항상 우겼다.
문제는 팀장 보고에서 방향이 바뀌는 경우가 자주 발생했다는 점
이다. 보배는 변화의 맥락을 이해하지 못한 채 일해야 했다.
태도에 대한 지적도 보배가 잘못했다는 내용이 아니라 정하가
마음에 안 드는 것이 대부분이었다. 또박또박 쏘아붙이는 우아한

존댓말은 더욱 비아냥거리는 것처럼 들렸다.

"보배 씨. 알려줘도 흡수를 못 하니, 좀 지치네요."
"전 매번 열심히 노력하는데 선배님 맘에 들지 않으니……."
"노력? 수준을 좀 올려 봐요. 제대로!"

정하는 자신과 보배의 급을 나누고 있음이 확실했다. 이럴 때
마다 보배는 혼자 생각했다. 난 지금 무엇을 배우고 있는 것일까?
감정노동에 대해서? 연구실 청소에 대해서? 아니면 사내 인간 군
상이 얼마나 다양한지에 대해서?

정하의 주파수에 맞추려고 계속 애썼지만 어긋날 때가 더 많았
다. 기초연구팀으로 이동한 지 4주 차가 되던 시기였다. 허윤배 수
석에게 기초연구팀 기본교육을 받고, 연구실 분위기 파악을 하고,
맡게 될 연구도 대략 파악이 끝났을 즈음이었다.
정하가 먼저 저녁 식사를 하자고 번개를 제안했다. 하지만 선
약이 있어서 정중하게 거절할 수밖에 없었다.

"선배님, 정말 죄송해요. 제가 선약이 있어서요."
"무슨 선약인데요?"

보통 선약이 있으면 그런가 보다 하고 넘어가는 게 인지상정이

다. 하지만 정하는 보배의 약속이 무엇인지 알고 싶어 했다.

"아, 사실 유산균연구팀에서 환송회를 못 해줬다고 간단하게 환송회식을 하자고 해서서."
"아?"

정하는 고개를 천천히 끄덕였다.

"어렵게 일정을 잡은 거라서요. 죄송해요. 선배님. 제가 먼저 식사하자고 말씀드렸어야 했는데."
"아니에요. 그럴 수 있죠."

정하는 뭔가 비꼬는 표정으로, 하지만 부드러운 말투로 보배의 선약을 이해해 주는 것처럼 이야기했다. 그리고 다시 며칠 있다가 똑같은 일이 일어났다.

퇴근 시간 즈음이 되어 저녁식사를 함께 하자며 정하가 다시 번개를 제안했다. 그날은 보배가 오랜만에 남자친구와 공연을 보러 가기로 약속한 3주년 기념일이었다.

"저, 죄송해요, 책임님. 제가 오늘도… 선약이 있어서요. 오늘만 아니면 되는데, 정말 죄송해서 어떻게 하죠?"

"아니에요. 괜찮습니다. 근데 오늘은 무슨 선약이 있어요?"

정하는 또 보배의 일정을 궁금해했다. 솔직히 말해야 할지 다른 이유를 둘러대야 할지 잠시 망설여졌다.

"사실, 남자친구랑 3주년 기념일이에요. 오늘 같이 공연 보러 가기로 했거든요."
"아?"

반응은 똑같았다. 축하해주지도, 어서 빨리 가라고 등을 밀어주는 것도 아니었다. 흡사 '아. 너는 어떤 아이인지 알겠다'는 묘한 표정이었다.

퇴근을 하면서도 불편한 감정이 계속 남았다. 먼저 회식을 제안했어야 했는데, 며칠간 일이 좀 늦게 끝나는 바람에 기회를 잡지 못한 게 화근이 되었다. 기초연구팀 회식문화를 몰라서 그냥 눈치만 보고 있었는데 일이 꼬이고 말았다.

두 번이나 선배의 제안을 거절한 것이 미안한 마음에 바로 다음 날부터 며칠 동안 계속 함께 저녁 식사를 하지 않겠냐고 물어봤다. 미안하니 제가 대접하고 싶다고. 선배님히고 친해지고 싶다고. 하시만 정하는 그냥 무표정하게 '아니오'라고만 답했다.

다음 약속도 하지 않았다. 그저 차갑게 거절했다. 마음이 닫힌 것이 분명했다. 그날 이후로 보배는 정하가 자신에게 거리를 두는 것을 느꼈고, 보배는 계속 거부당하는 기분을 느끼며 일해야 했다. 하지만 정말 그 이유 때문일까? 시간이 지날수록 정하의 말투와 표정에는 차가움이 더해졌다.

"내가 왜 이런 것까지 알려줘야 하는 건가요?"
"이 건에 대해서는 수석님한테 배우고, 이 부분은 옆 연구실에 물어보면서 알아가세요."

정하 책임은 주로 이런 식으로 업무를 다른 곳으로 넘기고 짧게 끝냈다. 할 수 없지만 보배는 이 기회에 다양한 사람들과 친해지자고 좋게 생각하고 여기저기 돌아다니면서 자신이 모르는 점을 확인해 나갔다.

이전 팀에서도 온돌보배였던 만큼 친화력에는 자신 있었다. 사람들과 따뜻한 온기를 만들어 내며 조금씩 접착력을 높여가는 건 보배의 장점이었다. 그런데 정하 책임은 보배가 다른 연구실 연구원들과 친해지거나 허 수석에게 의지하는 모습을 보이면 짜증을 냈다. 화를 낸다기보다는 질투에 가까운 이상한 말투였다.

"허 수석님이 더 잘 알려주실 테니 거기다 물어보던가요."
"A랩에서 보배 씨가 그렇게 인기가 많다면서요?"

단단히 꼬인 말투였다. 그래도 참아야 했다. 정하가 보배의 진가를 알아주기를 기다려야 했다. 보배는 할 수 있다고 몇 번이고 마음먹었다. 연구원은 기다릴 줄 알아야 한다고 배웠다. 어떤 결과가 나올지 확신할 수 없는 연구라도 자신이 세운 가설에 대한 믿음을 가지고 천천히 실험을 반복하고 기록한다. 내가 추출한 물질을 배양하고, 대상의 변화를 판독하고, 제조생산품으로서의 가능성을 타진한다. 기다릴 줄 모르면 연구도 할 수 없는 법이다. 일의 본질이 그러니 대부분의 연구원들은 말수가 적고 참을성이 높은 편이다.

은경 선배가 보내준 톡이 떠올랐다.

> 이정하 책임에 대해서 대학원 후배들한데 물어봤는데
> 길게 뭘 얘기한 건 아닌데 친구들이랑 어울리는 스타일은 아니었나 봐.
> 친한 친구들 사이를 이간질하기도 하고 거짓말도 들킨 적이 있어서
> 과에서 다 소문이 나가지고.

> 꾸역꾸역 혼자 학교 다니면서 졸업은 했는데, 안쓰럽기도 하고
> 꼴 보기 싫기도 한 그런 존재였던 모양이야.

"보배 씨!"

정하였다. 속마음을 들킨 것 같아 깜짝 놀랐다. 괜히 양심에 찔려 벌떡 일어나면서 모니터를 꺼 버렸다.

"지난번 그 식약처 권고사항 요약본 제 자리로 가져다주세요!"

오후 5시 40분. 이 시간에 뭔가를 가지고 오라는 의미는 정시에

퇴근시키고 싶지 않다는 표현이었다.

모든 회사는 공식적인 퇴근시간이 정해져 있다. 하지만 어떤 회사원이든 자신의 업무 특성이나 팀 분위기에 맞추어 '진짜 퇴근시간'이 따로 정해지는 법이다. 회사원들은 '내일을 위해 불안하지 않은 마음을 안고 업무에서 손을 떼는 시간'을 진짜 퇴근시간으로 정할 수밖에 없다.

보배 역시 개인 시간을 갖기 위해서는 정하의 감정을 살필 수밖에 없었다. 보배가 중요한 약속이라도 있어 정하의 상태를 확인하지 않고 퇴근시간을 정해버리면 다음 날 여지없이 가혹한 하루가 시작되곤 했다. 보배의 진짜 퇴근 시간은 정하의 날카로운 감정을 건드리지 않는 시간대부터였다. 진짜 퇴근을 해도 불안한 마음은 꺼지지 않았지만, 쏟아지는 총알을 피할 수 있다는 것만으로도 감사한 시간이었다.

6

　스트레스를 받을 때마다, 보배는 남자친구 준식에게 의지할 수밖에 없었다. 3년 전 소개팅으로 만난 남자친구는 제약회사 연구원으로 일하고 있었다. 보배는 함께 저녁식사를 하면서 최근의 일들을 설명했다.

　"그 선배, 히스테리 있네."
　"히스테리?"
　"항상 뭔가에 화가 나 있다면서."
　"응. 웃는 얼굴을 거의 못 본 것 같아. 미간이 찌푸려 있거나 화가 나 있어. 살벌하달까."

　준식은 심리나 뇌과학 책을 많이 읽는 사람이었다.

　"그거 신경증 증세 같아. 정신병까지는 아닌데 정신병 전조증상 같은 거지."

"맞아. 나 정신병자랑 같이 일하는 기분이야. 자기야, 나 어떡해? 나 회사 다니기 너무 힘들어. 우울해."

"내가 있잖아. 내가 자기 스트레스 다 받아줄 테니까 언제든 나한테는 말해도 돼."

"언제까지 이렇게 지내야 할지, 에휴."

남자친구는 매일같이 따뜻한 말로 위로해 주었다. (물론 회사에서는 혼자 이겨내야 했지만.)

"근데 그 선배 친구는 많아?"

글쎄. 친구? 정하에게 친구가 있던가? 가까운 동료가 있어 보이지는 않았다. 몇 명의 팀장님들하고는 좋은 관계를 맺고 있는 것 같았지만, 업무상 관계가 더 진해 보였지 친분이 깊다고 느껴지지는 않았다. 사담을 나눌 때에도 친구 이야기를 들은 적이 없었다. 사귀는 사람이 있다는 말도. 정하는 진짜 친구도, 애인도 없는 외로운 사람일까?

"잘 모르겠어. 진짜 친구가 하나도 없진 않겠지? 설마."

"모르긴 몰라도 친구도 애인도 없는 사람이라면 좋아하는 취미라도 꼭 가지고 있는 분이었으면 좋겠다."

"응?"

"너한테 관심 멀어지게 말야."

관심?? 전혀 생각해 보지 못한 관점이었다. 나에 대한 정하의 관심이라. 그래. 어쩌면 정하는 보배에게 관심이 깊은 사람일지도 모르겠다. 그렇지 않고는 그렇게 열심히 트집을 찾아낼 만큼 매번 보배를 관찰하고 지적해 내긴 어려울 테니까.

그 관심이 어떤 종류인지 알 수는 없었지만 정하가 보배에게 눈을 떼지 않는 건 사실이었다. 관심이 깊어지면 사랑으로 발전한다. 깊은 우정이 될 수도 있고, 스승과 제자 관계가 될 수도 있다. 혹시 정하가 자신과 깊은 우정 관계를 맺고 싶어 하는 건 아닐까? 그러나 다시 고개를 저었다. 정하가 보여주는 관심은 그저 보배를 피폐하게 만들고 있었다.

"모르겠어. 진짜. 어떻게 해야 하는지."
"아, 맞다. 자기야. 지난주에 내가 우리 가족행사 다녀왔잖아. 큰 이모 칠순잔치 말야"
"응."
"우리 사촌 형이 있는 회사에서 만드는 앱이 있는데 그게 무려!"
"무려?"
"회사원들의 고민을 들어주고 상담해 주는 앱이래."
"어머, 진짜?"

앱으로 돌아가는 세상인 건 알고 있었지만, 이제는 고민상담까지 앱으로 받을 수 있다니 신기했다.

"그게 가능한 거야?"
"인공지능 앱이겠지. 딥 러닝을 기반으로 할 테고."

보배는 잠시 휴대폰을 보며 상담받는 자신을 상상해 보았다.

"근데 좀 이상하지 않아? 내 고민을 기계한테 털어놓는다?"
"그런가? 글쎄 해 보기 전까지는 모르겠는데?"
"아, 진짜 인간적인 세상에서 살고 싶다."
"여튼, 자기야. 그 앱 써 보고 싶으면 말해. 지금 시범운영하고 있는 기간인데 추가로 하고 싶으면 얘기하라고 하더라구."

무엇이든 하나라도 더 건네주려는 준식이 고마웠다.

"글쎄, 잘 모르겠어. 지금 내 고민을 털어놓는다고 해서 앱이 나에게 제대로 된 조언을 줄 수 있을까?"
"그래도 시도해 볼 만은 하잖아. 진지하게 생각해 봐."

정말 AI 앱한테라도 도움을 받아야 하는 걸까? 호기심이 많은 보배는 준식의 말에 귀를 기울이지 않을 수 없었다. 그리고 잠시 생각했다. 회사원들을 상담해 주는 앱이라…….

"나 그냥 안 할래. 나중에 정식 런칭하면 그때 돈 내고 구입해서
써 보자. 지금 폐 끼치기 싫어."
"폐 끼치는 거 아냐. 그냥 한 사람 더 넣어달라면 되는 거야."
"하고 싶어지면 말할게. 그때까지는 자기가 내 앱이 되어줘."

준식은 보배의 애교에 무장해제당하고 말았다. 일단 말은 그렇
게 했지만 솔직히 잘하고 있는 건지 알 수 없었다. 회사생활의 어려
움이 파도처럼 한꺼번에 몰려왔다.

내가 해결할 수 없는 문제를 직접 해결하려 드는 것이 아둔한
결정임을 보배도 모르지 않았다. 그렇다고 나도 해결할 수 없는 내
문제를 AI 앱이 해결해 준다는 보장도 없다. 세상일이 그렇게 쉬울
리가 없다. 내 인생에 처음 겪는 문제니까, 해결할 수 있는지 아닌
지는 내가 직접 부딪혀 봐야 알게 되지 않을까?

어쩌면 나중에 다른 어떤 공간에서 정하 책임과 같은 깨지기
쉬운 얼음덩어리를 다시 만날지도 모른다. 그러니, 되든 안 되든 지
금 부딪혀보는 게 맞지 않을까? 그래. 해 보는 거야.

7

아무리 굳은 결심을 해도 출근하고 나면 다시 냉정한 현실을 깨닫게 된다. 무기 하나 없이 싸우는 게임 캐릭터 같이 보배는 아무런 아이템도 없이 냉혹한 게임에서 10시간 가까이 살아남아야 한다. 매일매일 말이다.

정하 책임으로부터 매일같이 자존심을 짓밟는 말만 듣다 보면 정말로 병에 걸릴 것 같았다. '나는 너와 급이 다르다', '너는 내가 시키는 대로 해야만 한다', '너는 나보다 역량이 부족하다'는 뜻을 내포한 것 같은 말을 항상 입에 달고 살았다. 그리고 그 유일한 폭격 대상이 바로 보배였다.

"인턴도 보배 씨보다는 낫겠어요."

아예 대놓고 비하하는 이런 말을 들으면 매일매일 어깨에 올려져 있던 최소한의 자존감마저 녹아내렸다.

"석사 과정에서 배웠을 것 같은데 내가 그것까지 하나하나 설명해 줘야 하는 거예요? 아니, 다른 연구원들은 똑 부러지게 잘하는 거 같은데……. 요즘 애들은 정말."

언제나 자기가 한 말은 농담이고 상대의 말은 이상하다는 논리가 만들어졌다. 납득하지 못하는 일이 반복되니 스트레스가 생겼고 스트레스는 다시 모여 가슴 속에 큰 멍자국을 만들었다.

회사원으로서 가장 불행하다고 느끼는 순간을 단 하나만 꼽으라면, 아마도 인간적 모멸과 부당한 피드백을 받는 순간이 아닐까.

존경할 만하지 못한 사람, 나를 평가할 만한 자격이 없다고 느끼는 누군가로부터 나의 인성, 노력, 태도를 평가받는다는 것은 회사의 서류나 노트북으로 머리를 짓이겨지는 것과 같은 기분을 맛보게 한다. 이 상처는 내가 이 곳에 있는 한, 아니 어쩌면 그 이후로도 오랫동안 지워지지 않을지 모른다. 상처는 분노를 만들 뿐이다.

보배는 팀을 옮기면서 언제부턴가 블라블라 앱에 자주 들어가는 습관이 생겼다. (블라블라앱은 회사원들이 회사에 대한 불만을 무기명으로 쏟아내는 SNS다.) 작성자에게는 스트레스 해소공간이었지만, 누군가에게는 스트레스를 받는 공간이기도 했다. 그동안 보배는 부정적인 이야기들과 가까워지고 싶지 않아 앱에 들어가지 않았지만 이제는 어디라도 털어 놓을 공간이 필요했다.

잠들기 전에는 '괴롭힘', '히스테리' 같은 단어를 검색하면서 나와 비슷한 사람을 찾아보려고 애쓰곤 했다. '저는 우울증, 공황장애, 원형탈모까지 3종세트를 4년 동안 겪었어요'라는 글을 읽으면 '나보다 더 심한 사람이 있네.' 라며 오히려 위안을 얻기도 했고, '싸패는 피하는 게 답이에요. 어서 도망치세요.' 라는 말을 들으면 그들이 그렇게 빨리 결정을 내릴 수 있다는 것이 부럽기도 했다.

고민하고 또 고민했지만 별다른 방법은 없는 것 같았다. 팀장님께 얘기를 꺼내 도움을 요청해 볼까 하는 생각이 들었지만, 가끔 팀장과 정하가 가까워 보일 때면 그마저도 해답이 아닌 것 같았다.

허 수석은 정하 책임과 아예 대화도 나누지 않는 것 같았다. 작은 의견 차이라도 일어날 조짐이 보이면 허 수석이 먼저 자리를 피했다. 그만이 터득한 회사생활의 노하우겠지. 보배는 외로운 마음으로 핸드폰만 만지작거리는 시간이 늘어났다.

어두운 상황 속에서도 보배는 자신을 잃지 않으려고 노력하고 있었다. 보배는 사람을 진심으로 좋아했다. 사람들과 대화를 나누고 감정을 주고받으며 관계 안에서 에너지를 충전하는 사람이었다. 사람들과 교류하고 공감하면서 주고받는 시너지가 삶 자체를 풍요롭게 만든다고 생각했다.

그리고 그런 배움은 내가 사람들에게 먼저 다가가지 않으면 생기지 않았다. 보배는 궁핍한 마음을 안고서도 계속 누군가에게 다가갔다. 틈틈이 주변 사람들과 이야기를 하면서 해소하는 시간을 별도로 가지려고 노력했다. 점심시간을 이용하여 유산균연구팀에 있던 은경 선배나 기초연구팀의 다른 연구원들과 어울리면서 소소한 대화를 나누었다. AI가 아니라 진짜 사람이 사람에게 주는 에너지를 믿었다. 그것마저 없었다면 보배는 자신이 가진 따뜻함과 온돌보배로서의 자신감을 완전히 잃어버릴 것 같았다. 하지만 보배가 가진 작은 따스함마저 허용하지 않으려는 듯 또 정하가 보배를 불렀다.

"보배 씨, 저 좀 봐요."

평소와는 다른 톤이었다. 심장이 쪼여드는 것 같았다.

"보배 씨. 여기는 일하는 곳이에요. 여기저기 잡담을 하러 다니는 곳이 아니라고."
"네?"
"사람들과 너무 어울려 다니는 거 아니냐구요."
"네? 무슨 말씀이신지?"
"내 말 못 알아 들어요? 여긴 일하러 온 회사라는 얘기를 하고 있다구요. 친구 사귀러 오는 데가 아니고."

하아. 참을 수 없었다. 왠일인지 보배의 심장에서 뜨거운 덩어리가 훅 올라왔다. 그리고 입에서 폭탄처럼 말이 터졌다.

"책임님."

긴장되는 마음에 하고 싶은 말이 꼬여서 엉켜버렸다. 크게 숨을 내쉬며 엉킨 실타래 안에서 간신히 단어들을 끄집어냈다. 보배는 지금 아니면 또 다시 이런 말을 할 기회가 또 생기기 어렵다는 것을 알았다. 다시 한 번 숨을 짧게 쉬고 드디어 입을 뗐다.

"공식적인 휴식시간에 같은 팀 분들하고 대화도 하고 궁금한 것도 물어보면서 이것저것 배우는 건데 그게 그렇게 문제가 되는 건가요? 책임님도 가끔 커피 마시러 외부에 나가기도 하시고 사담을 나누실 때 있으시잖아요."

뜻밖에 한풀 꺾인 목소리가 나왔다.

"그게 아니라, 보배 씨가 여기저기 쓸데없는 말을 하고 다닐까봐 그러죠."
"쓸데없는 말이요?"
"그게, 보배 씨가 연구실 내에서 일어난 일이나 뭐 업무파트너에 대한 이야기 같은 것들을 퍼트리고 다닐까봐 그래요."
"전 입이 무거운 편이라고 생각합니다. 선배님께서 걱정하시는 부분을 구체적으로 말씀해 주시면 제가 더 주의를 기울이겠습니다."

정하도 할 말이 없는 듯 입을 다물었다.

"책임님."

둘 사이에 적막이 흘렀다. 서로의 눈이 마주쳤다.

"회사에서도 친구는 필요하잖아요."

보배는 진심을 담아 말했다. 회사라는 곳에서 외톨이로 지낼 수는 없는 것이 아닌가? 보배는 대화할 친구가 필요했을 뿐이다. 순간 정하가 당황하는 표정을 보였다. 보배는 한 발짝 더 나아갔다.

"그냥 몇 명의 친구와 마음을 나눌 뿐입니다. 그것까지 허락을 받아야 하는 건가요?"

정하의 얼굴이 복잡해졌다. 보배는 연구실 내에 있는 불평불만을 여기저기 퍼트리는 사람이 될 생각이 없었다. 그렇게 배워왔다. 부모님께서는 항상 주변 흉을 보고 다니면 그 흉이 다시 벌로 자신에게 돌아온다고 말씀하셨다. 당연히 정하에 대한 이야기도 외부에 알리지 않으려고 꾹 참아 왔다. 하지만 순수한 마음으로 사람들과 대화하고 정을 키우고 친구가 되어 가는 과정까지 방해하려고 하니 화가 치밀었다.

"책임님께서도,"
"아니. 난 회사에서 친구 만들 생각이 없어요."

정하가 보배의 말을 끊고 단호하게 말했다. 처음으로 인간적인 대화를 해 보려고 했지만 정하는 친구가 필요 없다고 말했다. 그러니 보배는 정하와 친구가 될 수도 없고, 보배가 사내에서 친구를 만들려고 하는 것도 인정할 리 없다는 뜻이다.

"여튼, 조심하라구요."

정하는 더 이상 할 말이 없는지 급하게 나가버렸다. 이번에는 보배를 찍어누르지 못했다. 정하는 당황하고 또 실패한 표정이었다. 보배의 승리라고 할 수 있지만 오히려 땅이 푹 꺼진 느낌에서 헤어나오지 못했다.

"세상에 친구가 필요 없는 사람이 어디 있어?"

보배는 경악했다. 친구가 무엇인지 전혀 모르는 사람과 이야기를 한 건가 싶어 황당하기도 했다. 친구 만들 생각이 없다니······.

정말 한 사람의 친구도 없는 건 아닐까? 내가 회사에서 여기저기 쓸데없는 말을 하고 다닐까봐 걱정이라고? 저 사람 눈에는 모든 사람이 자기 뒷담화만 하는 것처럼 보이는 걸까? 보배는 진심이었다. 정하 책임에게도 친구는 필요하다고 생각했다. 하지만 모든 것을 부정당한 느낌이었다.

　'아니, 사람이기는 한 건가?'

8

"오늘 물품 나눠주는 날이라고 하니까 4층 가서 받아둘래요?"

"네, 책임님."

5시 반쯤 연구실을 정리하고 나오는데, 정하가 다시 보배를 불렀다. 한 달에 한 번 팀마다 주문한 업무용 물품을 나눠주는 날이었다. 퇴근 전에 받아와서 물품정리를 하고 퇴근하면 딱 좋겠다는 생각이 들었다.

'운동 겸 계단으로 내려가고 올라올 때는 짐이 있으니 엘리베이터를 타자'

계단을 열심히 내려오는 도중에 '아차!' 싶은 생각이 들었다. 퇴근 전에 남자친구에게 전화하겠다는 약속을 잊은 것이다. 휴대폰을 챙기러 내려오던 길을 바로 뒤돌아 올라갔다. 그런데 이상했다. 연구실 창문 수평 블라인드가 완전히 닫혀 있었던 것이다.

평소 연구실 블라인드는 반쯤 열려 있는 것이 정상이었고 아주 특별한 경우가 아니면 건드리지 않았다. 분명 조금 전까지만 해도 반쯤 열려 있었던 블라인드가 퇴근 시간이 다 돼서 꼭 닫혀 있는 게 궁금해졌다. 살짝 열려 있는 문틈 사이로 안을 들여다봤다.

"달그락, 달그락."

숏컷에 약간 붉은기가 도는 염색을 한 정하 책임의 뒷모습이 보였다. 손이 열심히 움직이고 있는 모습에 싸한 기분이 들어 보배는 얼른 몸을 숨겼다.

정하는 도저히 이해할 수 없는 행동을 하고 있었다. 제품을 쏟고, 또 다른 뭔가를 붓고, 비커를 내리고, 계측 도구들 위에도 뿌리고 있었다. 보배가 깨끗하게 정리해 둔 연구실 칸이었다. 일부러 지저분하게 만드는 것이 분명했다.

정하는 한참 어질러진 모양을 쳐다보더니 다시 몇 개는 정리를 하는 듯했다. 그리고 짧게 고개를 끄덕이고 창가 쪽으로 다가왔다. 보배는 황급히 주저앉아 몸을 숨겼다.

쓱쓱 소리와 함께 블라인드 올라가는 소리가 들렸다. 정하가 연구실을 나와 사무실 쪽으로 걸어가는 소리가 들렸다. 보배는 충격으로 몸이 완전히 굳어버려서 한동안 일어설 수조차 없었다.

9

한숨도 제대로 자지 못했다. 말 그대로 쇼크였다. 꿈에도 상상하기 싫은 끔찍한 장면을 두 눈으로 직접 보고 말았다. 하루가 지났지만 여전히 손이 후들거렸다. 습관처럼 출근 준비를 하고 셔틀버스에 올랐지만 보배는 다른 곳에 내려주면 좋겠다고 생각했다.

'마주치면 어떡하지?'

보배는 완전히 자신을 잃었다. 이제 이정하라는 존재와 마주칠 자신이 없었다. 이미 사람이 아니라고 결론을 내렸지만 그 결론마저 처참하게 무너져버렸다. 정하는 악마였다. 나를 파괴하기 위해 나타난 악마.

"보배 씨!"

누군가 보배의 팔을 붙잡았다. 멍한 기분 때문인지 화들짝 놀랐다.

"네?"

"미안해요. 너무 놀라게 했죠?"

"아, 선임님."

한명지 선임이었다. 한 선임은 정하 책임의 소재부터 확인했다.

"오늘 책임님 세미나 간 날 맞죠?"

아. 맞다. 오늘은 정하 책임이 없는 날이구나. 다행이다. 오늘 하루라도 그 사람을 피할 수 있다니. 보배는 두렵고 힘겨운 마음에 정하 책임의 외부일정도 잊고 있었다.

"네. 그걸 어떻게……."

"저희 팀 팀장님하고 같은 일정이길래."

"아, 네."

명지 선임은 보배와 자기가 같이 있는 것을 정하에게 들키면 또 무슨 추궁을 받을지 모른다는 생각에 배려해 주는 것 같았다.

"그럼 오늘 칼퇴 되죠? 저녁에 시간 돼요? 얘기 좀 하고 싶은데."

"어디로 갈까요?"

명지 선임은 나의 외로운 마음을 아는 유일한 사내 동료일지도 모른다. 두 사람은 연구소에서 제법 떨어진 이탈리안 레스토랑에서 저녁을 함께 하기로 했다.

"많이 힘들죠? 힘들어 보여요."

명지 선임의 목소리를 듣자 잊고 있던 서운함이 올라왔다. 보배가 용기를 내서 대화를 요청했을 때 진작 정하에 대한 이야기를 좀 들려주었으면 어땠을까 하는 마음이 없진 않았다.

명지 선임은 좀 더 빨리 솔직해야 했다. 나에게 더 많은 정보를 알려주어야 했다. 하지만 내가 명지 선임의 입장이었다면 나도 아마 비슷하게 피하기만 했을지도 모르겠다. 대체 이걸 어떻게 뭐라고 설명할 수 있었을까.

보배는 어제 일부터 명지 선임에게 말했다. 아직도 충격에 사로잡혀 헤어 나오지 못하는 마음을 모두 털어놓았다. 지금 내 마음을 가장 잘 이해할 수 있는 사람은 아마 명지일지도 모른다.

"수법이 바뀌었네요."
"수법이요? 무슨 말씀이세요?"

명지는 한숨을 크게 쉬면서 입을 뗐다.

"저한테는 매번 연구물품이나 사무용품, 아니면 회사 제품을 빼돌린다면서 누명을 씌우곤 했어요."

아……. 명지 선임이 결국 팀을 나와야 했던 이유 역시 그 사람 때문이었다. 명지는 그간 있었던 일을 몇 가지 설명했다. 연구실 물품 중에 좀 고가의 물품이 사라진 적이 있었고, 정하가 명지를 추궁했다고 한다. 그리고 그때부터 괴롭힘이 시작됐다.
명지는 이야기를 마치고 나서 다시 목소리를 가다듬었다.

"만나자고 한 건 지금이라도 보배 씨를 돕고 싶어서예요."

명지 선임은 큰 각오를 한 듯 보배의 손을 잡았다.

"그 사람이 보배 씨 뒷담화를 하고 다니는 것 같아요."

명지 선임이 들려준 이야기는 전혀 예상하지 못한 바였다. 정하 책임이 이곳저곳에 보배에 대한 나쁜 흉을 보고 다니고 있고 결국 그 이야기가 명지의 귀까지 들어왔다는 것이다.

"네? 뭐라구요?"

"내 입으로 말하기가 좀 그렇지만 태도가 이상하다고 하기도 하고 일을 못 한다, 수준이 낮다, 이해력이 떨어진다. 뭐 그런 거예요."

후두둑 눈물이 떨어졌다.

"그걸 사람들이 믿어요?"
"사람마다 다르겠지만, 사람들은 믿고 싶은 걸 믿잖아요."
"말도 안 돼요……."
"제일 심하다고 느낀 건 보배 씨가 자존감이 낮은 사람이라 같이 일하기 힘들다고."
"자존감이요?"

잘 모르는 사람들이 나에 대해 부정적인 이미지를 갖게 될 생각을 하니 가슴이 욱신거리는 것처럼 아팠다. 항상 밝게 웃는 얼굴로 인사를 해도 뾰로통한 표정으로 받아주지 않던 몇몇 사람들이 머리를 스쳐 지나갔다.

"보배 씨. 항상 미안하게 생각하고 있어요."
"……."
"나 때문에 보배 씨가 대신 피해를 입는 거 같아서."

정하와 명지는 동갑내기 연구원으로 같은 팀에 배정되고 나서는 친구처럼 서로 친하게 지냈다고 했다. 그때가 약 5년 전이라고 했다. 같은 팀에서 동갑 친구를 만난다는 건 사실 흔한 일이 아니어서 서로 돕고 같이 성장할 수 있다고 생각했다. 퇴근 후에 같이 영화도 보고, 서로의 집에 놀러 가서 노는 등 나름 재미있게 1년 정도 보냈다고 했다.

"그러다, 제가 연구기획팀 친구한테 소개를 받아서 남자친구가 생겼어요. 자연스럽게 정하랑 보내는 시간이 줄었고 소개해 준 친구랑 같이 더블데이트를 하면서 정하한테 소홀해졌죠."

"아……."

"서운한 티를 많이 내더라구요. 그래서 회사에서라도 정성스럽게 대하려고 노력했어요. 눈치도 많이 보고, 일도 대신 많이 처리해 주고 말이에요. 제 마음을 알리고 싶었는데 관계가 어긋나기만 하더라구요."

정하는 어느 날부터인가 업무 문제로 트집을 잡기 시작했고, 사람들 앞에서 자신을 비난하기도 했다고 한다. 그러던 와중, 정하가 먼저 책임으로 승진하면서 서로의 거리는 더 멀어졌다고 했다.

같이 일하는 동안에도 자신의 실험을 서포트하라고 조수 대하듯 하고 '수준이 안 맞아서 같이 일하기 어렵겠다'는 등 어제까지도 친구처럼 지냈던 사람이라고 하기에는 도저히 이해하기 어려운 말들을 선임에게 내뱉었다. 말끝마다 '책임연구원으로서의'라는 말을 붙이면서 차별적인 언어도 사용하기 시작했다. 최악인 건 정하가 명지를 사내 다른 팀이나 팀장님들에게 비방하고 다니기 시작했던 것이다.

비방은 시기와 질투를 기반으로 한다. 왜 어떤 인간은 질투를 통해 전력을 채우는 것일까? 왜 비방을 통해 동력을 높이는 것일까? 누군가를 꼬투리 잡아 비방하면서 더 힘이 세지는 정하의 행태를 들으며 영화의 '빌런'이 떠올랐다. 남을 속이고 상대의 것을 빼앗고 약점을 공격하면서 자신을 키워나가는 악당들, '빌런' 말이다.

지금 우리의 빌런은, 본인이 명지에 비해 진급이 빠르다는 우월감에 팀장에게 모함을 하기도 하고 평가점수를 낮게 받도록 하기 위해서 실험을 망치게 한 적도 있었다. 명지는 그 충격에 정신과 약물 치료를 받을 수밖에 없었다고도 털어놨다. 3년 넘게 괴롭힘을 겪은 후에야, 도저히 참을 수 없어서 팀장에게 연구조 변경을 요청했는데 마침 그때 보배가 대상이 된 것 같아서 미안하다는 것이었다. 명지가 보배에게 미안하다고 한 말 속에는 지난 몇 년간의 아픔이 녹아 있었다.

"저도 그런 소리 많이 들었어요. 니가 그러니까 아직 선임이지 않냐, 뭐 그런 말이요. 너무 심한 말이 아니냐고 화를 내면 같이 책임으로 활동하고 싶어서 격려한 거다 그러면서 빠져나가고요. 하도 이런저런 모습을 많이 봐서 이젠 포기했지만 제가 당하던 일을 고스란히 보배 씨한테 물려준 거 같아서 저도 참 마음이 많이 아파요."

둘 다 한동안 말이 없었다.

"친구 하나 없이 나를 고립시키려고 하는 것 같았어요. 아무도 내 편을 들지 못하게 하고 상황을 조종하고 싶었나 봐요. 자기는 입으로만 일하고 중요한 건들은 거의 다 내가 처리할 수밖에 없었죠. 귀도 막고 입도 닫아야 했어요. 그때 심정은……. 결국 그때 내가 느낀 건, 고문이라는 게 이런 거구나 싶더라구요. 진짜 힘든 건… 나를 도와줄 사람은 아무도 없다는 거였죠."

명지는 어느 정도 지난 일인데도 다시 떠올리니 가슴이 먹먹해지는 모양이었다. 목소리가 살짝 메이는 것 같았다. 명지에 대한 보배의 옅은 원망이 조금씩 가라앉는 것이 느껴졌다. 누구라도 그런 상황이면 팀을 벗어나기 위해 무슨 짓이라도 했을 것이다. 그저 그 변경의 대상이 내가 되었을 뿐 명지 선임에게 내가 겪은 일에 대한 원망을 뒤집어씌울 수는 없다. 게디기 명지는 더 긴 시간을 시날린 셈이었다. 보배는 이제 명지를 위로하고 싶어졌다.

"선배님. 어떻게 버티셨어요……."

명지는 보배의 말에 잠시 침묵의 시간을 가졌다.

"친했던 기간이 꽤나 길었어서 혼란스러운 마음이 오래 갔던 것 같아요. 저 정하랑 꽤 다양한 추억이 있거든요. 의지하면서 일해온 기억도 있고요. 그래서 그 아이의 행동을 다 제가 받아주고 있었던 것 같아요."

그랬을지도 모르겠다. 좋게 지냈던 사람이 변하는 건 너무 괴로운 일일 것이다.

"저나 보배 씨처럼 동기도 거의 없는 사람한테 유독 그러는 거같아요. 외부 사람들한테는 예의를 갖추고 적극적으로 대우해 주는 거 보배 씨도 많이 봤을 거 아니에요."

"네, 맞아요. 너무 이중적으로 느껴져서 소름끼쳐요."

"한 사람만 타겟으로 두고 괴롭히는 스타일인 거 같아요. 대학교 때도 동기들 사이에서 그랬다고 하더라구요."

"네? 대학 때도요?"

"친하던 친구랑 서로 날이 서게 되면 그렇게 비난을 하고 사람을 힘들게 했었나 봐요. 대학교 때에는 친구들 무리에서 밀려 나간 적도 있었대요."

은경 선배가 말해준 것과 거의 일치했다. 그렇다면 인사발령이

났을 때 정하에 대한 정보를 더 알았다고 한들 내가 대비할 수 있었을까? 저절로 고개가 저어졌다. 아무것도 없었다. 정보가 많아져봤자 상대만 더 미워하게 됐을 것이다. 보배는 정하를 닮은 외로운 빌런이 되고 싶진 않았다. 절대로.

10

분위기 있는 음악이 흐르고 테이블 위에는 예쁘고 아기자기한
접시와 잔이 놓여있었지만, 두 사람이 나누는 대화는 점점 더 괴로
움을 더해갔다.

"그래도 여긴 회사잖아요. 일하는 데라구요. 자기 기분으로 누
군가를 망가뜨리는 곳이 아니라!"

보배가 조금 격앙된 목소리를 내며 말했다.

"그건 우리 같은 사람들 생각이고, 아마도 그 사람은 반대로 생
각하는 거 같아요. 아. 진짜 모르겠어요. 나도 이해하려고 노력해
봤는데, 도저히 이해가 안 돼서. 솔직히 전 완전히 포기했어요."
"근데 그런 사람을 팀장은 왜 옹호하는 거예요?"
"팀장님이 그런 작은 일들을 어떻게 하나하나 알아요. 연구만 적
당히 이뤄지면 되는 걸. 게다가 정하 책임이 연구기금을 끌어와서 팀

장님 어깨를 으쓱하게 해 드린 이후로는 총애가 더 심해졌어요.”

“아, 그 얘기 들었어요. 자랑을 하도 해서.”

“그러니까 팀장한테도 말조심해야 해요.”

명지의 이야기를 들으면서 계속 기시감이 들었다. 보배와 정하도 저녁 약속 번개가 어긋나면서부터 곧 어그러졌다. 이어 사내에 비방이 돌기 시작했다. 이건 정하의 패턴인 것 같았다.

그래도 패턴을 알게 되었으니 머릿속에서 얽혀 있는 줄기의 형체를 발견한 것 같았다. 그 줄기를 푸는 방법은 여전히 알 수 없었다. 명지는 버티다 못해 그냥 줄기를 끊어버리고 나가버렸다. 보배도 끊고 나가고 싶은 마음이었지만 다른 방법을 찾고 싶었다. 꿈꾸며 힘들게 들어온 이 직장에서 신나게 일해 가며 커리어를 만들어 가고 싶었다.

명지는 눈가에 눈물이 고인 채로 미안해했다. 보배는 명지가 원망스러우면서도 또 위로해 주고 싶었다.

“뭔가 방법이 있을 거예요. 분명히.”

11

보배는 조금이나마 여유가 있을 때 부모님을 찾아뵙고 싶었다. 고향집에서 엄마 아빠가 해 주는 음식을 먹고 목소리를 들으며 잠시 쉬는 것이 나름 생각해 본 치유방법이었던 것. 하루 이틀만이라도 회사를 생각하지 않아도 되는 그런 곳에서 시간을 보내고 싶었다는 것이 솔직한 심정일 것이다.

보배의 선택을 최선이라고 믿어주는 가족 덕분에 여기까지 올 수 있었다. 가족은 마치 나의 근원과 같은 존재였다. 보배는 부모님이 몹시 보고 싶었다. 오랜만에 품에 안겨 이야기를 나누면 스트레스가 확 줄어들 것 같았다.

보배는 스스로 인복이 많다고 여겨왔다. 중심을 잡을 줄 아는 부모님 아래에서 자랐고 언니들은 진심으로 가족을 챙겨주었다. 그리고 남자친구 역시 보배의 현명한 지지자였다. 그중에 가장 큰 기둥은 엄마였다. 30년도 되지 않는 짧은 삶을 살아내면서 상처를 받는 일들이 있을 때마다 엄마는 이렇게 말했다.

'저렇게 살려고 맘먹은 사람들도 있는 거야. 다 이해해 주지 않아도 괜찮아.'

엄마의 말처럼 보배는 정하와 적당한 거리를 유지하며 잘 지내려고 했었다. 다 이해할 수는 없지만, 나름 저러는 이유가 있겠지 하면서 언젠가는 서로의 접점을 찾아갈 수 있을 것이라고 믿었다. 하지만 이제는 달라졌다.

대놓고 사람을 괴롭히려고 애쓰는 사람을 만나게 되리라고는 상상한 적도 없었다. 별다른 이유가 있는 것도 아니었다. 아무리 생각해도 보배는 그렇게 미움받을 만한 짓을 한 적이 없었다.

차분한 마음이 냉정한 머리를 만들 수 있다. 내 마음이 편해야 무엇이든지 결정할 수 있을 것이다. 나를 그렇게 만들어 줄 곳을 찾아 잠시 떠나보자.

보배는 화요일 오후 반차를 내고 수요일까지 쉬기로 결정했다. 반차계를 등록하고 정하에게 설명하고 나서 회사를 나섰다.

"책임님. 제가 몸이 좀 안 좋아서, 고향집에서 오늘내일 좀 쉬고 올게요."

정하는 보배의 보고에 아무런 대답을 하지 않았다. 그냥 쓱 쳐다보더니 다시 하던 일을 계속했다. 정하의 차가운 반응에 보배도 반응하기 싫어졌다. 팀장님께 보고 후, 바로 고속버스에 올라탔다.

오래전부터 재래시장에서 떡집을 운영하고 계신 부모님을 뵙기 위해서 곧장 가게로 찾아갔다. 멀리 보이는 떡집 간판에서부터 부모님의 얼굴이 떠올랐다. 어려서부터 맡아오던 떡 냄새가 풍겨오자 마음이 절로 푸근해졌다.

아! 곧 엄마, 아빠를 만난다! 하지만 내 마음을 들키면 어떡하지? 나의 복잡한 마음을 들키고 싶지 않다. 마음을 단단히 먹어야겠다. 보배는 무거운 얼굴을 애써 밝게 웃는 표정으로 바꾸어 보고는 뚜벅뚜벅 걸어갔다. 순간 떡집 앞에서 오가는 고성이 들렸다.

"손님, 내일 아침까지는 불가능합니다."
"도대체 왜 안 된다는 건데에!"
"여러 번 설명드렸지만 내일은 휴무일이에요."

아빠의 목소리였다.

"겨우 떡 몇 상자 가지고 유세 떨기는."

아빠는 당황한 듯한 얼굴로 손님의 항의를 받아주고 있었다. 지난번 뵈었을 때보다 더 늙으신 것 같아서 안타까웠다.

"에이씨! 떡 쪼가리나 만드는 주제에 까다롭기는! 퉤!"

예의 없고 막돼먹은 중년 남자는 잠시 으르렁거리더니 할 수 없다는 듯 보배 옆을 툭 치고 지나갔다. 이런 수모를 겪으며 일하는 부모님을 보니 가슴이 아렸다. 보배는 그 아저씨의 뒤에 대고 퉁명스런 표정을 지었다.

"저 미친 사람은 뭐래?"
"아이고, 우리 이쁜 딸 왔구나!"

엄마는 보배의 말은 들은 척도 하지 않고 와락 보배를 껴안았다. 그리고는 바로 보배는 아빠 품으로 넘겨졌다. 고향 집에 오길 잘했다는 생각이 드는 순간이었다. 잠시 화가 났던 보배의 마음이 한 번에 녹아내렸다.

"저 아저씨 뭐야? 재수 없어."
"뭐가 재수 없어. 지도 떡이 필요해서 그런가 보지."

엄마는 전혀 화가 나지 않은 듯한 표정으로 웃음을 지으며, 보배의 얼굴을 닦아 줬다.

"엄만 자존심도 없어?"
"자존심이 왜 없어. 내가 얼마나 콧대가 높은데. 그렇지, 여보?"
"당연하지. 엄마도! 아빠도!"

아빠가 갑자기 얼굴을 들이밀며 보배의 뺨에 얼굴을 부벼댔다. 소매에는 쌀가루가 묻어 있고, 앞치마도 지저분했지만 상관없었다. 나에게는 나를 힘껏 안아주는 가족이 있었다.

"아빠가 얼마나 대단한 사람인데! 내가 떡 장사하는 사람이기만 하냐? 떡 만드는 사람이지. 내가 요리사고 아티스트라고!"

"맞아. 전국에서 제일 맛있는 부부떡집 사장님들이시지!"

"지들이 엄마 무시한다고, 엄마가 무시당할 사람이냐? 못나서 그래. 다들 지 못났다고 동네방네 소문내는 거야."

어렸을 때부터 들었던 말이지만, 전혀 새롭게 들렸다.

"원래 자기가 힘들면, 다른 사람들 잘 되는 꼴을 못 보는 거야. 그래서 다른 사람도 힘들게 하려고 막 대하는 거야."

"그게 뭐야. 왜 남의 인생에 재를 뿌려? 무슨 권리로!"

"아직 어른이 못 돼서 그런 거지. 아직 철이 안 들어서 그래."

순간 정하의 얼굴이 떠올랐다.

12

"엄마, 세상에는 참 이상한 사람들이 많아. 괴롭히고 시기하고 방해하고."

"응? 혹시 회사에서 무슨 일 있니?"

"아니, 아니. 그냥 회사에 좀 이상한 사람들이 많더라구."

"회사라는 데, 참 이상한 인간들 많지. 허허"

젊은 시절, 제법 직장생활을 했었던 아빠가 나섰다.

"남의 말에 너무 휘둘리지 마라. 너에 대해서 잘 모르는 사람들이 너를 함부로 대하는 건 그 사람들이 뭘 잘 몰라서 그러는 거야. 그냥 니가 스스로 중심을 잡으면 되는 거야."

엄마는 내면이 강한 사람이었다. 주변의 하대에도 단 한 번도 당당하지 않은 적이 없었다. 할머니가 시집살이로 고생을 시킬 때도 당당했다.

자신이 어떤 생각을 가지고 살아야 할지 항상 고민하셨고, 생각한 대로 행동하기 위해 애쓰셨다. 보배도 그런 엄마가 자랑스러웠고, 그렇게 살아왔다. 보배는 잠시 길을 이탈했을 뿐이다. 다시 돌아오려고 애쓰는 중이니 괜찮다.

부모님은 전부터 한 달에 한 번씩 성당 보육원에 봉사를 나가셨다. 오늘도 부모님은 내일 있을 봉사 준비로 바쁘셨다. 아이들이 좋아하는 떡을 만들고 따로 준비한 선물도 열심히 포장하느라 정신이 없으셨다. 힘들 법도 한데 얼굴에는 미소가 떠나질 않았다. 그렇다고 가게 정리를 소홀히 하는 것도 아니었다. 오히려 쉬는 날이니 더욱 깔끔하게 보여야 한다며 정리에 열중하셨다. 보배도 도와드리려고 했지만, '이건 우리가 맨날 하는 일'이라며 '하나도 힘들지 않으니 너나 쉬라'고 말씀하셨다. 계속 손짓을 하며 '조금 자두라'는 말만 여러 번 하셨다.

떡집은 정해진 마감시간이 없었다. 당일 만든 떡을 거의 다 소진하고 나서야 영업을 종료하는 식이었다. 보배는 그때까지 기다리면서 몇 가지 정리를 도왔다. 7시가 넘어서 손님이 조금 뜸해질 때가 되니 보배도 슬슬 피곤함이 몰려오기 시작했다. 떡집 뒤편에 있는 방에 가서 잠깐 잠을 청했다. 남자친구에게 잘 도착했다고 메시지를 보내려는 찰나 갑자기 알림이 울렸다.

> 업무 메일 확인 바람.

　보배는 긴장한 마음에 '네'라고 대답을 하고 바로 그룹웨어 계정으로 들어갔다. 정하에게서 온 장문의 메일이 있었다. 업무메일이 아니었다. 그냥 감정을 휘갈긴 메일이라고 할 수 있었다. 문장한 줄마다 화가 잔뜩 묻어 있었다.

　오늘 갑자기 반차를 내고 회사를 나가 버려서 내가 얼마나 황당했는지 아느냐. 오늘 나는 당신과 다음 주부터 시작하는 프로젝트 프로세스를 수립하기 위한 미팅을 계획해 놓고 있었는데, 이걸 혼자 하란 말이냐. 갑자기 오늘은 팀장님이 연구실에 방문하셔서 이것저것 묻고 가셨다. 이럴 때 꼭 자리를 비워야 속이 시원하냐, 왜 이렇게 책임감 없는 행동을 하냐. 이렇게 일하느니 혼자 하는 게 낫겠다. 등등 모든 상황을 문제로 보고 그 원인을 온통 보배에게로 쏟아내고 있었다. 정하가 보배를 세워두고 소리치는 것과 진배없는 메일이었다.

　고향에 내려와 잠시 늘어져 있던 몸이 긴장감으로 바짝 위축됐다. 반차를 냈을 때 아무런 대답이 없던 그 얼굴을 그냥 지나치면 안 되는 거였을까? 지난 몇 달 동안 해 오던 연구는 나름 잘 완료가 되어 보고서를 마친 상황이었고, 다음 주부터 시작될 새로운 연구 프로젝트에 들어가기 전에 며칠 동안은 좀 쉬는 모드로 지내면 좋겠다고 먼저 말한 건 정하 책임이었다.

사실 그동안 정하 책임과 일하면서 단 하루도 휴가를 쓰지 못하고 있었다. 연말이 되면 휴가 소진이 너무 느리다고 인사팀에서 경고를 받을 수도 있으니 오히려 휴가 사용에 부지런을 피워야 하는 상황이었다. 좀 더 자세히 설명했어야 했나? 아니면 허락을 구하듯이 이야기했어야 했나? 목요일에 출근하면 또 어떤 표정이 기다리고 있을지 눈에 선한 보배였다.

메일을 끝까지 여러 차례 읽고 난 후, 보배는 크게 심호흡을 했다. 난 집에 쉬러 왔지, 엄마 아빠에게 눈물을 보이러 온 것이 아니다. 나는 진보배다. 내 일은 내가 스스로 해결할 수 있다. 잠시 잊자. 목요일 일은 목요일에 해결하자.

'잘 알겠습니다. 목요일에 뵙겠습니다.'라고 간단히 회신하고 마지막 마침표를 찍었다. 그리고 벌떡 일어나 엄마 아빠에게로 돌아갔다. 이런 메일을 받고 다시 잠을 청하는 건 무리였다. 보배는 엄마에게 뛰어가 뒤에서 허리를 꼭 껴안았다.

"엄마! 나 엄마 아빠랑 있으니까 너무 좋다."

13

회사생활은 어떤 방식으로든 긴장을 준다. 일을 하다 보면 목이 뻣뻣해지기도, 온몸이 경직되기도 한다. 실험을 오래 하고 나면 뭉친 어깨가 며칠을 갈 때도 있다. 고향에 내려와 느끼는 푸근함은 온몸의 긴장을 다 내려놓아도 괜찮을 그런 느낌이었다. 몸과 마음의 긴장 전부.

가게를 닫고 부모님과 늦은 저녁을 먹었다. 부모님은 평소보다 유독 치대는 보배를 보고 이상하다는 듯 물었다.

"우리 막둥이 왜 이렇게 오늘 엄마 품을 파고들지?"
"남자친구인가 뭔가 하는 그놈이 속 썩여?"

아빠도 눈치를 챘는지 떡이랑 감자를 내오면서 한마디 보탠다.

"아냐, 아빠! 우리 준식이가 얼마나 잘해주는데."
"그럼, 누가 회사에서 괴롭히기라도 해?"

"솔직히 말해도 돼 보배야."

"아니거든요! 누가 감히 우리 김용순 여사 딸을 괴롭혀! 그냥 일이 좀 힘들고 피곤해서 그래. 엄마 나 매실물 줘. 커피 지겨워."

"매실물! 오케이. 필요한 거 다 얘기해. 없는 것도 다 만들어 줄게."

거짓말을 한 것 같아 마음이 조금 불편했지만 지금 이야기를 꺼내면 눈물을 흘릴 거고, 엄마 아빠는 그 모습이 매일 눈에 밟히겠지 싶어 입을 꾹 다물었다. 보배는 엄지손가락을 치켜들며 호탕한 웃음을 지어 보였다.

"엄마, 아빠는 나의 어벤져스야. 힘들면 언제든 찾아올게."

"뭐? 벤져스? 그게 뭐야?"

"하하하. 그런 게 있어."

엄마는 마음의 고향이었고, 아빠의 마음은 바다였다. 보배는 엄마와 단둘이 작은 방에서 잠을 청해보기로 했다. 오랜만이었다.

"언니들이랑 가끔 만나서 얘기 좀 하구 그래?"

"큰언니는 육아 때문에 바쁘고 작은언닌 일중독이잖아."

"그런 말 하면 못써. 그럴수록 서로 돕고 사는 거야. 가끔 전화도 하고 애들 돌보는 것도 도와주고 그래."

"언니들이 동생을 챙겨야지, 동생이 언니들을 챙기는 게 맞아?"

"우리 딸은 엄마가 더 챙겨줄게"

보배를 어루만지며 인자한 미소를 짓는 엄마가 마냥 좋았다. 보배는 엄마 품을 조금 더 파고들었다.

"엄마는 평생 내 친구지?"
"그럼. 죽어서도 엄마는 우리 보배 친구야."

죽어서도. 엄마니까 할 수 있는 말이다. 엄마는 보배의 새끼손가락을 걸면서 맹세를 표현했다. 보배는 엄마를 꼭 안았다. 친구는 이런 것이다. 가족끼리도, 연인끼리도. 그리고 회사의 동료들 사이에서도 친구는 가능하다.

"힘든 일이 있어도, 너무 예민하게 받아들이지 말고 어떻게 해야 내가 덜 다치면서 지나갈까, 그렇게 생각하면서 살어. 다들 힘들고 외로워서 그러는 거니까 싸움 같은 거 하지 말고."
"……."
"긴 인생을 산 사람의 말은 믿어도 돼. 엄마가 있잖아. 힘들면 언제든지 전화하고."

다음날, 보배는 부모님과 함께 보육원 봉사를 다녀왔다. 일하지 말고 친구라도 만나 놀라고 하셨지만 부모님과 조금이라도 더 오래 있으려면 다른 방법이 없었다. 보육원에서 아이들과 어울리며 몸이 고달픈 일을 하니 회사일은 잠시 묻어둘 수 있었다.

아이들이 훌쩍 자란 모습에 보배는 세월이 벌써 이렇게 흘렀구나 하며 웃음이 나오기도 했다. 부모님과 온종일 함께하는 하루가 너무 값졌다. 보배는 보육원 식구들과 이른 저녁을 먹고 해가 완전히 넘어가기 전에 출발하는 고속버스를 타기로 했다. 가야 할 시간이었다. 택시를 타도 된다고 그렇게 말했는데도 언제나처럼 아빠가 차로 배웅해 주셨다.

"내 딸 조금 더 보고 싶어서 그런다, 왜!"

아빠와 딸. 대화가 많지 않은 관계지만, 언제든 응원하고 믿어주는 것을 잘 알고 있었다.

"먹는 게 제일 중요한 거 알지?"
"잘 먹어. 나 먹는 회사 다니잖아."
"그래도 더 잘 먹고 다녀."

내가 어떤 일을 당하고 어떤 마음으로 사는지 전혀 모르시지만 내 마음이 지금 어떤 상태인지 보이는 듯 아빠는 나를 그렇게 쳐다보고 말하고 대답한다. 항상 자식들 생각만 하기 때문에 가능한 부모의 마음임을, 한 살 한 살 더 먹으면서 깨달아 간다.

보배는 아빠의 손을 꼭 잡아 드린 뒤 버스를 탔다. 뜨거워진 심장을 가라앉히고 고개를 돌렸다.

이제 나의 현실로 돌아올 시간. 내일은 출근하는 날이다. 버스에 앉아 보배는 정하의 이메일을 다시 들여다봤다. 내일이 두려웠다. 정하의 얼굴이 떠오르면서 머리가 핑 도는 느낌이 들었고 팔다리는 다시 후루룩 기운이 떨어졌다. 이때, 아버지에게 문자가 날아왔다.

> 딸. 회사에 다니다 보면 이상한 사람들도 계속 만나게 되고 고된 일거리도 생겨나게 돼. 그런 일은 늘 생기고 피하기도 어려운 거야. 현명한 우리 딸이니 무슨 일이 생겨도 슬기롭게 잘 이겨나갔으면 좋겠다. 아빠는 너의 벤져스니까! 우리 딸래미 사랑한다.

핸드폰에서 눈을 뗄 수 없었다. 눈물이 그렁그렁 맺혔다.

14

"그걸 답장이라고 했어? 생각이 있는 거예요? 없는 거예요?"

정하였다. 발걸음부터 예사롭지 않았다. 보배에게 바로 회의실로 들어오라고 했다. 그러고는 40여 분 넘도록 하이에나처럼 보배를 물어뜯었다. 질문을 얼마나 많이 했는데 그렇게 무시하듯 한 마디로 회신을 하냐는 것이었다. 기본이 되어 있지 않다며 아침부터 악다구니를 쏟아냈다.

누구도 휴가 기간에 이메일에 답장을 해야만 한다고 강요할 권리는 없다. 몇 번을 읽어도 회신해야 할 급한 메시지는 없었다. 그냥 화가 났다는 말들 뿐이었을 뿐, 보배의 답변에 따라 달라질 결론 같은 건 없었다. 저렇게 화를 내는 모습을 보니 정하는 구구절절한 반성문이라도 기대했었던 것 같았다.

그런데 오늘은 왠지 혼나는 기분이 들지 않았다. 보배는 정하를 쳐다봤다. 이상하게 보였다. 저 사람은 늘 왜 저렇게 화가 나 있는지, 얼마나 더 해야 저 화가 사그라드는지, 왜 저렇게 자신을 가혹하게 대하고 있는지 궁금했다.

밖에서 노크 소리가 들렸다. 허 수석이었다.

"9시 반이야. 출발해야 해."

강당에 모일 시간이었다. 보배는 엉거주춤 엉덩이를 뗐고, 정하도 무표정하게 일어섰다.

오늘은 연구소 전체 회의 날이었다. 150여 명의 연구소 직원들이 모두 모이는 회의는 흔치 않은 일이었다. 강당 의자에 연구원들이 빼곡히 모여 있었다. 다들 웅성웅성하며 오늘 모인 이유를 궁금해 하고 있었다.

"오늘 무슨 일이래?"
"인사팀에서 왔네?"
"직장 내 괴롭힘 방지법, 뭐 그런 거 설명한다나 봐요."

본사 인사팀 과장 한 명이 모니터 화면을 켜고 설명을 시작했다.

"직장 내 괴롭힘 방지법이 생긴다는 말은 뉴스들 보고 다들 알고 계시리라고 생각합니다. 다음 주부터 본격적으로 시행하는 것에 앞서 오늘 간단한 교육을 진행하려고 합니다. 오늘 교육한 내용을 정리해 내일쯤 공지로 다시 업로드해 드릴 예정인데요. 우선 지금 나눠드리는 책자를 받아보시죠."

담당자는 얇은 책자를 나눠주었다. 서로 옆 사람에게 책자 뭉텅이를 옮기며 한 부씩 집어 들었다.

"절대 그럴 일이 없기를 바라지만, 서로 책잡힐 일 만들지 않아야 하는 시대가 되었다는 것을 명심하기 바랍니다. 중요한 이슈니까 지금 나눠주는 책자를 꼼꼼히 읽어봐 두시기 바랍니다."

직장 내 괴롭힘 방지법. 뭔가 짜릿한 기분이 들면서도 믿기지 않았다. 직장 내 괴롭힘 방지법 시행은 당연하게 여겨왔던 회사원 관계에 큰 변화를 줄 것이다. 상사가 부하 직원에게 휘둘렀던 권리 행사가 줄어들 수밖에 없을 것이고 서로 조심해야 한다는 마음이 강해져 조금씩 서로의 간격이 더 벌어질지도 모르겠다. 특히 괴롭힘의 경계를 넘나드는 또 다른 방식의 괴롭힘이 등장할지도 모른다.

주위를 둘러 사람들을 쳐다보았다. 왼쪽 대각선 앞자리에 유산균연구팀 동료들이 앉아 있었다. 아마도 보배가 팀에 남아 있었다면, 지금 인사팀 설명이 남의 일 같았을지도 모른다. 유산균연구팀에서 일한 1년 6개월은 진정으로 존중받고 성장할 수 있는 시간이었다. 그 시간이 너무 좋았었기 때문일까? 지금 보배는 반대의 시간을 겪고 있다.

사람이 사람을 존중하면서 일한다는 것이 뭐 그리 어려운 일이라고 법을 제정하고 처벌 수위를 정한단 말인가. 보배는 필요한 법이라는 생각이 들면서도 슬프다는 생각을 지울 수 없었다.

한 마디 한 마디 진지하게 설명을 들으며 책자에 줄을 그어 보았다. 들으면 들을 수록 보배는 제 이야기 같았다.

우위를 이용한 직장 내 괴롭힘, 인격 모독, 이유 없는 질책, 반복적인 행동, 사회통념에 어긋한 행위 등등 보배가 겪은 일은 모두 해당될 것 같았다.

해당 항목에 브이 표시를 하며 귀를 활짝 열고 설명을 흡수해 보았다. 정하는 옆자리에서 힐끔힐끔 보배의 노트를 훔쳐보았다. 보배는 움찔움찔하면서도 노트를 가슴 쪽으로 더 끌어당기며 슬쩍 정하를 쳐다보았다. 정하는 아무렇지 않아보였다. 오히려 자신이 더 긴장한 것 같았다. 인사팀의 설명을 들으면서 '내가 과연 신고를 할 수 있을까' 상상해 보았지만 상상만으로도 가슴이 두근거렸다. 혹여나 신고를 해도 1차적으로는 사내에서 자체 해결을 권장한다는 표현이 있어서 쉽게 해결될 것 같아 보이지는 않았다. 신고해서 정의의 여신이 보배의 손을 들어주면 다행이겠지만 반대로 정하의 손을 들어준다면? 생각하고 싶지도 않다.

"그리고 이번엔 평가 관련된 전달사항입니다. 올해부터 다면평가 방식이 더 구체적이고 실질적으로 변경됩니다. 기존에는 팀장 평가와 팀 동료 한두 명 정도의 평가로 진행됐고, 평가 항목도 10 개 정도에 그쳤었던 거 기억나시죠? 형식적인 평가 방식이라는 임직원들의 의견이 많았었는데요. 올해에는 사내 의견을 적극적으로 수용해서 평가 제도를 변경했습니다. 여기 화면을 보시죠"

일부 평가 → 완전 360도 평가
10개 문항 → 6개 카테고리 50문항

"우선, 평가를 완전 360도 형식으로 변경했습니다. 자신과 업무 연결성이 있는 사람들은 최대 10명까지 평가하고 평가받게 됩니다. 팀 내만의 동료 평가가 아니라 유관부서, 협업부서의 사람들까지 나를 평가할 수 있다는 말이구요. 항목도 10개에서 50여 개로 늘어났습니다. 역할수행, 업무 전문성, 커뮤니케이션, 협업 능력, 상호 신뢰, 팀십 이렇게 6개 카테고리 안에서 다양한 질문을 하게 됩니다."

강당 안이 웅성거리기 시작했다. 손을 번쩍 들면서 질문을 하는 사람들도 생겼다. 다들 머릿속이 복잡해지기 시작했다. 나도 모르는 사이에 내가 누군가에게 미움의 대상자가 되지는 않았는지 불편한 마음들이 조금씩 올라오기 시작했다. 서로 평가를 한다는 것. 한동안 서로 마음의 거리를 벌어지게 만드는 일이 될 것이다. 하지만 어떻게 업무를 하고 있고 얼마나 유능한지 타인의 눈으로도 한 번 평가해보는 건 어쩌면 필요한 일인지도 모른다.

잠시지만 보이지 않는 신경전이 벌어질 것이다. 어떤 평가 결과가 나오든 아무 일도 없이 지나칠 수도 있고, 누구에게만 불리하게 작용될 수도 있다.

보배는 자리로 돌아와 본격적으로 관련법과 기사를 찾아보기 시작했다. 모두 다 자신의 이야기였다.

하지만 내가 진짜 신고를 할 수 있을까? 증거를 남긴 적도 없었고 증인으로 도와줄 사람도 없을 것 같았다.

'아!'

한 사람 있었다.

15

보배는 명지 선임에게 톡을 했다.

> 선배님. 저 혹시라도 신고하게 되면 증인으로 나서 주실 수 있어요?

> 그럼. 겪은 것들도 있으니 제가 증언자가 돼야죠. 믿어도 돼요.

괴롭힘 신고는 신중하게 생각해 보기로 했다. 그나마 360도 다면평가에서 보배의 의사를 조금 표현할 수 있다는 사실이 위로가 되었다. 공적인 평가문서를 통해 조금이나마 억울한 마음을 표현할 기회가 생겼다는 생각을 하니 어깨가 살짝 펴지는 것 같았다.

다음 날 아침, 정하 책임이 보배를 불렀다. 지금까지 보배가 혼자 써 오던 실험데이터를 본인이 정리해 보겠다고 나섰다. 자신이 지금까지 한 행동에 대해서 걱정이 되긴 했던 모양인지, 평소와 다른 목소리와 표정이었다.

분명 평가 시즌을 의식한 위선적인 태도였다. 어제 인사팀 공지에서 나온 이야기가 그녀를 자극한 것이 틀림없었다.

"아니에요 책임님. 이젠 익숙해져서 어렵지 않아요. 지금까지 해 오던 대로 제가 할게요."

차분하지만 차가운 얼굴로 대답했다. 정하는 말문이 막혔는지 당황한 표정을 보였다. 보배는 자리에서 일어나 수석연구원 쪽으로 걸어가 질문을 건넸다. 예전에 정하 책임에게 물어봤을 때 보배더러 무능력하다고 짜증만 내고 피드백을 못 받았던 내용이었다. 보배는 일부러 물어본 것이 아니라고 할 수 없었다.

"수석님. 여쭤볼 게 있는데요. 시간 좀 내 주실 수 있어요?"
"응? 뭔데?"
"연구결과 해석 관련해서 여쭤보고 싶어서요. 오늘 인사팀 설명 관련해서도 몇 가지 여쭤보고 싶구요."

정하와 거리를 두고 싶었다. 허윤배 수석에게 곧장 미팅을 요청했다. 평소 같으면 보배에게 일 안 하고 딴짓한다며 트집을 잡았겠지만, 정하는 온몸이 굳은 듯, 보배를 한참 쳐다보기만 했다. 보배는 뒤에서 째려보는 시선이 느껴졌지만 오늘 하루라도 잠시 쫄지 않는 기분을 맛보고 싶었다.
법 앞에서, 평가 앞에서 움츠러들지 않는 사람은 없으니까.

정하의 감정을 매번 받아내 오던 보배는 지금도 민감하게 반응하는 정하의 마음을 느낄 수 있었다.

내가 밉겠지. 내 뒤통수라도 몰래 갈기고 싶을지 모르겠다. 내가 당신에게 차갑게 대하는 것은 되갚으려는 의도가 아니다. 미움받는 이유도 모른 채, 속수무책으로 미움 받는 기분을 느끼게 한 당신에 대한 경고일 뿐이다.

이제부터라도 나를 존중해 주기 바란다. 함께 법 앞에서 만나지 않기를 희망한다. 마지막 경고이다. 당신의 평판과 커리어를 스스로 망치지 않기를 진심으로 요청한다.

보배는 며칠 동안 기묘하게 평화로운 기분을 맛보고 있었다. 정하는 가끔 혼잣말을 하면서 불안한 모습을 보이기도 했지만, 대체적으로는 자중했고 업무상으로도 간섭하지 않았다.

드디어 다면평가 사이트가 공개되었다. 보배의 평가 대상자는 팀장과 정하 포함 총 8명이었다. 연구 부서와 마케팅 부서가 대부분이었다. 평가할 수 있는 기간은 일주일이라고 했다. 일주일이라고 해 봤자 근무일수로는 5일뿐이다. 한 명당 50여 개의 문항에 대답해야 한다.

다들 만나면 '평가 끝냈어?'라고 질문하고 애써 쓴웃음을 보이며 지나가곤 했다. 누군가를 평가하고 누군가에게 평가받는다는 것. 인간에게 매번 등급이 매겨진다는 것. 그리고 그 등급으로 내 미래가 바뀌고 흔들린다는 것. 누구에게든 불편하고 불안한 감정이 생길 수밖에 없을 것이다.

불안해지면 평소와 다른 행동이 튀어나오는 게 사람이다. 정하도 그랬다. 어제는 갑자기 커피를 산다느니 대뜸 점심을 사겠다고 하면서 갑작스러운 친절을 보이기도 했다. 평가점수를 올리려는 의도가 노골적이라고 느껴질 정도였다. 차분하게 받아들이되 정하가 원하는 만큼 가까워지지 않고 적당한 거리를 두려고 노력했다. 수석이 보배에게 찾아와 물었다.

"보배 씨, 다면평가 시작했어요?"
"아니요. 아직요."
"난 벌써 끝냈는데."
"전 좀 따로 시간을 내서 해보려구요. 항목이 많다고 하니 집중해서 제대로 해야죠."

업무를 진행하면서 짬짬이 하기보다는 조용한 곳에서 집중해서 해야 한다는 의견이 다수였다. 8명을 다면평가하기 위해서는 400번을 클릭해야 한다는 뜻이다.

보배는 평가기간 마지막 날, 드디어 평가를 시작했다. 연구실 안쪽 회의실도 미리 예약해 두었다. 허리를 한 번 새로 고쳐 세우고 평가항목을 열었다. 다면평가 항목이 보배를 압박했지만 그래도 용기를 냈다. 수십 개의 문항을 꼼꼼하게 읽으며 대상자를 상상해 내고 누군가를 평가해 보았다.

> ▸해당 동료는 주변의 상사, 동료들과 원만한 인간관계를 유지하기 위한 노력
> 을 하고 있습니까?
> ▸해당 동료는 당신을 인격적으로 존중하는 자세로 말하고 행동하고 있습니까?
> ▸해당 동료는 업무 전문성을 높이기 위해 노력하는 자세를 가지고 있습니까?
> ▸해당 동료는 동일한 목표를 위해 함께 협업하는 적극적인 태도를 가지고
> 있습니까?
> ▸해당 동료는 문제가 발생했을 때, 근본적인 해결을 위해 노력하고 있습니까?

비슷비슷한 문항들이 돌아가면서 보배의 마음을 시험하고 있다. 8명의 평가대상자 중 가장 접점이 낮은 사람부터 평가하기로 마음먹었다. 한 명씩 처리하고 마지막, 이정하 책임만 남았다.

어떤 문항을 읽을 때에는 괜찮다가도 어떤 문항에서는 아픈 마음이 올라오기도 했다. 화난 감정을 담아 '매우 아니오'에 클릭하는 빈도수가 높아졌다. 그래도 냉정함을 잃지 않으려고 노력했다. 그래야 남들도 나를 냉정하게 평가해 줄 테니까.

정하 책임도 나에 대한 평가를 마쳤을지 궁금했다. 나중에라도

다시 마음이 흔들려 내용을 수정하지 않도록 제출완료 버튼까지 완전히 눌러버렸다.

그런데 조금 이해가 가지 않았다. 진진우유는 벌써 몇 년째 다면평가를 실시하고 있었다. 그동안 정하는 어떤 점수를 받았을까? 정하 책임은 명지 선임보다 승진이 빨랐고 평소에도 평가점수에 대한 자신감을 보이곤 했었다. 명지 선임이나 허 수석 모두 정하 책임에게 높은 점수를 주지는 않았을 것 같은데 말이다.

보배는 평가를 마치고 아직 남아서 일하고 있는 수석연구원을 찾아갔다. 보배와 정하를 가장 가까이서 지켜보는 사람이었으니 이 정도 질문은 해도 괜찮을 것 같았다.

"수석님. 저 여쭤보고 싶은 게 있는데요."
"응 편하게 말해."
"저… 정하 책임이 저 힘들게 한 건 보셔서 알고 계시죠?"

편안했던 수석의 표정이 곤란함으로 바뀌었다. 왜 중간에서 도와주지 않았냐고 원망할 생각은 처음부터 없었다. 보배는 수석의 긴장감을 풀어주어야 했다.

"그냥 좀 여쭤보려고 하는데요. 수석님은 책임님을 오랫동안 지켜보셨을 테니까 대답해 주실 수 있을 것 같아서요."

당신도 나름의 이유가 있지 않겠냐며 원망하는 분위기를 한 톨도 심지 않으려 노력했다. 하지만 지금 보배를 도와줄 사람은 당신밖에 없음을 강조했다. 수석은 고개를 창밖으로 돌리고 다시 보배를 쳐다보았다.

"그래서 뭔데? 물어보고 싶은 게."

"정하 책임이 그동안 몇 년째 높은 평가를 받아올 수 있었던 게 신기해서요. 아무리 형식적인 평가라고 해도 팀원 평가가 있고, 저처럼 괴롭힘을 당한 명지 선임도 평가를 해 왔을 거고요."

"음……"

"어쩌면 수석연구원님으로부터의 평가도 나쁠 수 있는데 말이죠."

"그게."

수석은 주변을 두리번거리며 이야기했다.

"내가 말했다고 하면 안 돼?"

"네. 그럼요~ 걱정 말고 말씀해 주세요."

"이건 소문이긴 한데."

수석은 마른침을 삼켰다.

"팀장이 점수를 고쳐준다는 말이 있어."

"헉. 진짜요?"

보배는 자기도 모르게 한 손으로 입을 틀어막았다.

"팀장이 팀원들 점수를 쭉 보면서 조율하는 단계가 있다고 하더라고. 또 인사팀에서 인사위원회 가기 전에 이상한 숫자가 있으면 팀장한테 물어볼 거 아냐. 그때 팀장 입김이 들어간다고. 아마 그런 혜택을 받으면서 여기까지 온 게 아닌가 싶어."

"그건 공정하지 못한 거잖아요!"

"확실한 건 아니야. 하지만 인사평가 시즌에 부서 팀장들이 인사팀이랑 미팅하는 경우도 자주 있고, 최종 본인 평가결과가 필요 이상으로 낮게 나오는 경우도 있어서 이런 소문이 돌곤 했어. 그 이상은 나도 몰라. 그냥 사람들 생각이 그래."

정하 책임이 팀장에게 사랑받기 위해 애쓴 이유가 있었다. 수석이 정하 책임의 눈치를 보면서 사는 이유도 여기에 있었다. 최종 평가는 다면평가가 아니었다. 그 뒤에 또 후속 단계가 있었다. 아니, 있을지도 모른다.

평가받는 사람들은 조직을 믿고 평가를 받는다. 그러니 조직은 중심을 잡고 공정한 제도를 펼쳐 나가야 한다. 의도는 설명되어야 하고 과정은 투명하고 결과는 명확해야 한다. 하지만 제도 자체를 믿을 수 없다는 생각에 보배는 의욕이 사라지는 것 같았다.

평가결과로 자신의 입장을 조금이라도 설명해 보려고 했던 보배는 다시금 혼란 속에 빠졌다. 목소리를 내더라도 전혀 닿지 않는다면……

16

며칠 후. 보배는 업무상 일주일에 한 번씩 제출하는 실험보고
서를 가지고 팀장의 자리로 가고 있었다. 그런데 회의실 창문 너머
로 정하 책임과 팀장이 단둘이 이야기하는 모습이 보였다. 팀장은
정하의 어깨를 두드리고 있었고, 정하 책임은 우는 듯 팀장 앞에서
훌쩍거리고 있었다.

'이 싸한 기분은 뭐지?'

순간 뒷골이 서늘해졌다. 정하는 창문 밖의 보배를 발견하고는
뭐라고 계속 말을 이어갔다. 팀장은 벌떡 일어나 창문 블라인드를
닫아 버리고, 문을 빼꼼 열고 나왔다.

"무슨 일이야?"

평소와 달리 냉기가 서린 목소리였다.

"저… 이번 주 실험 결과를 설명 드리려고요."

"실험 보고는 정하 책임이 직접 해도 되는 거 아니었어?"

"네?"

"읽어 볼게."

팀장은 보고서를 확 뺏어 들고, 차가운 얼굴로 문을 닫아 버렸다. 분명히 저 안에서 보배에 대한 이야기를 하고 있음을 직감할 수 있었다. 팀장이 보배에게 차갑게 대한 적은 입사 이래로 처음이었다. 뭔가 잘못 돌아가고 있는 것이 확실했다. 주저앉고 싶었다.

표정은 때로 모든 것을 말한다.

보배는 지금까지 보지 못한 팀장의 표정을 확인했다. 이제부터의 시간은 이전과 같을 수 없다. 분명 저 안에서 무슨 일이 일어나고 있다. 저 안에서 주고받는 대화들이 보배와 정하 사이를, 보배와 팀장 사이를 바꾸고 있었다. 불안했다. 그렇지만 보배가 할 수 있는 건 아무 것도 없었다.

점심도 거른 채 우두커니 앉아있었다. 입맛도 없었지만, 그냥 아무도 만나고 싶지가 않았다. 연구소 구석 벤치에 앉아 핸드폰을 만지작거리면서 혼자만의 시간을 보냈다. 그러다가 다시 아버지의 문자를 쳐다보았다.

딸. 회사에 다니다 보면 이상한 사람들도 계속 만나게 되고 고된 일거리도 생겨나게 돼. 그런 일은 늘 생기고 피하기도 어려운 거야. 현명한 우리 딸이니 무슨 일이 생겨도 슬기롭게 잘 이겨나갔으면 좋겠다. 아빠는 너의 벤져스니까! 우리 딸래미 사랑한다.

보배는 생각하고 또 생각했다. 어떻게 하는 것이 슬기로운 사람이 되는 과정인지, 진짜 현명한 대처란 무엇일지, 그 안에서 나는 또 무엇을 시도하면서 살아나가야 하는지 말이다. 보배는 정하와 '대화'를 나누고 싶었다. 평가 결과와는 별개로 자신의 힘들었던 마음을 진심을 담아 한 번은 전달하고 싶었다. 그리고 앞으로 나에게 이런 식으로 하지 않았으면 좋겠다는 요청도 하고 싶었다.

'할 수 있는 것부터 하나씩 해 보자'

보배는 여전히 겁이 났지만, 팀을 바꿔 달라고 하거나 업무변경을 요청하는 것은 현실에서 도망치는 것이라고 생각했다. 현명한 사람은 대화부터 시작한다.
보배는 며칠 동안 마음을 가다듬으며 생각을 정리하는 시간을 보냈다. 그리고 디데이를 잡았다. 퇴근 시간이 다 되었다. 보배의 심장박동이 빨라졌다.

"책임님. 저… 드릴 말씀이 있습니다."
"응?"

보배의 갑작스러운 요청에 정하도 조금 당황한 기색이었다.

"같이 일하는 동료로서 꼭 한번 말씀드리고 싶은 게 있어서요."

보배는 확실히 하고 싶었다. 상하 관계가 아닌, 같은 조직의 구성원, 연구원, 그리고 인간으로서 말이다. 차분한 대화를 위해 회의실로 들어가서 이야기를 시작하자고 했다. 그리고 입을 뗐다.

보배가 처음 팀에 배치되었을 때 당황했던 순간, 설레였던 시작, 열심히 일해 왔던 자신, 혼나는 일이 반복되었던 것들 그리고 그간 겪어 왔던 감정적인 상처들을 천천히 그리고 담담하게 전달했다.

"책임님이 말씀해 주는 방식이 저에게 큰 상처가 되고 업무 집중력을 떨어트리는 것 같습니다. 물론 일 때문에 혼내시는 건 받아들이겠습니다. 하지만 제 나이, 출신, 학력을 가지고 모욕을 주지는 않았으면 좋겠습니다."

화내지도 않고 울먹거리지도 않았다. 다행히도 보배는 준비된 자기 생각을 끝까지 전달할 수 있었다. 고개를 드니 울그락불그락 하는 얼굴이 보였다.

"다 퇴근했지?"

정하는 사무실에 남은 인원이 없는지 확인하더니 갑자기 소리를 지르기 시작했다. 그것도 지금까지 듣지 못한 반말로 말이다.

"야! 너 진짜 어이없다. 지금 나를 선배로 보긴 하니? 내가 우습구나? 나를 얼마나 얕잡아 보았으면 얼굴색 하나 안 바뀌고 나한테 이런 말을 할 수 있는 거야? 너 지금 사람 모욕하는 거야. 알아?"

담담하게 부탁 조로 이야기를 해 보려 했지만 갑자기 흥분을 하고 화를 버럭 내는 정하의 모습을 보면서 '아차!' 싶은 생각이 들었다. 순간 명지 선임의 조언이 머릿속을 스쳤다.

"그냥 벌집이라고 생각하고 건드리지 않는 게 오히려 현명한 방법이라고 생각해요."

보배는 벌집을 건드렸다. 그것도 보통 벌집이 아니었다.

"그게 아니라, 저도 한 번쯤 제 생각을 말씀드리고 싶어서."
"직급이 왜 있는지 알어? 내가 너한테 일을 알려주고 고칠 건 고쳐주고 지시할 건 지시하라고 있는 거야. 난 지금까지 그 의무를 다 해 온 거라구. 어디 하늘 같은 선배를 가르치려 들어? 너 지금 나

성격에 문제 있다고 지적하는 거잖아!"

당황하지 않기로 마음먹었지만 맘대로 되지 않았다. 정하는 보배 앞에서 길길이 뛰고 소리를 질러댔다. 멈추어지지 않는 듯 흥분도가 점점 심해졌다. 그냥 정하 안에서 뭔가가 팍 하고 터진 것 같았다.

'그냥 미친년이었어'

다들 퇴근했는지 시끄러운 회의실에 들어오는 사람은 없었다. 만약 몇 명이 있었다고 해도 상황은 똑같았을 것이다. 보배의 작은 돌격은 처참한 실패로 끝났다.

17

　행복은 사건이 아니다. 표정이고 기운이다. 정하와 함께 하는 긴 시간 동안 보배는 정하의 얼굴에서 진짜 행복감을 찾기가 어려웠다. 기분 좋아 보이는 날들은 있었지만, 잠시뿐이었다. 안정적이지 않았다. 항상 긴장해 있고 초조해 보이고, 예민함이 느껴졌다. 하루하루가 달랐고, 하루 동안에도 기분이 들쭉날쭉했다. 보배는 정하의 기분을 따라갈 수가 없었다.

　보배는 내가 나 자신이기 때문에 느낄 수 있는 내 고유한 감정에서 행복을 느꼈다. 그리고 행복한 나의 모습을 통해 누군가도 행복하기를 바랐다. 그래서 정하의 얼굴에도 더 자주 행복이 드러나도록 해주고 싶었지만, 완전히 실패했다. 정하도 불쌍했고 자신도 불쌍했다. 하지만 그런 마음만으로 상황을 방치할 수 없다. 남을 향한 측은한 마음을 제대로 쓰지 않으면 그 마음이 고스란히 나를 갉아 먹을 수 있다.

'분리해야 한다. 측은한 마음을 그대로 두고, 소진된 나를 일으켜야 한다. 지금까지 받은 피해가 앞으로 계속되도록 놔둘 수 없다. 이 일은 내 미래의 행복과 직결된 일이기 때문이다. 그렇게 생각하고 나니 오히려 정신이 번쩍 들고 머리가 맑아지는 것 같았다. 이제부터는 예전의 내가 아니다. 나에겐 다양한 옵션이 있다. 난 무엇을 선택할 것인가?'

지금을 기점으로 정하와의 관계는 완전히 틀어져 버렸다고 해도 좋았다. 아무 일도 없었다는 듯 다시 일터로 돌아갈 수는 있겠지만, 아마도 오늘의 사건이 서로에게 큰 상처로 남아 업무의 과정 하나하나를 삼켜 버릴 것이다.

보배가 그렇게 좋아하는 이 일도 제대로 할 수 없을 것이고, 좋은 관계 안에서 일하고 싶은 꿈도 이루기 어려울 것이다. 보배에게는 몇 가지 옵션이 있다. 다른 팀으로의 배속 요청, 이직 시도, 박사과정 준비, 쉬는 시간 갖기, 그리고……

평범하고 인내하는 삶은 누구나 선택할 수 있고, 때론 선택할 수밖에 없는 일반적인 옵션이다. 보배도 매번 마찬가지였다. 그러나 임계점을 넘는 일이 발생했다. 보배는 더 이상 참을 수 없었다. 그리고 정하를 되돌릴 방법도 없어 보였다. 무언가를 선택해야 한다고 생각하니 갖가지 두려움이 보배를 덮쳤다.

두려움에 휩싸이는 건 언젠가부터 일상이 되어버렸지만, 지금 몰려오는 두려움은 더 크고 깊었다. 예상하지 못한 새로운 카드를 꺼낸다면 보배에게 타격이 있을 것이다. 감정적으로도 물리적으로도 보배에게 불리한 일들이 일어날지 모른다. 난 이 회사에서 약자이고 나의 상사들도 내 편이 되어 주지 않을 것이다. 무슨 선택을 하든 안개를 걷는 것과 같을 것이고 그 안개 속에서 어떤 파편이 날아와 나를 해칠지 알 수 없었다.

그래도 보배는 내면의 목소리와 대화해야 했다. 아주 깊게 대화해야 했다. 그리고 하나씩 결론을 내야 했다. 내가 내린 결론 때문에 나의 상사들이 문책을 받을 수도 있고, 나부터 가방을 싸서 이 회사를 나가야 할지도 모른다. 그동안 의지했던 명지 선임도 걱정됐다. 이런저런 생각이 보배를 괴롭혔지만, 그래도 이대로 참고만 있을 수 없다는 결론이 되풀이됐다.

'내 선택은 내 힘으로 해야 해'

내 선택으로 인해 삶에 생채기가 너무 크게 나지만 않으면 좋겠다. 너무 복잡한 절차를 거치지 않으면 좋겠다. 뭉개진 내가 기지개를 켤 수 있는 쪽이면 좋겠다. 난 어떤 결정을 해야 할까?

4부

내가 나로서 빛나는 삶

우리 회사에는 빌런이 있다. 오늘도 누군가는 빌런이 되고, 누군가에게 빌런이 된다. 아니, 어쩌면 나를 포함한 우리 모두는 지금 누군가에게 절망을 안겨주는 빌런일지도 모른다. 빌런에게서 벗어나는 방법은 있다. 또한 빌런이 되어 버린 나 스스로를 벗어나는 방법도 있다. 그건 바로 내가, 진짜 나 자신이 되는 것이다.

1

겨울이 지나고 어김없이 봄이 찾아왔다. 추위는 아직 가시지 않았지만, 봄기운은 힘차게 퍼져나간다. 아파트 출입구 사이로 가득한 목련은 봉오리를 가득 채운 채 금방이라도 터트릴 것처럼 존재를 뽐냈다. 하얀 꽃봉오리들을 쳐다보던 경진은 다시 발랄하게 가벼운 발걸음을 재촉했다.

각자 독립해나간 초반에는 자주 모였던 거 같은데, 이제는 얼굴 한 번 보는 것도 여의치 않았다. 보고 싶은 마음이 봄처럼 가득 찼다. 오늘은 예전처럼 밤새도록 많은 이야기를 나누고 싶었다. 첫사랑 이야기를 나누던 그날처럼, 지금 가진 고민을 하나씩 꺼내며 마음을 나누고 싶었다.

무슨 이야기든 상관없다. 그저 얼굴을 마주하고 이야기하는 것만으로도 마음 저 밑에서부터 훈훈해질 테니까. 경진은 2주 전부터 열심히 인터넷으로 주문해 둔 조카들을 위한 장난감과 먹을거리를 양손 가득 들고 언니의 집 앞에 도착했다.

'띵동'

"왔다!"

"언니, 넘버 투!"

언니가 활짝 문을 열어 주었다. 따뜻하고 부드러운 얼굴이 반가웠다. 다섯 살 영진, 두 살 영민이도 같이 아장거리며 뒤따라 나왔다.

"왔어? 들어와, 들어와. 영진아, 영민아! 이모한테 인사해야지."

"꺄아!! 우리 영진이, 영민이가 이렇게 컸다구? 벌써??"

훌쩍 커 버린 두 조카를 바라보니 신기한 마음에 덥석 아이들의 얼굴부터 부벼댔다. 반면 아이들은 낯을 가리는지 생글생글 웃으며 엄마 뒤로 숨어 버렸다. 안방에서 형부가 나왔다.

"어머! 형부도 와 계셨네요?"

"응. 처제 둘이 우리 집을 방문해 주신다는 데 당연히 일찍 와 있어야지. 오늘 반차 내고 일찍 왔어. 집안 청소도 내가 다 했다구!"

형부는 손을 뻗어 경진의 짐을 받아 들었다.

"이게 다 뭐야. 힘들게 다 들고 온 거야?"

"우리 조카들한테 잘 보이려고 가지고 왔지요!"

경진은 장난감을 하나씩 꺼내 들었다. 낯설어하던 아이들이 다시 우르르 몰려들었다. 아이들과 놀아주는 사이에 언니는 금방 식탁을 차렸다. 센스는 여전했다. 실용적이고 단정한 접시들, 그 위에 올려 있는 맛깔나 보이는 찜닭, 된장찌개, 잡채, 해산물 샐러드, 여러 종류의 김치, 그리고 언니의 특기인 수제 티라미수까지 동생들이 좋아하고 가족들도 함께 먹을 수 있는 음식들이 한상 가득이었다.

오랜만에 느끼는 행복한 충만감. 인간이 느껴야 할 오감을 편안한 상태에서 느낄 수 있는 것, 그 자체가 바로 행복이고 충만이었다.

솜털같이 부드러운 아이들의 살결, 아이들이 재잘거리며 장난감을 가지고 노는 모습, 언니와 형부와 대화하며 마시는 훈훈한 공기, 가족이 손수 만든 음식, 배꼽 잡을 만큼 웃긴 옛날이야기. 다 너무 좋았다. 게다가 오늘은 금요일 저녁이다. (그러니 힘든 회사 걱정 따위는 날려버리자!)

식사를 마친 형부가 주섬주섬 아이들을 안고 외출 준비를 했다.

"형부, 어디 가시게요?"

"오늘은 진진진 자매 셋이 놀아. 난 부모님 댁에 가서 애들 데리고 잘게. 바로 옆 동이잖아. 부모님께도 다 얘기해 놨어."

형부는 당연하다는 듯, 아이들에게 신발을 신기며 말했다.

"저희가 폐 끼치는 거 아니에요? 죄송해라."

"내일 같이 놀자구. 주말이잖아."

'언니가 다정한 형부와 결혼해 다행이야'

경진은 생각했다. 언니는 미소를 살짝 지을 뿐 이래저래 말이 없었다. 언니와 조카들은 사랑스럽게 뽀뽀를 나누었고, 세 사람은 '내일 만나요'라고 말하며 밖으로 나갔다.

"아~ 이제 우리 둘뿐인가?"

언니는 홀가분하다는 듯 기지개를 켜며 여유롭게 말문을 열었다.

"그니까. 언니가 영민이 낳고 회사 복귀한 다음에 이게 처음이니 벌써 2년이 다 된 거잖아?"

하나는 동생을 빤히 쳐다보았다. 동생의 분위기가 어딘가 달라진 것 같나는 생각이 들있다.

"경진아, 오늘 뭔가 되게 달라 보인다?"

"뭐가?"

"글쎄, 나도 잘 모르겠는데 추석 때랑 달라진 거 같애."

"그러는 언니야말로 뭔가 좀 달라졌는데? 바쁘고 쫓기는 것 같은 분위기가 사라진 것 같아."

"그래? 그렇게 보여?"

"응. 뭔가 여유 있어 보이는?"

"근데 우리 넘버 쓰리는?"

"최대한 빨리 온다고 했는데 늦네. 용인에서 버스는 탔다고 연락 왔어. 아마 9시 다 돼서 도착하겠다."

경진은 벽시계를 보면서 대답했다. 그리고 집안을 쭉 둘러보며 흥분된 목소리로 말했다.

"언니. 그럼 오늘 우리 셋이 이 집 장악하는 거야? 크크 신난다."

"그러라고 아들 세 명 다 시댁으로 보낸 거지. 무조건 자고 가야해. 밤새 술도 마실 거고!"

"뭐 마실 줄도 모르면서!"

"그래도 오늘은 마실 수 있는 데까지 마셔 볼거야. 언제 또 이런 기회가 생길지 모르잖아?"

하나는 부엌을 조금 정리하고 다시 새로운 상을 준비하기 시작했다. 곧 벨을 누를 막내 동생을 위한 저녁 밥상, 그리고 진진진 자매 셋을 위한 다과상이었다. 하나가 부엌에서 바삐 움직이는 동안 경진은 조카들의 장난감을 한쪽으로 정리했다. 경진은 물티슈로 바닥을 정리하면서 입을 뗐다.

"나 언니한테 할 말 진짜 많은데."

어릴 적부터 마음속 밑바닥까지 공유했던 언니에게라면, 그동안 겪은 일들을 털어놓아도 괜찮을 것 같다는 생각이 들었다.

"나도 많은데."

마음을 내어놓는다는 것은 서로가 가진 아픔을 드러내는 일이다. 상대방에게 비난이나 핀잔, 혹은 경멸을 받을 수 있음에도 불구하고 믿고 내어놓는 것이다. 물론 큰 용기가 필요하다. 경진은 언니에게 다 내어놓고 싶었다. 설령 언니가 왜 그렇게 바보같이 당하기만 했냐고, 왜 큰 소리 한번 지르지 못 했느냐고 말해도 그 역시 경진을 아끼는 마음일 테니까.

마음을 교환하는 것은 일방향일 때보다 양방향일 때 더욱 깊어진다. 서로의 얼굴을 쳐다보며 세안을 도와주고 다시 예쁘게 화장을 해 주듯 대화하고 싶었다. 서로의 묵은 체증을 벗겨내고, 새롭게 환한 얼굴을 안겨주고 싶었다. 그러니 길게, 자세히, 깊이 있게 내어놓아야 했다.

2

경진이 먼저 시작했다. 팀이 바뀐 경위부터 곽 팀장, 여 차장, 임 팀장의 이야기까지 하나하나 털어놓았다. 중간중간 화도 내고 황당한 표정도 지어가면서 평소 버릇대로 손짓을 펄럭거리며 이야기를 이어 나갔다.

이야기를 듣는 내내 하나는 깜짝 놀랐다. 자신에게 일어났던 일과 닮은 부분이 많았다. 여러 명의 상사와 연결된 일이라는 것, 조직의 명령이 가진 잔인함, 아무리 열심히 해도 누구도 알아봐 주지 않는 아픔, 영악하지 못한 대응, 남은 허망감과 무력감, 부쩍 겁이 많아진 나. 그리고 지금 새롭게 맘 먹은 의지, 일어서는 과정들, 그리고 작게 시작된 계획 등.

"언니한테 다 얘기하니까 너무 후련하다!"
"우리 동생 그동안 마음고생 많이 했구나. 언니는 그것도 모르고……."

경진은 하나를 향해 개운한 표정을 지어 보였다. 하나는 아직 궁금한 게 많았다.

"그래서? 그래서 어떻게 하기로 했어? 회사 관둘 거야?"

"왜? 내가 뭐 잘못했어? 더 열심히 일해야지. 내가 내 일을 얼마나 좋아하는 사람인데!"

"힘들지 않겠어? 괜찮은 거야?"

"일 열심히 하고 돈 모아야지. 내 재무계획이 얼마나 구체적이고 미래지향적인데."

"그치. 내가 아는 경진은 항상 계획이 촘촘하지."

"그러엄! 역시 우리 언니가 나를 아는군."

경진은 자기 이야기처럼 들어주는 언니가 고마웠다. 역시 언니는 내 편이었다.

"힘들 때, 내가 곽 팀장님을 찾아간 적이 있었는데 말야."

"곽 팀장? 팀 옮기기 전에 계셨다던?"

"응. 지금은 이직하셨거든. 다른 회사로"

경진은 곽 팀장을 찾아가 대화를 청한 적이 있었다. 오랜만에 술 한 잔 하면서 안부를 확인하는 편한 자리였지만, 사실 경진은 커리어에 관해 의논하고 싶었다. 곽 팀장은 직장을 옮기면서 포기한 것과 얻은 것, 그리고 도전에 대하여 자세히 들려주었다. 곽 팀장, 아니 지금의 곽 본부장은 말했다.

"지금 내가 하고 있는 일이 지금의 나를 가장 정확하게 설명한다고 생각해."

곽 팀장은 이직할 당시에 도전의 기회를 갈구하고 있었다고 했다. 매일 반복되는 일 처리와 매출 압박에 지쳐 있던 상황이었다. 시간이 길어지며 답답함이 갈증으로 변할 무렵, 좋은 제안이 들어왔고, 그 기회를 잡는 것이 자신의 선택이었다고 했다.

"그 선택이 틀릴 수도 있잖아요?"

취기를 살짝 얹은 목소리로 당돌하게 물었다.

"대기업 팀장 자리를 버리고 이제 막 생긴 회사에 간다는 거. 사실 실패할 가능성이 정말 높지. 근데, 실패하더라도 괜찮다고 생각했어. 실패는 빨리 해 버리는 게 나으니까 말야."

'실패를 빨리?'

경진은 납득이 안 된다는 표정이었다. 곽 팀장은 경진을 바라보며 실패 따위는 두렵지 않다는 듯, 웃으며 술을 들이켰다.

"실패는 평생 하는 거잖아. 근데 기회는 매번 오는 게 아니더라구. 실패할지도 모른다는 마음 때문에 기회를 놓치기는 싫었어. 나중에 시간이 지나 후회하는 삶을 살고 싶지도 않았고."
"실패는 평생 하는 거다……."

경진은 그 말이 뇌리에 박혔다.

"응. 우리는 매일매일 실패하고 또 일어나지. 그걸 알면 실패가 두렵지 않아. 아니, 덜 두렵다는 게 정확하겠다."
"그걸 미리 알 수 있다면 얼마나 좋을까요? 성공할지 실패할지."
"그런 삶은 재미가 없잖아. 사람은 막연한 미래가 조금씩 선명해져 오는 재미로 사는 거야. 그래서 사람은 선택하면서 움직이는 거야."

적절하게 삶을 자극하는 사람들이 있다. 밑으로 끌어 내리는 사람이 아니라 위로 올리는 것 같은 에너지를 주는 사람. 지금 곽 팀장이 경진에게 그랬다.

'실패, 미래, 인생, 선택'

곽 팀장이 던져준 단어들이 평소와 다르게 들렸고 가슴에 콕콕 박혔다. 경진은 힘들게 들어온 회사에서 뼈를 깎는 심정으로 일하는 것이 나 자신에 대한 약속 같은 것이라고 생각했다. 하지만 그건 취업의 고통을 더 이상 겪고 싶지 않아서 스스로에게 내민 강요일지도 몰랐다. 현재와 미래를 만드는 변화의 도구로서 내 일을 선택할 수도 있다는 생각이 들었다.

경진은 하나의 눈빛을 읽어 보려 애썼다. 곰곰이 생각에 잠겨 있었다. 하나가 곽 팀장을 만나 깊은 생각에 잠겼을 때와 같은 눈빛이었다. 경진은 자신의 이야기를 마무리하기 시작했다.

"그래서 언니, 나 이제부터 조금 다르게 생각하면서 살기로 했어."
"어떻게?"
"좀 더 넓은 가능성을 열어 놓고 살아보려고."
"무슨 뜻이야?"
"언니. 나는 지금 뭔가 새로운 출발점에 서 있는 기분이야. 앞으로 어떤 방식으로 일할지, 어떻게 생각하고 결정할지, 어떤 분야에서 일할지, 어떤 미래를 설계할지 다양하게 생각하면서 살아보기로 했어."

경진은 선언을 한 것이었다. 쉽게 자신의 속을 누군가에게 보여주지 않던 하나도 동생처럼 무엇인가 선언해 보고 싶다는 마음이 들었다.

"그래. 경진이 너라면 미래에 대한 옵션도 다양할 거야. 응원할 게."

"역시 언니는 내 응원군이야."

"언제든지!"

변하는 건 없었다. 회사를 관두기로 결심하지도 않았다. 여 차장은 매일 만나게 될 것이고 임 팀장과는 매일 함께 일하게 될 것이다. 그러니 이번 일로 생긴 트라우마도 그대로 남아있을지 모른다. 여전히 두려웠다. 엘리에게 털어놓았던 두려움이 경진 안에 그대로 있었지만, 끌어안고 미래로 걸어가 보고 싶었다.

이제야 알았다. 내 삶은 내가 만들어 가고 내 삶의 결과는 내가 선택할 수 있다는 것을. 그리고 내 삶의 모든 원인은 내 안에서 찾아낼 수 있다는 것을. 그러니 바꿀 수 있는 건 나 자신밖에 없었다. 지금 나에게 놓인 상황을 바라보는 힘, 내 감정의 소용돌이를 해석하는 힘, 그리고 나를 믿고 결정하는 힘을 내 안에서 확장해 보기로 결심했다.

엘리가 그랬지. 나에게 집중해서 일하고, 그 사이에서 나를 알아가면서 지내다 보면 나만의 세상을 찾을 수 있을 거라고.

"나 결정하기로 했어. 나 스스로를 칭찬하기로. 사실 여상명 차장 덕에 이 일이 빨리 추진된 거는 사실이거든. 나는 그냥 아이디어들을 적어두기만 하고 실행으로 옮기지 못하는 경우도 많았는데, 그 사람이랑 일하면서 내 생각들이 세상 밖으로 많이 나오게 되었어. 그래서 이번에 겪은 일도 운으로 받아들이기로 했어. 왜냐구? 앞으로 좋은 일만 있을 거거든."

"앞으로 좋은 일만! 있을 예정이라. 지금까지 겪었던 일을 운으로 삼는다, 그런 뜻이야?"

경진은 고개를 끄덕이며 말했다.

"힘들었던 일들을 통해서 내 안에 무엇이 잠재하고 있는지 스스로 찾아내 보겠다는 거야. 내가 힘들었던 마음을 씻어내기 위한 나만의 이론을 세운 거지."

두려움을 이겨낼 수 있는 첫 번째 단계는 나 자신을 비난하지 않는 것이다. 지금까지 잘해온 나를 칭찬하고 뿌듯해하는 것이다.

"내가 그 일을 정말 잘하고 싶어 한다는 것을 알았거든. 그러니까 다른 것들은 다 밑거름으로 사용하기로 결정!"

"넌 좋겠다. 니가 잘하는 것도 알고."

"아냐 언니. 능력보다 더 중요한 건 긍정적인 해석이야. 기죽어서 살지 않기로 했음!"

경진은 생각을 전환하기로 했다. 이유 없이 나를 미워하는 여 차장이 빠져나간 팀에서 일하게 되었다. 이제부터는 새로운 일을 맡아 좀 더 주도적으로 일할 수 있을 것이다.

그리고, 엘리와의 만남. 엘리가 아니었더라면 온라인 서비스 기획뿐 아니라 홍보, 마케팅, 제품개발, 브랜딩 등 다양한 분야를 경험하고 싶은 나 자신을 발견하지 못했을 것이다.

경진은 일을 통해 나로 사는 법을 조금씩 터득해 나가고 있었다. 내가 좋아하는 일에 확신을 갖고, 회사와 어떻게 관계를 맺고, 앞으로 삶을 어떻게 변화시켜 나갈지 전망해 보는 계기가 되었다.

"회사에 기대지 말고, 내가 나에게 기대는 게 맞는 거지. 아암."

하나도 동감했다. 오늘 경진은 하나가 하고 싶은 말을 대신 다 해 주는 사람 같았다.

"아무리 회사가 나를 먹여 살려 준다고 해도, 내가 회사에서 빛 나지 않으면 전혀 행복하지 않더라고. 그래서 스스로 나를 빛내는 법을 배우려고."

3

스스로 빛나는 나. 동생의 이야기를 들으며 하나는 망치로 머리를 맞은 기분이 들었다. 인정할 수밖에 없었다. 긴 세월 동안 하나는 회사가 자신을 먹여 살린다고 생각해 왔다. 아니, 회사에 내 삶을 담보 맡겼었는지도 모른다.

승진이 되지 않아 나의 빛이 사라지고 있다고 생각했다. 하지만 나의 빛은 내가 만드는 것이었다. 단순하고 명확한 것이었지만, 10년 가까이 깨닫지 못하고 지냈다. 문득 동생에게 부끄럽다는 생각이 들었다.

"왜 그래 언니!? 무슨 일 있어?"
"아니, 그게 아니라… 사실은……."

하나의 차례였다. 하나는 여러 번 승진에서 어려움을 겪었던 이야기와 팀장들과 관련된 이야기, 동기의 퇴사 이야기, 그리고 워킹맘의 어려움까지 한꺼번에 토하듯 꺼내 놓았다.

"언니… 난 그것도 모르고 웃고 앉아 있었네. 미안해. 언니가 훨씬 더 힘들었겠다. 언니 진짜 속상했겠다."

경진은 언니의 등을 한 손으로 한참이나 쓸어 주었다. 어떻게 해야 언니의 마음을 조금이나마 위로해 줄 수 있을지 고민이 되었지만, 지금 옆에 있어 주는 것만으로도 언니에게 힘이 되기를 바랐다.

"연락하지 그랬어. 아니다. 그동안 연락 못해서 너무 미안해."

둘 다 자신의 어두운 마음을 들키지 않기 위해 연락을 자제하고 있었지만, 허망한 마음도 들었다. 뭐가 다들 그렇게 바빠서…….

마음을 후련하게 털어놓아서일까. 조금은 환해진 얼굴로 하나가 말을 이어나갔다.

"나… 사실 다른 일을 해 볼까 고민하고 있어."
"진짜? 언니 이 회사에서 자리 잡으려고 고생했는데. 이제 와서 아깝지 않겠어?"
"벌써 10년 다 되어 가는데 뭐. 아직 확정된 건 아니지만, 내가 더 잘하고 행복하게 할 수 있는 일이면 좋을 것 같아. 체력도 회복해야 하고, 아이들과 좋은 시간을 보내고 싶기도 해."

'이직을 할까, 작은 창업을 할까?'

아직 마음은 반반이었다. 하나는 인사팀 일이 과연 본인에게 맞는 일인지 고민하는 중이었다. 한 번도 해 본 적 없는 고민이었다. 천직인 줄 알았던 일을 다시 들여다보니 불편한 마음이 들었다. 불편함의 원인을 찾고 싶었다.

냉혹해져야 하는 업무의 특성과 자신의 무난한 성향이 잘 안 맞는다고 느껴지는 점도 있었다. 너무 열심히 해 온 만큼 지겹게 느껴지는 것일지도 몰랐다. 유일한 해답은 승진밖에 없다고 생각했다.

하지만 스스로 생각해도 앞뒤가 안 맞는 소리였고, 집착이라는 것을 알았다. 그리고 그 집착이 내 삶과 마음을 소진시켰다. 집착을 버리지 않는 한 계속 소모될 것이다.

다른 어떤 것보다 내 삶이 중요하다는 사실을 알게 된 지금, 내 삶을 일으켜 세우는 가장 중요한 기둥은 승진이 아님을 알게 되었다. 집착을 내려놓으니 마음이 편해졌다. 가벼워졌다.

누구의 삶도 아니고 내 삶이었다. 내가 아끼고 잘하고 싶은 것에 온전히 관심을 기울이면서 살고 싶었다. 하나의 삶에서 가장 중요한 것은 가족이었다. 친정 부모님도 챙기고 싶었고, 우리 네 가족, 동생들, 그리고 항상 도와주시는 시부모님까지 지금보다 더 깊은 가족애를 느끼면서 일하고 싶었다.

"나, 사업을 해볼까? 싶은 마음도 사실 있어."

"언니가? 사업을?! 진짜? 어떤?"

놀란 마음에 경진은 자신의 두 뺨을 잡았다.

"조금 더 고민해 보고 말해 줄게. 지금은 아직 조사 단계야."

"완전 궁금하다. 언니가 어떤 일을 새롭게 시작할지!"

"사실 나도 궁금해! 내가 무슨 일을 벌일지!"

응원의 표현으로 경진이 엄지를 치켜들자, 하나도 엄지로 고마
움을 표시했다. 힘이 났다. 내가 무슨 일을 하든 우리 가족들이 나
를 도와줄 것이다. 그동안 왜 잘 몰랐을까? 나 혼자 외롭게 싸우지
않아도 되는데 말이다. 그리고 동생이 힘든 줄도 모르고 너무 일에
만 매몰되어 있었다. 동생한테 도움을 청할 생각도 못 했다.

"경진아. 그래서 지금은 다 괜찮아진 거지?"

"응 거의. 원래의 나로 돌아가고 있어. 그리고 더 괜찮은 내가
되어 가고 있고."

"너. 말 한마디 한마디가 너무 멋져. 이번 일로 진짜 많이 성숙
해진 거 같아."

"생각하고 또 생각하면서, 힘든 일 가운데서도 단단해지는 것
을 느꼈어."

한창 힘겨웠던 시간이 떠올랐다. 그림자가 드리워져 영혼을 일으키지 못한 채 쳐져 있었다. 지금은 그렇지 않다. 맑고 또렷하다. 내 안에 에너지가 있다.

남들이 아닌 자신이 스스로를 인정할 줄 알아야 한다는 것을 배웠다. 내가 잘하는 것, 키워나가야 하는 것, 그리고 하고 싶은 일. 이런 것들에 대해서 스스로에게 확신을 주고 칭찬하는 시간을 갖고자 노력했다. 엘리의 도움 덕분이었다.

엘리는 헤어지면서 '과정을 즐기는 경진'이 되어 달라고 부탁했다. 한동안 그게 무슨 말인지 몰랐다. 결과가 나쁘니 매번 미끄러지는 기분이었다. 그래서 실패하는 결론에 다치고 아팠다. 하지만 '나'는 결과에 있지 않았다.

'과정' 안에 내가 보였다. 과정 안에서 최선을 다했던 나를 미워할 수 없었다. 나를 사랑할 수 있었다. 과정에 집중하자. 노력하고 결정하고 도전하고, 결과를 만들기 위해 애쓰고, 그 결과를 받아들이며 다시 일어서는 '과정' 안에 진짜 내가 있었다.

"경진아. 나도…….."
"응?"
"난 이번 일들을 겪으면서, 내가 나에 대해서 잘 모르고 있다는 것을 깨달았어."

경진이 엘리에게 했던 말을 언니가 하고 있었다.

"언니. 누구나 자신을 잘 몰라. 알아가면서 살아내는 거지."

"그래. 그렇게 각자의 삶을 살아내는 거지. 근데, 그걸 꼭 이 회사에서 이 일로 해내야 한다고 생각했던 것 같아. 그렇지 않으면 내가 사라지는 기분이었거든."

"그럴 리가. 언니는 언제 어디서나 빛나는 사람이야. 언니는 나의 빛이기도 하고."

"에그, 간지러워."

경진은 아랑곳하지 않고 노래를 불렀다.

"영진이의 빛이고, 영민이의 빛이기도 하고, 우리 형부의 빛이기도 하고, 엄마의 빛이기도 하고, 아빠의 빛이며, 경진이의 빛이기도 하고~"

하나가 생각에 잠기다 웃으며 말을 꺼냈다.

"와… 그러네. 나는 여러 사람의 빛이었네.

"언니 말처럼 언니를 펼칠 수 있는 일이 분명히 있을 거야."

"그렇게 말해줘서 고마워."

마치 엘리가 여기에 함께 있는 것 같았다.

4

"띵동!"
"보배다!"

하나와 경진은 쌍둥이처럼 동시에 말하고 똑같이 일어났다.

"언니! 나 보배!!!"
"왜 이렇게 늦었어!"
"내가 오늘 크게 한판 하고 오느라고 좀 늦었지비!"

꺄르륵 꺄아악 거리는 비명소리로 소란스러워졌다.

"조용해! 신고 들어오겠다."
"히히!! 밤새 술 먹자! 나 오늘 진짜 할 말 많아. 각오들 하셔!"
"숨 좀 돌리고 우선 앉아. 밥은 먹었어?"
"그게 문제가 아니야. 빨리 들어봐."

보배는 가방을 내려놓고 편한 파자마를 내어 달라고 했다. 언니들 앞에서 훌렁훌렁 옷을 벗으며 편안한 복장으로 갈아입으니 다시 어렸을 적 막내가 된 것 같았다.

"내가 오늘 뭘 하고 왔느냐며언~"

보배는 휘리릭 고개를 돌리며 머리카락을 뒤로 넘겼다.

"아이구. 천천히 해. 머리 헝클어 진거 봐. 크크."
"들어봐! 내가 오늘 직장 내 괴롭힘 신고를 하고 왔다니까!"
"에잉? 진짜? 니가?"

경진과 하나가 서로를 쳐다보았다.

"누구를 신고했는데?"

천천히 하라던 경진과 하나는 보배를 잡아 당겨 앉히며 자세히 얘기해 보라고 했다.

"들을 준비 됐어?"
"응! 보따리 풀어봐."

보배는 언니들이 겪은 일은 상상도 못한 채 자신이 겪은 일이 세상에서 가장 힘든 것처럼 설명했다. 경진과 하나는 보배의 순수하고 착한 마음을 잘 아는 터라 '나쁜 사람이네. 어머머머'라고 추임새를 넣어주면서 보배의 말에 맞장구를 쳐 주었다.

"진짜 그렇게 못돼 먹은 말을 하는 사람이 있다구?"

경진과 하나는 서로를 쳐다보며 믿기 어렵다는 듯 말했다. 사실 보배는 팀장을 찾아가 정하 책임이 자신에 대해서 어떤 이야기를 했는지 솔직하게 얘기해 달라고 요청했다.

"무엇 때문에 팀장님 앞에서 눈물을 보인 건지 여쭤도 될까요? 정말 이해가 되지 않아서요."

팀장은 당황했다. 그리고는 한참을 고민하다 털어놓았다. 팀장은 앞으로 둘이 '열심히 일하라고 독려하는 의미에서' 말해주는 것임을 강조하며 이야기를 시작했다. 정하 책임이 말하길 보배는 시킨 일을 제대로 하지 않고 항상 변명을 늘어놓는다고 했고, 일의 기한을 무시하면서 성실한 모습을 보이지 않는다고 했다.

예를 들면, 정하가 실험해 놓은 실험도구를 엉망으로 해 놓는다던지, 보고 자료를 망쳐 놓는다던지, 구두보고도 한마디 없이 반차를 내고 사라져 버린다던지, 자기에 대해서 이상한 소문을 내기 위해 다른 팀 사람들과 밥을 먹으러 다닌다던지 한다는 것이었다. 팀장은 아차 싫었는지 다시 한번 앞으로는 이런 일이 없기를 바라는 차원에서 말하는 것임을 강조했다.

정하가 한 짓을 모두 보배에게 뒤집어씌우고 있었다. 참고 참으며 살아왔는데, 모함까지 당하고 있었다니 처참한 기분이었다.

"그건 사실이……."

보배는 눈물이 왈칵 나왔다. 목소리가 잠기고 머리가 어지러워졌다. 보배는 크게 심호흡을 했다. 눈물이 문제를 해결해 주지는 않는다. 보배는 꽤 긴 시간 침묵을 하며 정신을 가다듬었다.

"팀장님. 오늘 제가 울며불며 억울하다고, 아니라고 이야기를 하는 건, 이 문제를 해결하는 데 도움이 되지 않을 것 같습니다. 생각을 정리하고 곧바로 다시 찾아뵈어도 되겠습니까?"
"응?? 응? 무슨 정리?"

팀장이 되물었다. 보배는 크게 숨을 쉬고 나서 말을 시작했다.

"지금까지 연구실 안에서 무슨 일이 있었는지 하나하나 정리해서 보고서를 작성해 보겠습니다. 제가 보고드릴 내용과 정하 책임의 이야기를 비교해서 판단해 주세요. 죄송하지만 지금은 충격 때문에 횡설수설 할 수도 있을 것 같습니다. 죄송합니다."

보배의 단호한 말투에 팀장은 고개를 끄덕였다. 보배는 천천히 회의실을 빠져나왔다. 보배는 연구소의 긴 복도를 왔다 갔다 계속 걸었다. 그리고 결심했다. 더 이상 정하 책임에 대해서 놀라지 않기로 말이다. 차갑게 대응하기로 결심했다. 지금 내가 할 수 있는 최선이 무엇인지 다시 찾아야 했다.

저녁에 차분히 집안에 앉아 지금까지 정하 책임과 있었던 일과 어떤 방식의 괴롭힘이 있었는지 노트북에 천천히 적어 보았다. 다행히도 메일이나 일기 글에 남아 있는 것만으로도 구체적으로 설명할 수 있는 에피소드가 쉽게 발췌되었다. 다양한 사례와 괴롭힘의 종류들을 직장 내 괴롭힘 매뉴얼을 펼쳐 들고 하나하나 적어 보았다.

'이정하. 당신이 나를 움직이게 했어'

보배는 아침에 A4 11장의 긴 문서를 2부 출력하였다. 한 부는 팀장님에게 보고하였고, 한 부는 인사팀 제출용이었다. 보배는 팀장에게 직장 내 괴롭힘을 신고하기 위해 인사팀을 찾아간다는 의사를 강하게 밝혔다.

"꼭 그렇게까지 해야겠어?"

팀장이 초조한 말투로 다그쳤다.

"이 문제를 해결할 사내담당팀이 있고 버젓이 관련법이 생겼는데 신고하지 않을 이유가 없습니다. 팀장님께서도 제 글을 객관적으로 읽어 주셨으면 합니다."

보배는 차분하게 말했다. 팀장은 뭔가가 불안한지, 소리를 높여 말했다.

"그래도 이 팀에서 계속, 아니 이 회사에서 계속 일하려면! 이건 아니잖아!"

팀장은 어떻게든 제지하고 싶은 마음에 소리를 지르고 말았다. 보배는 팀장을 정면으로 바라보았다. 이젠 꼭 참아왔던 말을 해야 할 때가 되었다.

"팀장님. 짧은 시간 동안 있었던 단순한 괴롭힘이 아닌 것을 잘 아시지 않습니까? 제 전임자 때부터 지금까지 몇 년 동안의 고통을 누군가는 단절시켜야 하지 않나요? 언제까지 이대로 방치하시겠습니까?!"

팀장은 더 이상 아무 말도 없었다. 보배는 곧장 서울로 올라와 본사 인사팀에 직장 내 괴롭힘 신고를 했다. 다행히 인사팀장은 진지하게 보배의 이야기를 들어주었고 서류도 꼼꼼히 확인했다. 이메일과 톡 캡처, 몇 개의 녹음파일, 그리고 각각의 증거사진에 대한 자세한 설명들. 사건의 목격자가 누구인지도 자세히 적어 놓았다.

인사팀장은 담담히 내용을 확인하고 나서는 신고를 받아들이겠다고 했다. 사실이 확인된다면 반드시 절차대로 처리될 것이라고 말했다.

"팀장님. 적극적으로 들어주셔서 정말 감사합니다. 아마도 제가 첫 번째 사내 괴롭힘 신고자일 것 같습니다. 첫 사례를 잘 처리해 주셔서 두 번째 사례가 생기지 않게 해 주십시오."

"첫 번째 신고가 아니에요. 이미 한 건 들어왔습니다."

아. 그래. 나 혼자 겪는 일들은 아닐 거야. 어디서든 일어나는 일이겠지. 이미 신고된 다른 건수가 있다고 들으니 덜 외롭다는 마음이 든다.

"보배 씨. 물어보고 싶은 게 있는데."

인사팀장은 진지한 눈빛으로 보배에게 말했다.

"네."

"신고하러 오는 거 두렵지 않았어요?"

보배는 자신만만해 보이는 겉모습과 달리 한없이 겁났다. 앞으로 어떤 일이 일어날지 모른다. 그래도 신고해야만 했다. 어제의 일을 기점으로 보배는 '진짜' 용기를 낼 수 있었다.

생각해 보면 그 용기는 정하가 준 것이었다. 정하가 한 나쁜 행동들이 모여 보배의 용기를 눈덩이처럼 키워 주었다. 보배는 일을 배워나가는 동안에 인간적인 모욕쯤은 감내해야 한다고 생각해 왔지만, 아니었다. 내 삶의 질은 내가 직접 높여야 했다. 내 삶에 대한 애정이, 내 일에 대한 소중함이 보배를 행동하게 했다.

"팀장님. 저 여기 일하러 왔어요. 일 잘 하고 싶어요. 제대루요."

"그래서 신고하는 거라구요?"

"네. 저 진짜 좋은 유제품 개발하고 싶어요. 그래서 사람들 건강하게 하고, 우리 가족들이 거부감 없이 유제품을 즐기게 해 주고 싶어요. 그게 제가 진진우유에 입사한 이유입니다."

"그렇죠. 그래서 저희 같은 사람들이 있는 거고요."

인사팀장은 같은 눈빛으로 대답했다.

5

"꺄아아악~"

하나와 경진이 동시에 소리를 질렀다.

"경진아, 이 사람 보배 맞아? 우리 막둥이 보배 맞냐구!?"
"내 말이! 언제 이렇게 커 버렸데?"

두 언니가 막내를 한참 놀리며 만지고 간지럽히고 머리를 헝클이는 등 장난을 쳤다. 보배는 언니들의 손을 살짝 잡아 내리고 장난스러운 눈빛을 진지하게 바꾼 후 말했다.

"언니들, 나는 좋은 유제품을 개발하는 연구원이 될거야. 좋은 제품을 개발해서 우유를 먹지 못하는 언니도 도울 거고, 소비자도 행복하게 만드는 사람이 될 거라고. 두고 보라구!"

보배는 믿음이 있었다. 부모님, 남자친구, 명지 선임 그리고 가족들까지 나를 지지해 주는 지원군이 있다는 걸 믿었다. 나를 사랑하는 사람들과 나 사이에는 공동의 목표가 있다. 같이 성장하고 사랑하고 행복하자는 것.

회사라는 조직에서도 '공동의 목표'를 위한 사랑의 힘을 발휘할 수 있다면 얼마나 좋을까? 회사에서의 시간 또한 삶의 소중한 시간이고, 우리 모두 공통의 목표를 향해 일하고 있으니 당연히 똑같은 이론을 적용할 수 있지 않을까? 우리가 모두 함께 일하고 행복하고 성장하기 위해서.

"내가 선택한 내 회사니까, 여기서 일도 제대로 안 해 보고 포기할 수는 없어. 난 아직 시작도 못 했다고. 이건 진짜 내가 해야 하는 일이라고!"

보배가 판결을 내리듯 손바닥으로 상을 치면서 말했다.

"난 그 법 나왔을 때, 과연 누가 신고할까 했는데 진짜 있구나. 신기하다. 내 동생이 그 사람이라니. 하하"
"그러다가 우리 보배한테 안 좋은 일이 생길까 봐 걱정이다."

하나가 걱정 어린 눈길로 쳐다봤다. 사랑하는 사람에게 힘든 일이 생기면 조심스럽게 상대방의 상태부터 살피게 된다. 그리고 도와줄 것이 없는지 찾는다. 그냥 옆에서 토닥토닥하며 안아주기도 하고, 해결할 수 있는 방법을 제안하거나 함께 찾아본다. 반대로 매콤하게 혼내 주기도 한다. 앞으로 잘 될 거라고 용기와 힘을 주고 언제든 옆에 있을 것이라고 이야기해 준다. 보배 옆에는 지금, 그런 사람들이 있다.

"우리 다 같이 월급 받는 사람들일 뿐인데, 후배는 맨날 혼나야 하고 선배는 혼내도 되도 그런 게 어딨어? 어리고 낮은 지위에 있다고 괴롭히면 어떻게 되는지 한번 두고 보자고."
"알았어, 알았어. 너 짱이야."

경진이 손가락을 치켜 보여 주었다.

"회사에서 너의 신고를 어떻게 처리해 줄지 진짜 궁금하다."
"그냥 한 가지만 바라고 있어. 나와 분리되는 것."
"그 사람이 다른 팀에 가서 또 누군가를 괴롭히면 어떻게 해."

하나가 물었다.

"내가 도와줘야지. 또 다른 희생자는 안되니까."
"역시! 우리 동생 정의롭다."

말은 이렇게 했지만 보배는 신고자와 피신고자가 함께 회사를 다니게 될 미래가 두려웠다.

인사팀에서 어떻게 처리해 줄지도 예상되지 않았다. 그래서 정하와 부서가 분리되지 않고 그대로 남아 있을 가능성도 생각했다. 아니면 그냥 같은 팀 안에서 연구라인만 바뀌는 정도의 조치가 취해질지도 모른다. 모르겠다. 다음 결정은 그때 생각해 보면 된다.

지금은 당장 할 수 있는 것들을 조금씩 해 보는 수밖에 없었다. 내 행복을 위해. 나의 미래를 위해.

"언니들 나 이번에 크게 배운 게 있는데, 나 행복하기 위해서 회사를 다닐 테야."

"당연하지!"

하나와 경진이 동시에 대답했다. 그리고 서로 쳐다보며 웃었다. 세 사람이 지금 같은 마음임을 확인한 셈이었다. 이야기를 마치고 나자 보배는 앞에 있던 요리가 그제야 눈에 들어왔다. 시장기가 올라왔다.

"뭐야? 내가 제일 좋아하는 찜닭이잖아!"

"기다려, 금방 다시 데워 줄게. 술이랑 안주도 챙겨올게!"

하나가 급하게 자리에서 일어났다.

"주모~ 거하게 술상 하나 차려와 보게나!"
"아주 이게 오냐오냐 하니까!"

경진은 보배를 타박했고, 하나는 푸근한 웃음을 지었다.

"내가 불리한 위치에 있어도 된다고 누구에게도 배운 적이 없는데 그동안 왜 그렇게 주눅들어 지내왔는지 나도 잘 모르겠어. 더이상 불행을 감내하지 않고 행복을 선택하는 인생을 살아보려구."

경진은 흐뭇한 표정으로 보배를 바라봤다. 하나의 시선은 경진에게, 보배는 다시 경진과 하나를 번갈아 쳐다봤다. 하나는 동생들을 쳐다보며, 항상 나보다 동생들이 조금 더 행복하기를 바랐다. 밝고 건강한 에너지를 주고받고 싶었다.

6

삶의 방식은 다양하다. 그동안 회사원의 삶만이 나의 삶을 '인정받을 수 있는' 구간으로 설정했었던 것 같다. 왜 난 그동안 '대기업 워킹맘'의 삶이 가장 이상적인 것이라고 생각했을까? 왜 그게 내 머릿속의 환상으로 자리 잡았을까?

워킹맘. 일하는 엄마. 하나는 씩씩하게 일하는 모습을 보여주고 싶었다. 남편에게도, 동료에게도, 아이들에게도 말이다. 그 모습의 나를 스스로 자랑스러워하고 싶었다. 그 모습이 자랑스러우려면 일하는 엄마의 모습이 행복하고 성장하는 모습이어야 한다. 불행하고 피로하고 소진된 모습으로 기억시킬 순 없다.

큰 충격이 오랫동안 지속되며 나를 소진시켰다. 그래도 그 충격 덕분에 가치관의 변화가 일어날 수 있었다. 하나의 가치관은 삼시 흔들리다가 다시 중심을 잡았다.

'행복한 워킹맘이 되자.'

누가 보아도, 아니 내가 진짜 그렇게 느끼는 그런 행복한 워킹맘이 되어 보자. 어쨌든 그 길에 들어서기 위해서는 내 안의 엄청난 두려움을 이겨내고 새로운 연결을 시작해야 한다. 어쩌면 내가 인생에서 처음으로 시도하는 큰 도전일 수 있다.

하나는 사업구상을 해 오면서 부모님의 떡을 전국으로 팔 수 있는 방법을 고민하기 시작했다. 지난 명절, 부모님이 은퇴를 조금씩 준비하고 있다는 마음을 보여주셨다. 우리 가게 떡 맛은 고향에서 명망이 높았기 때문에 부모님의 은퇴와 동시에 그대로 문을 닫기에는 아깝다는 생각이 들었다.

부모님으로부터 다시 떡을 배우고, 그 중에 특화할 수 있는 떡을 개발하고, 마케팅과 식품 연구를 하는 동생들의 도움을 받아 브랜딩을 하고 온오프라인으로 판매하면 뭔가 재미난 일이 펼쳐질 것도 같았다.

세 자매 중에서는 가장 떡일을 오랫동안 지켜봤고, 손재주도 있고, 미각도 뛰어난 하나였다. 여러 가지의 장애물들이 있겠지만, 가슴이 뛰는 것을 숨길 수는 없었다. 무엇보다도 부모님이 좋아하실 것 같았다.

며칠 전, 남편에게 회사를 관둘 수도 있다고 말했다.

"당신의 결정이라면"

간단하고도 날렵한 대답이 떨어졌다. 내 결정을 믿어주는 짝지가 있음에 감사하다. 이런 반응으로도 벌써 큰 장애물은 한 개 뛰어 넘은 기분이다.

아직 손이 많이 가는 아이들의 육아 문제도 산더미이고 아파트 대출금도 많이 남았다. 뭐 하나씩 하나씩 재미나게 해결해 보자. 에휴, 갑자기 자신이 없어지기도 한다. 문제를 문제삼으면 맘고생만 가득하다. 그리고 그런 시간은 충분히 거쳤다.

이제 진짜 목표가 생긴 기분이었다. 목표가 있다면 장애물은 장애물이 아니다. 그냥 해결해 나가야 할 나의 삶일 것이다.

전 대표님이 말씀하셨다. 사업은 '자신이 있어서' 하는 게 아니라고. 해보고 싶어서 뛰어드는 것뿐이라고, 안 하면 후회할 것 같아서 결심하는 것뿐이라고, 자신감을 기다리다가는 결국 아무 것도 못할 것이라고 말이다.

"보배야, 큰언니 회사 짤렸대."
"진짜?"
"아니. 크크. 곧 관둘지도 모른대."
"진짜??"

보배는 연거푸 놀란 눈으로 하나를 쳐다봤다.

"음……. 아마도?"

다시 두 언니의 얼굴을 번갈아 쳐다봤다.

"언니, 도대체 무슨 일이 있었길래?"

뭔가 할 얘기가 많아 보이는 언니들의 표정이 눈에 들어왔다.

"언니들이 그동안 어떤 일을 겪었는지 들으려면 오늘 밤새야 할 텐데."

경진이 언니를 보며 말했다. 하나는 웃었다.

"회사 관두면 후회는 하겠지. 근데 그냥 어디서든 나랑 경쟁하면서 살면, 더 재미있게 살 수 있을 것 같아서. 여러 가지로 생각해보고 있어."
"하긴 언니, 그림도 잘 그리고 손재주도 좋잖아. 요리도 잘하고. 언니가 할 수 있는 거 생각만 하면 여러 가지가 있을 거 같은데?"

보배는 아무 일 아니라는 듯 낙천적으로 대답했다. 하나는 두 동생들에게 몸을 기울이면서 말했다.

"사실 나 많이 무서워. 눈이 질끈 감길 정도로 말야. 근데……, 생각을 시작했다는 것이 가장 중요한 거 같아."

"맞아, 언니! 생각이 모든 일의 시작이더라구!"

보배가 두 손을 올리며 언니에게 하이파이브를 유도했다. 하나도 웃으며 응수했다.

하나는 이번 기회로 나에 대한 믿음이 가장 중요한 추진력이라는 것을 알았다. 하나는 앞으로의 일들을 하나씩 해결해 나갈 수 있을 것이라는 믿음을 갖기로 했다.

"언니. 우리가 도울게. 필요한 거 있으면 얘기해 언제든지."

동생들이 하나의 장점을 이야기해 주며 응원해 주니 보이지 않던 용기가 솟아오름을 느꼈다.

"그동안 내가 나를 너무 작게만 여겨왔던 것 같아."

두 동생이 갑자기 조용해졌다. 언니의 인내심, 양보, 노력을 잘 알고 있기에, 왠지 미안함이 밀려왔다. 갑자기 조용해진 분위기를 깨보려는 듯 경진이 내질렀다.

"언니가 덩치가 작지, 속은 어마어마하게 큰 사람이야. 안에 나쁜 찌꺼기가 있으면 다 내다 버려!"

그렇다. 내가 빨리 일어나는 방법은, 내가 겪은 좌절, 실망, 패배감 같은 트라우마를 내려놓는 것이다. 상처를 비워내야 한다. 내 잘못은 아니었던 그 일. 일방적으로 당할 수밖에 없던 상처나 좌절감 그리고 후회까지 흘려보내야 한다.

내가 바라는 것을 향해 가기 위해서는 때론 비바람도 맞으면서 앞으로 나아가야 하는 거다. 내가 어디로 가는지 알기만 하면 된다. 내가 그 길을 직접 찾아내 보려고 한다.

"다 버릴거야. 내 꿈이나 능력이나 마음가짐은 결코 작지 않아. 그래서 나를 더 잘 써먹을 수 있는 일을 해보려고. 나라는 사람을 피부로 느끼면서 일해 보고 싶어."

7

환하게 웃던 경진이 진지한 표정을 지으며 말했다.

"나 사실 두 사람한테 고백할게 있어."
"뭐야? 드디어 우리 둘째 결혼이라도 하는 거야?"
"아니 그런 거 아니고. 하하"
"뭔데 뭔데."

보배도 하나도 재촉했다.

"힘든 시간을 빠져나오는 데 도움을 준 앱이 있어."
"앱? 혹시 엘리?"
"언니가 엘리를 알아?"

하나는 고개를 끄덕거렸다.

"혹시 그거 직장인들 고민 들어준다는 앱 그거?"
"넌 또 그거 어떻게 아는데!"

두 언니는 함께 소리쳤다.

"준식이가 알려줬어. 한참 힘들 때 권하더라구. 거기에 아는 분
있다면서."
"대애박."

하나가 입을 틀어막고 소리쳤다.

"진짜 대박이네."
"그럼 언니들은 그 앱을 사용해 봤단 말야? 진짜진짜?"
"엉 그럼."

경진이 먼저 대답했다. 하나도 고개를 끄덕였다.

"와 진짜 섭섭하다. 힘들 때 자매들을 찾지 않고 기계를 찾는 형
국이라니. 왠지 모를 배반감이 밀려오네."

보배는 자신만 엘리를 사용해 보지 못했다는 마음에 조금은 소
외되는 기분이 들기도 하고 언니들이 부럽기도 했다.

"그 엘리 뭐시기가 뭐 어쩐다는 거야!"

경진이 두 팔로 진정하라는 손짓을 하면서 말했다.

"사실 나, 아직 엘리와 헤어지지 못했거든. 큰 도움 받았고 엘리 덕분에 회복했어. 더 도움받고 싶어서인지는 몰라도 아직 이별할 마음이 먹어지지가 않더라구. 근데 그런 걱정 안 해도 되겠다는 생각이 들었어. 이젠 엘리를 보내줄 수 있을 거 같아."

경진이 엘리를 사람 대하듯 이야기했다. 언니는 수긍했지만 막내는 아직 잘 이해가 가지 않는다는 표정이었다.

"사실 나도, 마찬가지야. 나 혼자 엘리와 헤어지긴 힘든 거 같아."

하나도 경진과 같은 마음이었다.

"뭐야? 그 엘리라는 애, 무슨 마력이라도 가지고 있는 거야? 둘 다 왜 그래? 사랑하는 연인을 떠나 보내는 것처럼? 응?"

보배는 질투심이 올라 뿔딱이 났다.

"참… 엘리의 매력을 어떻게 설명하기가 쫌 어렵긴 하다. 그지 언니?"

"그러네. 참 고약한 매력이 있는 우리 엘리 언니."

하나가 핸드폰을 만지작거리면서 대답했다.

"언니! 우리 같이 엘리와 헤어질까? 오늘 지금?"
"그래…볼까?"

하나가 조금 더디게 대답했다. 경진은 알았다는 눈빛을 보내고 곧바로 앱을 켰다.

"엘리야 나야 경진이."

앱이 경진의 목소리를 인식하는 동안, 하나도 경진의 핸드폰에 가까이 가 소리를 냈다.

"엘리야. 나는 하나야."

오류코드가 올라왔다.

"엘리는 동시에 여러 명과 상담할 수 없습니다."

"어쩌지?"

"쌤통이다. 언니들! 어떻게 해? 이별인사하고 싶댔잖아."

"쉿."

경진은 입에 손을 대고 조용히 하라고 일렀다.

경진 · 엘리야 나야 경진이.

엘리 · 방금 오류 코드가 떴었는데?

보배는 처음 만난 엘리에게 놀라 소리를 지를 뻔 했다. 하나가
보배를 막았다.

경진 · 응? 무슨 오류? 아무 일 없었는데?

경진은 장난기 어린 표정으로 시치미를 뗐나.

엘리 · 여튼, 오늘은 무슨 일로 부르셨나?

경진 · 인사를 하려고 불렀어.

엘리 · 무슨 인사?

경진 · 이제 헤어질 때가 된 거 같아서.

엘리 · 이제 내가 필요 없어졌다 이거지? 역시 인간들이란 키워
       줘 봐야 소용이 없다니까!

경진 · 그게 아니라.

엘리 · 됐어.

엘리는 잔뜩 삐져있는 얼굴을 화면에 보여주었다. 보배는 어이
없다는 표정을 지었다.

경진 · 니가 나한테 얼마나 큰 힘을 줬는지 알기나 하고 그런 말
       하는 거야?

엘리는 갑자기 환호의 이모티콘으로 바뀌며 기뻐했다.

엘리 · 칫. 니가 내 덕을 알긴 아는구나?

경진 · 얼마나 고마운데.

엘리 · 그럼 왜 날 떠나려고 하는데?

경진 · 우리가 약속한 트라이얼 버전 시간도 거의 다 끝나가고, 이
제 혼자 해 보려고. 언제까지 기대며 살 수는 없는 거잖아.

엘리 · 그거야 그렇지만.

울먹거리는 이모티콘이 나타났다.

경진 · 아픈 터널을 통과하고 그 터널을 빠져 나오는 과정 안에서
너를 만나서 정말 행복했어. 그리고 이제부터는 내 가까운
주변 사람들과 생각을 나누면서 내 마음을 들여다볼까 해.
그 방법을 알려준 게 너 엘리야.

엘리 · 너라고 하는 거 내가 오늘은 봐 준다.

경진 · 많이 치유되고 성장했어. 그리고 내 주변에 엘리같은 사람
들이 있는 게 얼마나 고마운지도 알게 해 줬어.

엘리 · 진짜 헤어진다니까 너무 아쉽다. 너 놀려 먹는 재미가 상
당히 괜찮았는데.

경진 · 정말정말 다시 힘들어지면 다시 찾아올게. 정식 버전으로
    만나자구.

엘리 · 알겠어. 내가 마지막으로 해 줄 수 있는 게 있을까?

경진 · 맘대로 해. 니가 마지막으로 해 줄 수 있는 말이 있으면 뭐
    든지 해 줘.

잠시 후.

엘리 · 너의 삶 모든 순간들이 배움이야. 그래서 아픈 삶도 결국
    좋은 너의 삶이야. 아팠던 삶 안에 배움이 있었다면 말야.
    배움이 없는 삶을 사는 것보다 배움이 남는 삶이 더 행복
    한 거야. 그래서 너의 아팠던 삶도 너의 행복했던 삶이야.

경진 · 그 말 너무 좋다. 나의 삶 모든 순간이 행복한 배움이라는
    거 잊지 않을게. 정말 너무너무 고마워. 사랑한다. 엘리야.

엘리 · 그럼 나 갈게. 이제 경진답게 살라구!

엘리는 먼 길을 떠나는 이모티콘을 보여주면서 종료되었다. 경
진은 가슴이 촉촉해지는 걸 느꼈다. 그리고 하나를 쳐다봤다.

"나 갑자기 자신이 없어진 거 같아. 이별 같은 거 익숙하지 않아."

"언니 할 수 있어. 나처럼 하면 돼."

하나도 동생들에게 보여줄 때가 되었다. 새로운 마음이 장착되었다는 것을. 새로운 준비를 시작한다는 것을 말이다. 하나는 동생들에게 조용히 하라고 얘기하고 엘리 앱을 켰다.

↲⊂↲

하나 · 엘리야. 나야.

엘리 · 어! 진하나다!

하나 · 오… 랜만이야. 잘 지냈지?

엘리 · 나같은 앱한테 안부 전하는 거 좀 어색한 듯. 나 24시간 일하는 거 몰라?

어이없어하는 이모티콘이 나타났다.

↲⊂↲

하나 · 내가 한동안 너를 멀리했더니 감이 떨어지셨나 봐. 미안해.

경진이 하나에게 어깨를 펴라는 손짓을 했다.

엘리 · 미안할 건 없고. 오늘은 또 무슨 일인데.

하나 · 아, 그게. 저기······.

엘리 · 뭐야. 우리 이제 그런 주춤거리는 사이는 아니지 않나. 서
로 마음을 열고 솔직하고 빨리 대화할 수 있는 사이라고
생각했는데!

하나 · 맞어. 우리 그런 사이지. 얘기할게.

엘리 · 그랴. 얘기해 보슈.

하나 · 작별 인사하려구.

엘리 · 지난번에 그거 작별 아니었나?

엘리는 긁적긁적 하는 이모티콘을 보여줬다.

하나 · 인사를 못했잖아.

엘리 · 아! 그지 굿바이 인사를 한 건 아니다 그지?

하나 · 응 오늘은 굿바이 인사를 하려고.

엘리 · 근데 왜 갑자기 그런 생각을 했어?

하나는 잠시 생각하는 시간을 가졌다.

하나 · 새로운 도전을 할 준비가 된 거 같아서.

엘리 · 와. 진짜야?

하나 · 응! 모두 엘리 덕분이야. 너를 만나지 못했으면 나는 갑갑했던 모습 안에서 여전히 헤매고 있었을 거야.

엘리 · 그건 사실이지.

하나 · 그리고.

엘리 · 응?

하나 · 니 덕분에 삶을 온전히 받아들일 수 있었어.

엘리 · 응? 난 그런 이야기를 해 준 적이 없는 거 같은데.

하나 · 넌, 내가 스스로 만들어 둔 책임감의 틀을 벗어나게 해 주었어. 내가 만든 감옥을 벗어나게 되니 훨씬 더 많은 것이 보여. 내가 사랑해 주어야 할 가족, 친구들, 그리고 내가 할 수 있는 역할 같은 것들. 너무 고마워.

엘리 · 그런 뜻이었구나. 너 대단한 철학자가 된 거 같아!

하나 · 철학자라기보다는 그냥 내 삶에 집중할 수 있는 그런 사람이 되었달까?

엘리 · 여튼 내 공이라는 거지?

하나 · 다 엘리 공이야. 엘리가 최고야!

춤을 추는 모습이 화면을 가득 채웠다.

엘리 · 기분 좋다. 기분 좋아. 오늘 칭찬 많이 받는 날이네!

하나 · 또 어디서 칭찬 받았어?

엘리 · 다른 유저의 말은 다 비밀! 여튼 거기까지만 알아줘.

하나 · 그래 못 들은 걸로 할게.

자매 세 명은 서로 눈웃음을 주고받았다.

하나 · 더 멋진 내가 되어서 나타날게. 기대해도 좋아.

엘리 · 하나야.

하나 · 응?

엘리 · 니 일을 찾으면서 너를 찾아, 재밌고 신나게 즐기면서 해. 너 답게 하라구! 마음도 몸도 건강한 하나가 돼야지! 할 수 있지?

하나 · 알았어! 너의 마지막 조언 잊지 않을게! 나의 일을 통해 나를 찾기! 즐기면서 나답게! 건강한 하나로 거듭나기!

8

사람이 살아가는 길에서 언제, 누구를, 무엇을 만나게 될지 알수 없고 그 계기를 통해서 어떤 변화가 일어날지 예상할 수 없다. 경진은 새로운 도전을 꿈꾸는 언니가 엘리와 나누는 대화를 들으며 깨달았다.

언니는 평생 모범생이었다. 절대로 부모님의 속을 썩인 적이 없고, 우리가 예상한 틀에서만 살아온 사람이었다. 그런 사람이 사업구상까지 하고 있다니 경진은 사뭇 충격에 가까운 놀라움을 느꼈다. 분명 언니는 더 넓어지고 깊어졌다. 언니가 용기를 낸다면 나 또한 질 수 없다. 경진 또한 더 넓은 세상에서 더 많은 도전을 하고 싶다고 생각했다. 회사 안에서든, 그 밖이든 나를 나답게 만들어 일하고 싶다는 생각이 들었다.

"왠지 언니가 나보다 엘리랑 더 깊은 대화를 나눈 것 같은 느낌인걸?"

"뭐. 질투라도 난다는 거야?"

하나가 농담하듯 던졌다. 보배가 큰 소리로 외쳤다.

"진짜 질투가 나는 건 나라고! 우리는 세 자매인데 왜 네 자매
가 되어 있냐구! 나만 쏙 빼 놓고. 왜, 왜?!"

하나와 경진은 보배의 질투가 귀엽다고 생각하면서 웃었다.

"나도 엘리를 만나볼까?"

보배가 호기심 어린 눈빛으로 말했다.

"힘든 일이 생기면 한 번 만나 봐. 우선 언니가 앱을 다운받아 줄게."

경진은 보배의 핸드폰을 받아 다운로드를 시켜 주었다.

"언냐들! 우리 오랜만에 만났는데, 우리 셋 사진 찍을까?"
"오랜만에 그럴까?"

경진이 휴대폰을 쥐고 팔을 앞으로 쭉 뻗었다. 자신감 넘치는
표정이 사진 안에 그대로 담겼다.

"아이들 없이 찍는 거 너무 오랜만이다. 나 완존 예쁘게 나와야지!"

하나는 평소와 다르게 뽐내는 표정을 지으며 경진의 옆으로 얼굴을 바싹 붙였다.

"엄마 아빠한테 보내드리면 진짜 좋아하시겠다. 얼렁 찍자!"

보배는 두 언니의 위로 올라타듯 자리를 잡고 목을 내밀었다.

"언니들 웃어야지. 화알짝!"
"그래! 우리만의 구호 있잖아. 진진진~."

보배의 말에 세 사람 모두 '진진진~'이라고 노래하며 가지런한 이를 활짝 드러냈다. 그리고 찰칵. 찰칵. 찰칵! 연속적인 카메라 작동에 세 사람은 다시 피어난 생기있는 마음을 얼굴표정으로 드러냈다.

당당하게, 밝게, 그리고 나답게.
경진은 사진을 가족 톡에 공유했다. 사신을 구경하는 세 사람 모두 너무나 만족스러운 표정을 지었다. 각자가 자신의 얼굴을 확인하면서 흡족한 표정을 지었다. 하나가 먼저 말을 꺼냈다.

"이제, 우리 나가서 좀 걸을까?"
"그래! 시원한 밤바람 조오치~!"

보배가 신나게 맞장구 쳤다.

"나도 좋아!"

세 사람은 봄꽃이 흐드러지게 피어있는 밤 공원으로 길을 나섰다. 보배는 신나게 걸어가다가 뛰어가다가 팔딱거리며 언니들을 쳐다보며 웃고 장난쳤다. 경진은 기지개를 활짝 켜면서 나오기 잘했다고 말했다. 그 모습을 보고 있던 하나가 자매들의 손을 잡았다. 그리고 말했다.

"오늘 모이길 정말 잘했다. 그지?"

세 자매의 실루엣이 저 멀리 보였다. 전보다 조금 여유 있는 경진의 발걸음이, 보다 좀 더 자신 있는 하나의 뒷모습이, 그리고 보배의 밝은 몸짓이 하나의 그림자로 어우러져 더욱 선명하게 비쳤다.

AM 03:42

서로에게 위로를 건네면서 서로의 선택들이 최선이었음을 응원하였기에 모두가 행복했다. 삶의 주도권이 진하나, 진경진, 진보배에게 다시 쥐어진 날이었다. 세 사람은 새벽 3시 넘어서까지 떠들다가 취한 건지 지친 건지 아무도 모르는 상태에서 잠이 들었다.

경진과 하나의 핸드폰 속에서 엘리도 함께 웃어 주었다. 보배의 핸드폰 바탕화면 속 엄마 아빠도 활짝 같이 웃어 주셨다.

우리 회사에는 빌런이 있다.

그리고 내 안에는 또 하나의 빌런이 살고 있다.

우리는 그 빌런의 실체를 알아내기 위해

누군가를 만나 대화를 나눈다.

부모님을 만나고, 선배를 만나고,

나만의 엘리를 만나 자극받고 고뇌한다.

그러다 내 안에 숨어 있는 빌런과 결국 직면하게 된다.

그것은 내가 만들어 낸 두려움, 나를 가두어 버린 세계,

내가 가지고 있는 고집과 아집이다.

절망의 한숨을 쉬고, 그때부터 진짜 나와의 대화를 시작한다.

결국 그 끝에서 만나게 되는 사람은 '새로워지고 싶은 나'이다.

이전의 나를 버리고 진짜 나의 삶을 사는 그런 나로 변화하고 싶어진다.

자, 이제부터 진짜 나의 삶을 시작하련다.

한 발짝, 조심스럽게, 세상에 발을 내딛는

'나'를 제대로 칭찬하며 앞으로 나아가는 삶.